晩夏

塚越淑行

鳥影社

晩夏

目次

晩夏

墨染の衣をまとった夏夫は、山門をくぐった。はかなげな後ろ姿だった。昭和五十一年八月、世間はロッキード事件で揺れていた。

小さい頃の夏夫を、亜希は思いだす。

亜希の実家は、夏には海水浴客でにぎわう三浦半島の海辺の町で魚屋をしていた。亜希が十二歳の年、東京のある家族に一部屋を貸すことになった。それが夏夫たちの一家だった。どういうところからもちこまれた話なのか知らないが、知人の知人ということで、まったく関係ないではないかと不満だった。台所、風呂場、洗面所など、すべて共同で使わなければならない。どうしてもと頼まれ、断りきれずに受けいれたが、母もいやがっていた。

しかし、夏夫と母親の満枝とがあらわれたとたんに、不満を忘れてしまった。何か知らない伝わってくるものがあって、亜希の胸はいっぱいになっていた。疲れたでしょうと麦茶を出し挨拶をする母のうしろに、坐っていた。夏夫は満枝の横で、大きな目をぱっちりあけて亜希たちにむけている。変な子、と亜希は心のうちでつぶやいた。顔立ちのよく似た親子だった。亜希の母がそっくりだというと、体質まで似てしまってと満枝は返す。海は好きかと母は夏夫にたずねた。夏夫は曖昧にうなずく。家にも息子がいますけど、あいにくもう高一で年がはなれすぎています、女の子ですがこの子は遊びまわっていますからお相手させますよ、と母は紹介した。満枝は頰笑みながら亜希に頭をさげた。

一休みしたあと満枝と夏夫が浜辺へおりていくのを、亜希が案内した。国道を横切ってから、潮のかおりがするわと満枝がいうので、この道が境目なのだと説明した。海側では路地にも砂が多く、蟹がはっていたりするが、山側にはいない。道一つの隔たりでどうしてこう違うのだろうと、いつか母が隣のペンキ屋のおじさんと話していた。鉄骨の錆具合もまるで違うらしい。ペンキ屋さんは潮のおかげで忙しいわねえと母がいったのも思いだして、口にした。何か気のきいたことをいいたかったのだ。

浜へ出るまでの路地はいりくんでいる。海側に角をまがるごとに路上の砂が厚くなっていく。馴れないからか満枝も夏夫もビーチサンダルで歩くのが難儀そうだ。最後の角をまがると突然砂浜が広がって、そのむこうに波がうねっている。海だ、とそれまで黙っていた夏夫が声をあげた。亜希は波打際へ駆けだし、振りむいて二人を待つ。満枝と夏夫が手をつないで足早にやってくる。何でもない二人のその姿に、ふっと亜希は妬ましさを覚えた。

海辺の言葉は荒っぽく動作も乱暴なうえに、家で商売をしているからなおのこと声も動きも大きい両親や兄と比べて、この親子は淋しいくらいに静かな雰囲気なのだ。自分たちとはまるで違う親子がいったいどんなところでどんな暮らしをしているのか、ふしぎだった。これから二月近くあの人たちが家にいるのは本当だろうかと、信じがたい気もする。嬉しいような、自分たちが恥ずかしいような、複雑な気分だった。

手をつないだだけの二人の姿が、今まで見たこともなかった親子の情景に思えた。子供の心を自分の心で優しくつつみこむように満枝がよりそっている。夏夫にはそれが当然で、何とも思わずに守られているのだろう。

大浜、長者ヶ崎と二つの入江をこえて小さな岬までいき、そこの岩場で休んだ。潮風が吹き、満枝は髪を押さえる。亜希は蟹をとってやった。夏夫は恐いらしく、なかなかつかめない。くくっと亜希は笑いをもらす。

やっとつかめた夏夫に、満枝は顔を輝かせた。夏夫は蟹をもった手をさしだす。笑顔で見つめあえば言葉以上のものが伝わるとでもいうように、母も子も頰笑んでいた。

自分はそこにはいっていけない……。何さ、と亜希はすねる。そんな気持を隠して、並んで沖を眺めていた。

「亜希ちゃん、夏夫のことをよろしくね」と満枝が不意にいった。

思わずこくりとうなずいたのだった。この人は私の気持が分るのかしら、と迷った。いじめないでねというのでもなく、遊んでやってねというのでもない。もっと別の、大きなことを頼まれたかのようだった。

そろそろ帰りましょうかと満枝が立ちあがる。夏夫をなかにして手をつないで帰っていく。亜希の心も静かに落ちついて、自分でそれを感じながら、このままずっと歩いていたい気がした。

夏夫の手は小さく柔らかだった。

すでに泳ぐ人はいない。散歩をする人たちが点在するだけの浜だった。大きな外国人が二人おりてきて、海へはいっていく。アメリカの海兵さん、と亜希はおしえる。母たちがそう呼ぶのだ。彼らが泳ぐのは日を避け人を避け、いつも夕刻だった。

傾きかけた太陽が傘をかぶっている。明日は天気がくずれるかもしれない。満枝は足をとめて砂浜から沖へと辺りを見渡し、雨に降られるとどんな感じかしら、とつぶやいた。

梅雨はまだあけていなかった。雨が降ると海の色が変る。青いというより灰色になる。青い空には青い海が、灰色の空には灰色の海が似合うのだ。バッタやカマキリが草の葉に自分の色をあわせるように、海は空に自分をあわせると亜希は語った。よく知っているのねと満枝が感心する。私、ここの海のことなら何でも分る、どんな波がくるようになったら泳いではいけないとか、海のどこに岩が隠れているとか……。亜希ちゃんがいれば安心ね、と満枝がいった。

帰ると、男の人がいた。夏夫の父親の耕造だった。彼も亜希に、よろしくお願いしますと、子供にではなく対等の大人にするように話しかけ、頭をさげる。彼だけは東京に残り、週末をこちらにきてすごすのだそうだ。

その夜は特別に亜希の母が夕食をつくって耕造一家を招いた。料理といっても店にある魚をおろして刺身にしたものだから、亜希には珍しくはなくご馳走でもないが、耕造や満枝はおいしいといってたくさん食べる。ふだん耕造は帰りが遅い。食事は母子二人だけでとるそうだ。こうして大人数で食べられるのが嬉しいと満枝はいう。

仕事に追われて家のことは二の次になってしまいますと、耕造は言い訳をした。夏夫にも何もしてやれない。夏夫が寝てから帰り、眠っているうちに出かけ、一週間言葉をかわせないこともある。

「罪ほろぼしみたいなものです、こうして海によこすのも。弱い子でして……」

風邪を引いてすぐに熱を出すという。丈夫な強い子にするには海にやるのがいいと医者にすすめられたらしい。

「なあに、潮風に吹かれながらお日様浴びて夏をすごせば、冬に風邪を引くことはありません、必ず丈夫になりますよ」と亜希の父がいった。

「ええ、せめて体だけでも強くなってくれればいいと願います」

「体だけでもって、それだけでしょう、きたえるのは」

「この子は母親べったりでして、気持までも弱々しいのです」

「弱いんでなくて優しいんでしょう」亜希の母がとりつくろう。

「父親としてはもう少し度胸があったほうが……。女性はみな同じことをいいますね」

同じ？　と亜希の母は聞きただす。

「妻がいうのです、この子は優しい子なんだ、並はずれて感受性の強い子なんだって」

満枝は何もいわない。わずかに首をかしげるようなうつむくような感じで、口元にも微笑があるようなないような、穏やかな雰囲気を漂わせている。

「それはそうですね、男がみんな優しければ、戦争だって起きはしませんよ」

「おまえ、ことを大袈裟にするな、旦那のいってるのは男としてやっていくふだんの暮らしのことで、世間に出れば七人の敵がいるってことだ」

「同じですよねえ」と母が満枝に同意を求めた。

「出世しなくていいと妻はいうんです。戦わなければならないときも逃げればいい、戦うより逃げるほうに勇気を出してほしいって、……気持は分りますが」と耕造は述べた。

その勇気は優しさから生まれると、たぶんこの人はいいたいのだろう。亜希はそう思って満枝を見る。目があってにこっと笑うと、満枝の口元がゆるんだ。彼女の手は夏夫の腰にあてられている。畳に坐っているのに疲れたのか、彼は満枝によりかかっているのだった。眠いの？と亜希が聞くと、夏夫は首を振った。

まだ七時半で外は暮れきってはいない。亜希も夏夫も食事が終ったのに、ビールを飲んでいた大人たちはやっと食べ始めるところだった。兄は勉強があるといって部屋に戻ってしまった。去年までは遊んでばかりいたのに。毎日少しずつ学びなさいという学校の先生は正しいと兄を見ていて亜希にも分った。しかし机にむかうより遊ぶほうが愉しく、つい遊んでしまうのだ。この夏休みは夏夫たちがいる、きっと勉強がおろそかになるだろう。でもいいわ、まだ小学生だもん、と自分で決めてしまった。

食事がすんで、耕造がみやげに買ってきてくれた花火をあげたいと夏夫がいいだした。疲れたでしょう眠くないの、と満枝が確かめる。眠くなったら耕造が背負うことにして、せっかくだから庭でなく浜辺であげようということになった。

また亜希が案内役になって四人で出かけた。海では遠くに漁火が見えた。何がとれるのかなと耕造がいう。亜希は自分がたずねられたのだと思ったが、答えられなかった。

海は一つの闇なのに、波のうねりによる濃淡があった。空をあおいでも闇の一色で、月も星も見えない。夕暮れよりもさらに曇ってしまったようだ。それでも砂浜や波打際や引きあげられている船が、暗色の濃淡で分る。

銀色に輝くもの、樅の木の形に燃えあがるもの、どかんとなって空高くで丸くはじけるものなど、いろんな花火を耕造はあげてくれた。最後にみんながそれぞれ線香花火をもって火をつけた。夏夫の花火がはねだし、亜希の花火がはねだし、つぎに満枝のもの、そして耕造のものとつづいた。火をつけた順番どおりで、火玉の落ちるのも同じ順だった。

初めて水着になって海へはいろうとしたとき、夏夫はいざとなったら後じさりした。大丈夫といいながら亜希は手をとり導くが動こうとしない。肩に手をまわして、さあといったとき、夏夫は思いの他の強い力で突き返した。亜希はしりもちをついてしまった。驚いて見あげると泣きだしそうな顔があった。隣に坐らせた。尻の下を波がえぐるのがくすぐったく面白い。夏夫はそうするうちに水に馴れたのだった。

ねばって腰をすえていた梅雨もあけた。太陽の照りつけるじりじり焼けるような日々がつづく。くる日もくる日も亜希と夏夫たちは浜辺ですごした。満枝はパラソルの下にいてめったに海にははいらない。亜希と夏夫は周りを走りまわり、勢いに任せて水中に突き進み飛沫をあげる。亜希は懸命に夏夫に泳ぎをおしえるが、泳ごうとすると彼は水が恐くなる。亜希はじれ、手をとって引く。夏夫は目をつむり足をばたばたと上下させる。あるとき夏夫の足のとどかない深みにまできてしまった。自分の足はちゃんと砂を踏みしめているから気づかなかったのだ。手をはなすとたちまち夏夫は沈んで水を飲んでしまったようだ。慌てて亜希はささえてやった。しがみつきながら夏夫はむせた。苦しそうに息を整えるのだった。満枝は気づかないようだった。夏夫はいわない。亜希も黙っている。うしろめたかった。

三年間、満枝と夏夫は夏がくるたびにやってきて、秋になると帰っていった。四年めの夏、今年はもうこないと母から告げられても、亜希はそれを信じないで心待ちにした。海が恋しくて矢も盾もたまらなくなり、ある日突然やってくる、そう思えて仕方なかった。亜希にとっても、彼らがこなくては本当の夏は始まらない。朝目覚めてまず頭に浮かぶのは二人の姿で、今日はくるだろうかと思うのだった。

夏がすぎていくにしたがい、期待が焦りに似た気持に変っていった。一日でもいいからきてほしいと願う。それでも彼らは姿を見せない。莫迦だねえ、くるはずないだろう、来年は高校へいくんだから勉強するんだよと、待っているのを母に気づかれた。

秋になってしまった。一度も泳がなかった。こんなに待ったのに、何で夏夫たちはこなかったのだろう。亜希が彼らを思うほどには、彼らは亜希のことを思っていないのかもしれない。気持は分ってもらえてはいなかった。

翌年も、今年は連絡さえもないといわれて、もう待とうとはしなかった。待っても無駄と、分っていた。そうして年ごとに彼らは亜希の胸から遠のいていき、子供の頃の懐かしい思い出という形で残るだけになった。

亜希は高校を卒業して東京のあるデパートに就職し、数年後同じ職場の男と恋愛した。彼に求婚されたとき、申しこまれたなら受けるつもりでいたのに急に返事ができなくなってしまった。その動揺を自分でも説明できないままに気まずくなって別れ、デパートもやめて、陶器や磁器を扱う専門店に転職した。そこで、客としてやってきた耕造に十五年振りに再会したのだった。

いらっしゃいませといって前に立つとすぐに、客が耕造だと分った。あの頃黒くふさふさとしていた髪は白髪がふえ、額が広くなり、顔の皺も深くなってはいたが、それでも同じ顔だった。終戦の翌々年に生まれた亜希は二十八歳になっていた。耕造は子供の亜希しか知らない、顔形も印象も違ってしまったのだろう、彼は気づかない。

耕造と気づいただけでもう、亜希の記憶の絵は鮮やかに広がっている。満枝や夏夫がどうしているか聞きたかった。どれほど変ってしまったのか、あるいはどれだけ変らずに昔の面影を残しているのか……。夏夫は六歳下だから、きっと大学生だろう。あるいはなりたての社会人。耕造が望んだようにたくましく成人しただろうか。色白の華奢な体が頑丈に育って、精神も強くなって……。想像をめぐらしてもその姿をうまく描けずに、どこか頼りない無口な青年が浮かびあがる。あの頃夏の終りに近づいて真っ黒に日焼けしても弱々しかったように。満枝はどうだろう。昔のままの姿を願った。

しかし、今は関係ない人たちなのだ……。だから耕造も亜希に気づこうとしない。壺を眺めている姿に目をすえていた。

贈り物にしたいのですが、気にいったのがなかなかないなあ、と耕造がたずねるので、そばに近づき説明をした。お客さまと呼ぶべきなのについ、耕造の姓をいってしまった。きみ、私を知ってるの、という表情で耕造は亜希を見る。亜希はうなずいた。気づいてほしかった。私……、と口ごもるのを、さらにたずねる眼差しで耕造は待つ。亜希の鼓動が早まった。

「私、亜希です、昔、海にいらしたでしょう、夏ごとに、三年ほど。部屋をお貸しした家の娘です」

耕造の目が大きくひらかれて輝き、同時に口がぽっとあいた。声はなかったけれど、ああ、とつぶやいたのだろう。亜希は彼が何かいうのを待った。耕造の記憶がどんどんよみがえっていくのが、表情にあらわれている。

体が熱くうずき、懐かしさが切ないほどにふくれていく。別れ別れになってしまった肉親に会えたような気持だった。十五年前に心はとんでいた。なぜ突然きてくれなくなってしまったのですか、私はずっと待ってました、なぜ直接私にも、こられないといってくれなかったのですか。そんなふうに恨みをぶつけたかった。

「亜希ちゃん……」と耕造はいった。「分らなかった、いい娘さんになってしまって」

夕食を一緒にとろうと誘われた。耕造の嬉しげなのが、嬉しかった。まだ三十分勤務時間が残っているのを、彼は待っているといってくれた。偶然夜の時間があいて、買物にくる気になったらしい。壺を買うのは満枝の役目のようにも思えるが、仕事上の贈り物なのだろうか。あの頃と同じように忙しいのですか、と亜希は聞いた。忙しい、働きどおしです、と耕造は答えた。可哀想と思わずいうと、そうだなあと苦笑して、最近は疲れて休みたくなるときもあると返す。それから、三十分したらまたくるといって出ていった。

聞きたかったことを、食事の席で耕造は話してくれた。亜希の両親の様子をたずねてから、満枝は亡くなったと、思いもよらないことを口にした。

「寡男暮らしです」と耕造は語る。「結婚したときから自分のことは自分でして、なるべく妻の手をわずらわせないように努めてきたつもりなのに、そうではなかったと死なれてから分りました」

耕造は満枝の話をするとき、妻といった。少女の亜希は、聞くたびに奇妙な気がした。満枝、と直接呼ぶほうが自然なひびきがあった。妻という言葉をまた耳にして、そんなことを思いだした。耕造に出会って、本当に会いたかったのは満枝だった気がする。そばによってふんわりと優しい気持にさせてもらいたかった。若かったけれど寿命がつきたという印象がある、と耕造は振りかえる。死者への恋しさが伝わってきた。

だがどんな死だったのか、耕造はいわない。心も体も丈夫そうには見えなかった満枝は、不治の病を得て亡くなった。そういうことなのだろうと亜希は思った。

夏夫にとっても痛手は大きかったろう。満枝にもたれる癖があったが、成長しても彼の心は相変らずもたれていたのではないか。連想すると、そう思えてしまう。

夏夫だからそうなるのではない、満枝のそばにいれば誰だって、ふっと寄りかかりたくなってしまう。耕造にしても彼女を大切に守りながら、同時に、ふわりと受けとめられていたのだろう。

「夏夫さんはどうしているのですか」と亜希は聞いた。

「あれは、京都にいます」

「別々の暮らしなんですね」

「めったに帰ってきません。何を考えているのか私には分らなくて……。父親と息子というのはだめですね。はなればなれで対立すらない」

「信頼しあっているからでしょう」

「まあ、互いに信頼はしています。そのうえでいろいろあっていいのに、それがない」

夏夫には反抗期というものがなかったらしい。父親が関わらざるをえない時期がなかった。満枝に死なれて夏夫が気になりだしたという。満枝がいれば彼女を介して、夏夫を見られた。たとえ霧のむこうにかすむ姿でも、満枝にははっきり見えているという安心感があって、心配にはならなかった。勝手なものです……、と耕造は自分を責める。

出張で関西へいくと呼びだし、食事をしながら話をすると彼はいった。酒を飲めば気分もゆるみ、ふだんはあかさない心の内側を、ちらっとでも見せるかもしれない。耕造も別の姿を見せられる。夏夫が抱いている、遠い人という印象を変えられるだろう。そういうことがきっかけになって近づけるかもしれない。父と子で気持をつうじあうために酒に頼るのは情けないが、一つの方法には違いない。特に、感情を胸の奥にしまいこんでしまったみたいな夏夫となら。そう耕造は考えるのだが、飲みにいこうと強引に連れていってもかえって無口になられてしまい、白けるばかりだった。夏夫は酒が好きではないのだ。酒を出す場所も苦手のようだった。飲みに連れていくことは諦めてしまったが、そうかといってむかいあって、おまえの気持をじっくり聞かせてくれともいえずに、さしつかえのない話をかわしながら探るばかりだと、耕造は自嘲する。

耕造が夏夫を信頼しきれないのなら、そうさせるものが夏夫にあるのかもしれないと、亜希は考えた。父親は息子に超えられるのを望みながら、それが悔しかったり淋しかったりすると聞くが、夏夫と私の場合はそうはならない、と耕造はいった。

「夏夫が十七、八歳の頃は、もう少し大人になればはっきりするだろうと思ってもいました。こんなにつうじあわないものかと、今になって、妻任せの態度を悔みます。息子なんて分らないのが当然で、すでに子供ではないのだからほうっておけばいいといわれたこともありました。しかし夏夫は違うのです、繊細すぎて気になります、気になって仕方ない」

久しぶりに会ったあなたに愚痴をこぼしてしまったと、恥ずかしいのか耕造は言い訳をした。

満枝が死んで家庭がなくなってしまったのだと、亜希は感じた。

「私、おばさんのことを、よく覚えています」

耕造をなぐさめたかった。

「どんなこと？」

「たとえば、髪を切ってもらった日……」

庭に椅子をもちだして夏夫を坐らせ、髪を刈りだした。亜希は縁側に腰かけて二人の様子を見ていた。満枝の手つきはていねいで、くしけずっては体を引いて確かめ、切りそろえていく。うつむかされた夏夫は上目遣いに亜希を見て、くすぐったそうに笑った。

亜希も髪をいじってもらいたかった。その気持を見抜いたように、亜希ちゃんの髪も切ってあげましょうか、と満枝はいった。うんとうなずいて、亜希は椅子につく。夏夫が眺める番だった。亜希に面映ゆい気分がわいている。満枝の指がときおり額や首に触れるのだった。

満枝は耕造の散髪もした。日曜の朝、散歩から帰って始めた。亜希と夏夫は並んで二人を見た。馴れているからか手際がよく、慎重にやっていてもすぐにすんでしまう。首筋を剃るのに満枝は耕造をうつむかせる。うつむいたその姿は、夏夫に似ていた。そう思った。

私のうなじもあたって、と終ってから満枝がいった。耕造の左手が髪をかきあげるようにして後頭部を押さえ、右手にもった剃刀で剃っていく。亜希はいたたまれないような奇妙な気分におちいり、両手をかたく拳にして耐えていた。

あの日初めて、髪をアップにした満枝を見た。

「妻は手先が器用だったから」と耕造も思いだすようにいった。

「ずっとおばさんに刈ってもらっていたのですか」

「そうです。時間があればいつでもやってもらえて、便利でした。特にサウジアラビアに五年ほどいっていた間は助かりました」

「サウジアラビアにいたのですか」

「それがなければ夏はあなたのところに世話になれたのに、いけなくなって」

「私、待ってました、四年目も、五年目も」

「きっと迷惑かけましたね、お父さんたちにも」

「いいえ、こられないって連絡がありましたから。私が一人で勝手に待っていたのです」

あの頃の気持をいってみても、分ってはもらえないだろう。亜希が一方的に満枝を中心にした家族に憧れ、待ち望み、恨んだのだ。

ワインを飲みながら小牛のステーキを食べた。ドレッシングが変った風味の野菜サラダがさっぱりしている。話もゆっくりとつづき、途切れて居心地が悪くなるようなことはない。耕造も愉しそうだった。今夜はごちそうさまでした、お会いできて嬉しかったです、と亜希がいうと、また会いましょうと耕造は答えてくれた。それよりも家にきてください、一人暮らしでは何もできないが、といいなおした。一日おきに家政婦がきてくれるらしい。亜希もアパートで一人だから必ずいくと答えると、耕造は喜んだ。

亜希は休日ごとにたずねるようになった。耕造も心待ちにしている。亜希の休日になかなかあわせられないが、早めに仕事を切りあげるように心がけるといった。耕造と静かにすごす夜の時間が快かった。満枝のものが残っている。写真も飾ってあった。耕造はサファイヤの指輪を亜希にくれた。満枝が喜ぶというのだった。夏夫に結婚相手ができたならやるつもりだったのではないかと思ったが、満枝のものだと聞いて亜希は遠慮しないでもらった。

夜遅くなってとまってしまうことにも、亜希はこだわらなかった。アパートで一人なら、ここにきて暮らしてはどうかと、耕造も、そういいだした。はいと、亜希は即座に答えてしまった。

彼女自身がそれを望んで、耕造がいいだすのを待っていたかのようだった。そのとおりなのだろうと自分で思った。そうして、この人はきてほしいのだ、と思った。ここで暮らすようになれば何でもしてあげられる。

結婚をして落ちつく年だろうにいつまでも東京で勤めをしている亜希を、両親は心配して帰るようにすすめ、家からでも勤めに出られないわけではない、何を好んで住みにくい東京で暮らすのかといっていた。今帰ったら見合をさせられ、結婚が問題になるだろうと、あえて自分に言い訳をしたこともある。恋人に結婚しようといわれても、この人と生きていこうという最後の決心ができなかったのだ。

きみの気持が分らないと恋人になじられて、自分でも分らなかった。誰かを好きになったからといって私は、そのまま結婚には結びつかないだろう。結婚をするとしたら、もっと別の形の、運命的なものに導かれてだろう。恋人と別れ、デパートをやめたときに、そんな予感をもった。

奇妙なうら寂しい仕合わせを感じながら耕造の前でそれを思いだしていた。

二十歳以上も年上の耕造に、ここにきて暮らしたらどうかといわれ、運命の啓示のように体中にその声は鳴り響いたのだった。耕造との偶然の再会がすでにこうなることを語っていた。父親のような耕造に亜希が抱く感情は恋といえるのだろうか、それとも憧れと呼ぶべきか。名づけようのないものだった。ただそばにいて、その存在を感じ、言葉をかわしあえば十分なのは、耕造一人と一緒にいるわけではなく、彼といることが満枝や夏夫といることでもあったからだ。

あるいは満枝が再会させたのかもしれない。あの予感も満枝の意図を感じたからなのだ。そう考えてもふしぎにならなかった。子供の頃から決まっていたように思える。縁があったから、あんなに親しんだ。

二人の共同生活が始まったのは十一月にはいってすぐだった。師走になると商店街からはクリスマスソングが流れだした。耕造に多忙な日がつづき、亜希のつくった食事がむだになることもたびたびあった。すまないという彼に、亜希は体のほうが心配になる。無理をしないでと頼むと、満枝にもよくいわれたと打ちあける。

夏夫のことも気になった。東京に帰ってこない。亜希を覚えているのかいないのか、電話で話をしたが、懐かしがる様子は伝わってこなかった。宇宙物理学というむずかしそうな学問を専攻していて、秋には大学院の入学試験に合格していた。ほっとしたのだろうし、何日か机をはなれて疲れをいやすためにも帰るようにとすすめても、はっきり理由をいわずに、学校があるからと言葉をにごしてしまう。その態度が気になった。満枝にもたれるようにしていた夏夫の頼りなさがそのまま残ってしまったように、電話をとおして伝わってくるのだった。

しようのないやつだと耕造は言い訳のようにいった。嫌われたと亜希が思うのではないか……。そう考えるらしかった。亜希はそんなふうには思わない。自分が耕造とこの家で暮らしているからといって、夏夫が嫌うはずがない。母親のいない実家に若い女がはいったわけだが、亜希がここにきたのはそんな表面的なものではないと、夏夫なら分るはずで、考えるまでもないことだった。

遅く帰ってきた耕造に紅茶をいれた。暖炉の形に壁にはめこんだヒーターが赤く燃えている。

その前に小さなテーブルをはさんでソファーがすえてある。耕造と亜希はそこで夜の一時をすごす。音楽を聞いたり、本を読んだり、とりとめない話をしたりする。

なぜ夏夫はここに加わろうとしないのだろう。勉強が面白いようだと耕造はいうが、彼にも本当の理由は分らない。誰かといるよりも一人でいるほうがらくなのかもしれない。亜希も一人で暮らしていたから、その気持は分る。しかしらくだからといって人を避ければ、ますます一人になりたくなっていく。

夏夫は無理をしているのかもしれない。勉強に逃げれば、人ばかりでなく勉強からも追いつめられるのではないか。会いさえすれば自分たちも、子供だった昔の夏夫と亜希に戻れる。親のところにくらい、自由に帰ってくればいいのに。親しみあった二人なのだ、懐かしさのつうじないはずはない。

満枝が生きていれば夏夫が心配でたまらないだろう。京都まで出かけていくに違いない。大きくなった夏夫にむかって、満枝はどんなふうに接していたのだろう。亜希はさりげなく耕造に聞いた。夏夫が大学の入学試験に合格してすぐに、満枝は亡くなったそうだ。受験生ということもあって細かく世話をやいていたという。すべての力を夏夫に与えてしまったのかもしれない。突き放すという育て方を満枝は絶対にとらなかった。たっぷりの愛をそそいで育てたいのだと、いつもいっていたという。耕造からそう聞かされて、彼女らしいと亜希は思った。結果を見る前に、満枝の命はつきてしまった。たっぷりの愛をそそがれて育ちながら、なぜ夏夫は一人に閉じこもろうとするのだろう。満枝の死は何かの形で夏夫に影を落としているのかもしれない。

「宇宙物理学を、夏夫さんは自分で選んだのですか」と亜希は聞いた。

「夏夫さんにむいているのかしらと思って」

「そうだが、……どうして？」

亜希は暖炉の赤い炎を見つめた。夜のしじまが深まっている。

ああ、今日いった店のママがレコードをくれた、ちょっと聞いてみようか、といって耕造がセットする。シャンソンだった。パリ祭の人波で目と目が触れあい、それだけで恋に落ち、夜をともにした。翌日男は消えてしまった。どこへいけば男に会えるのか、娘には分らない、待つしかない。とても近いところにいて自分を見つめているような気もするのだった。一年がたち、パリ祭には男が再び姿を見せると信じていた。だが会えなかった。あのパリ祭の日は特別だったのだろうか、毎年七月十四日はくるけれど、あの日は戻らない、遠ざかっていくばかり……。そういう歌だった。待ちつづけるなんて切なすぎる、と亜希はいった。幻の男でしかないのだ。それでも待つのかもしれないね、と耕造は答えた。亜希はもう一度レコードをかける。

「待っているのですか」と聞いた。

「何を？」と耕造は聞きかえす。

「おばさんを」

「死んでしまったよ」

「それでも待つのかもしれないっていったでしょう」

「それは……」耕造はいいよどみ、視線を宙にさまよわせた。

亜希もそこに目をやった。

「こんな私だが、結婚してくれないか」

亜希は思わず息を飲んだ。遅すぎて唐突な申し出だった。ここにきて住まないかといわれたとき、抱かれてもいいと密かに決めていた。耕造はそうはしなかった。そうして亜希は、それでよかった。

耕造の胸に今でも満枝がいるのは、よく分っていた。嫉妬はなかった。なぜ今、結婚してくれというのだろうか。私がおばさんを好きだからですか。その胸におばさんがいまだに生きているのを、私が承知しているからですか……。

亜希は炎を見つめる。たぶんそうなのだろう。思いがけない嫉妬めいた感情が体中を駆け巡っていた。満枝が間にいて、自分たちは互いに安堵できる。

腕をのばし、耕造の手をとらえた。ソファーをすべり落ちるようにしてもたれていった。

抱かれながら、自分が満枝になったような気がした。それが自分でつくりだしたものなのか、耕造の思いが自分の胸にうつっているものなのか、分らなかった。

いつか亜希は一人で抱かれる日がくるのだろうか。そんな日があればいいような、こなくてもいいような、揺れる気持でいると、結婚しようね、と耕造が再びいった。

「結婚はしたいです、でも両親が何というか、それが気になります」

耕造は亜希をまじまじと見た。嘘ではない、しかし亜希は自分をごまかした。他に何といえばよかったのだろう。なぜ？　とは耕造は聞かなかった。抱きしめてくれた。

私の気持が分っているのだと、亜希は思った。涙がわいてきた。何でこんなときに哀しいのだろう。満枝が大好きだった、慕う心は今も変らない。いや、ますます強まっている。同時に嫉妬も膨れている。この感情は何だろう、自分で自分が分らなかった。早く気持の整理をしなくてはと思うのだった。

結婚を決めても生活に変化はない。両親にはしばらく黙っていることにして籍もいじらない。表むきはいっさい変らない。いっても分ってはもらえず、かえって心配をさせるばかりだろう。夏夫にだけ、結婚したつもりだが当分籍はそのままにしておくと、事実のみを知らせた。おめでとうと夏夫はいってくれた。あとは何もいわないのだった。お正月には帰ってきてねと頼んだが、卒業試験が近づいているので帰れないらしい。

「試験の準備ならこちらにいてもできるでしょう」と亜希は声を強めた。

「いいえ、本でしらべたり先生にたずねたりの都合で、休みでも学校にかよいます」

「元旦の一日だけでもこられない？　父親としては何もいわなくても帰ってほしいんじゃないかしら」

亜希の言葉を夏夫は笑った。

「父が大阪にくるたびに呼びだされて、十分でしょう」

「ごめんなさい、私が会いたいの」

どうして分ってくれないのだろう。昔の夏夫なら、この気持を分ってくれるのに。

亜希のなかの夏夫が、夏夫自身によって壊されていく。子供の頃を懐かしく思う暇もないほどに勉強に追われているの、となじりたかった。

一日くらいあけてくれてもいいではないか。あの澄んだ気弱な瞳を見ながら話をしたい。満枝がいるではないか、つうじあえないはずはない。

「なるべく帰るようにします」少しは亜希の気持を察してくれたのか、夏夫はやっとそういった。

正月がきて、亜希も実家に顔を出さなくてはならないが、今年はいかれないと連絡をして、夏夫を待った。昼頃に彼は断りの電話をかけてきたのだった。耕造が少し話してから亜希にかわった。

「都合をつけられなかったの?」

「ごめんなさい」

「お友達とか、誰かと一緒?」

「一人です」

「でもお正月よ」

子供みたいだな、と夏夫はいった。

「夏夫さんが一人でいると思うと、私も淋しいもの」

「人って案外、淋しいのが好きですよ」

「どうして?」

「さあ、そうでないと生きていけないんじゃないかな」

「夏夫さんがきてくれないのなら、私たちがいくわ」これも断られるだろうと思いながら、遠慮がちにいってみた。

「それは、いつでも歓迎します」

会いたくないのではないのだ。

「じゃあ、本当にいくわ、決まったら連絡する」亜希は重ねていった。

電話を切ってから耕造に話した。

「夏夫さん、お正月なのにトーストに紅茶の朝食ですって」

「私は料理も掃除洗濯もできるが、夏夫は何でもしてもらっていたから」

「デパートには一人用のお節も売っているのに」

「買うのが面倒なんだ、きっと。それにデパートの一人用のお節を男が食べている姿なんて、感心しないな」

これから餅などを送ろうかと亜希がいうと、その必要はないと耕造はとめた。

「私たちがいけば歓迎するっていってくれたわ。日を決めてください」

私がむこうへいくのは……とつぶやきながら、耕造は部下のつくってくれたスケジュール表と手帳をとりだした。一月は無理で、都合のつくのは二月の初めになる。それなら今からいこうと亜希がいうと、実家にいきなさいと耕造はすすめた。彼もいくつもりらしかった。

時期を見はからって話すといっているのに、それでは筋がとおらないと耕造は考え、けじめをつけたいようだ。結婚を報告しても籍がそのままでは悶着がおきると、亜希はとめた。

死んだ満枝がいることで結びついた二人なのだから、生涯、籍をいれる日はこないかもしれない。それでもいいと亜希は考えている。しかし籍をいれる日がこなかったとしたら、結果的に隠しつづけることにもなる。それは無理だと、耕造は強調した。

「分りました、話します、一緒にきてください」

耕造は微笑を浮かべてうなずいた。亜希を、娘のようにも見ている。そんな感じの眼差しだった。働き盛りで会社でも重要な地位にいるけれど、誠実すぎて本当は不器用に世間を渡っているのだろうと、亜希は思った。

亜希の父は怒った。母も喜んではいない。いつか分ってもらえると、家を出てから亜希は気遣う耕造にいった。

一月中は毎日のように会合がつづき、耕造が帰ってくるのは深夜で、茶漬けを食べたいというときもあるが、たいがいは風呂にはいってすぐに寝てしまう。暖炉の前でゆっくりと話のできる間がなかった。

亜希は勤めをやめてしまった。耕造を送りだしてから掃除や洗濯をするのだが、二人だけの暮らしだからすぐにすんでしまう。習いごとでも始めたらいいと耕造はいうが、当分は家のことだけにかまけてのんびりするつもりだった。

シャンソンのレコードをかけて聞きながら、暖炉の赤い火を見つめていた。それからロッキングチェアーを窓際におき、読みたい本を手にして坐る。すぐには読みださずに何もしないでいると、家の気配が伝わってくるのだった。

満枝も夏夫もこの家で暮らしていた。一人でいると、今も二人が家のどこかにいるように感じる。自分も加わりたいけれど、隠れてしまって姿を見せてくれない。静かに耳をすました。私も仲間にいれて、と亜希は妬ましくなって声をあげる。すると彼らは黙ってしまう。こんなにあなたたちのことを思っているのに何で姿をあらわしてくれないの。亜希は不満をつのらせた。

亜希は少女に返っていく。

波がよせ、引いていった砂の上に立つと、草履の周りが丸く色が変る。亜希と夏夫が面白がっているのを、満枝は頰笑みながら眺め、それからゆっくりとすすんでいく。亜希たちは駆けて、満枝を追いこす。亜希はこんな散歩を家族の誰ともした経験がなかった。

朝食がすみ、一休みしてから、日盛りのなかを亜希と夏夫は水着になって出かけるのだった。満枝は日傘をさしてついてくる。ときには、亜希ちゃんお願いねと夏夫の世話を頼んで家に残り、あとからくることもある。

満枝がいないとき、亜希はかなり乱暴になった。夏夫にばた足をさせながら手をはなしてみたり、水かけっこで手加減をしなかったり……。何でこう意地悪になるのか、分らなかった。夏夫の目を見ているといじめたくなるのだった。

夏夫が亜希の気持に気づいているのかどうかも、分らなかった。手荒に扱われているとも思わないのか、亜希を慕う。満枝に訴えることもないらしい。

ある日、亜希と夏夫は岩場で待っていると約束して、二人だけで家を出た。手をつないで国道を渡り、それから浜辺まで走った。穏やかな波が岸を打っている。亜希がスキップを始めると夏夫もまねて、うまくできないで足をもつれさせた。へたなんだから、と亜希は思う。岩場では潮の具合でできた水溜まりで小魚を追った。ぞうり虫や蟹もたくさんいる。磯巾着の頭に指をおくと、きゅっと吸いこまれた。近所の赤ん坊に指を吸われたことがある、そのときの感覚と同じだった。変な味がしたのか赤ん坊はすぐに吸うのをやめてしまった。磯巾着も指の正体を見破って絞める力をぬいてしまう。夏夫はうっかり空を見て、まぶしさに何も見えなくなったらしかった。

満枝はなかなかこない。遊びにあきて二人は岩に腰をおろし、沖を眺めていた。日差しはどんどん強くなり、凪いだ海の表を照らす。小波が無数に揺れていて、きらきら光っている。きれいでしょ、と亜希はいった。汗が流れて目にしみた。

ふと沖あいの一点が輝き、渦を巻きだした。あっ、と亜希は声をあげて目をこらす。渦が広がり、楕円状に輝きがのびていく。輝きはしだいに盛りあがっていくようだ。まぶしくてそれが何なのか分らない。光が高低いろいろに立っている。海の上に町が出現したようだった。輝きがさらにました。目をあけていられない。亜希は我知らず夏夫の肩をつかんでいた。

光の弱まったのが瞼をとおして感じられた。恐る恐る亜希は目をあける。海は何ごともなかったかのように穏やかで、相変らずの小波が太陽の光を反射させているだけだった。見た？　と亜希は聞く。夏夫は小さくうなずいた。しかしそれが何だったのか、分らない。魚の群れだったのかもしれないね、といいあった。

満枝がきていつもすごす砂浜へ移動した。奇妙な気分が残ったけれど、水につかって泳いだり潜ったりしているうちに忘れてしまった。

日曜の朝の散歩は四人でした。耕造と満枝が並んで歩き、亜希と夏夫は立ちどまったり走ったりしながら、二つの入江を隔てた岬までいく。耕造が小石を拾い、水切りをした。夏夫もまねる。石は小さな飛沫をあげて沈む。亜希がやってみる。一度だけはねた。満枝が何かのメロディーをハミングしている。朝の空気はしっとりとしていた。ここにくると呼吸もらくだと、耕造がいった。

朝食を終えてしばらくすると、いつもより早めに、満枝を残して三人で泳ぎに出かけた。耕造が夏夫の腹に腕をそえてささえると、彼は目をとじて目茶苦茶に手足を動かす。もっとゆっくり、といわれてもなおらない。亜希はそばに立って、ゆっくりゆっくりと叫ぶ。夏夫は疲れて動きをとめてしまう。

二人で休んでいなさいといい、耕造は沖にむかって抜き手で泳いでいった。あそこあそこ、といいながら、亜希たちは目で追っていたが分らなくなってしまい、砂遊びをすることにした。山を築いてトンネルを両側から掘っていき、手をにぎりあった。誰が見てもそれは分らない。自分たちでさえも見えない。手だけが夏夫の手を感じている。亜希が少し力をこめると、夏夫が笑う。亜希も笑いかえす。

砂山に影がかかって、二人は同時に顔をあげた。雫をたらしながら耕造が立っていた。胸が大きくどきんと鳴って、とっさに亜希は手をはなした。耕造は何も気づかない。疲れたといって腰をおろす。夏夫はすまして新しい山造りにとりかかる。黒くなったなあ、と彼の背中を見て耕造がいった。土地の子供と変らないくらいに日焼けしている。白く透けるような肌だったのに、元に戻らないのではないかと思うくらいに黒い。この冬は風邪を引かないですむかなと、返事のない夏夫にむかって耕造はつづけた。

日傘をさして籐の籠を片手に満枝がやってきた。冷えた麦茶とお握り、桃がとりだされた。亜希と夏夫は海にはいって体中の砂を落とした。光も雫も目にしみる。手の甲でぬぐってもすぐにまたしみてくる。目を細めて麦茶を飲み、お握りをほおばりながら、ふと亜希は夏夫たちの家族の一員のように感じ、すると逆に自分だけが違うということを考えてしまう。

そのままでいたいのに、ふっと我にかえってしまった。我にかえれば、満枝は亡くなり、夏夫は京都にいて帰ろうともしない。せっかく家族になれたのに。

またシャンソンをかけた。娘のそばに男はいる。しかし娘には分らないのだ……。何度も聞いているうちに亜希のなかではそんなストーリーになっていた。夏夫が帰らないのは、耕造も知らない何かがあるのだろうか。さっき夏夫と満枝は何を話していたのだろう。つい思い出にふけってしまったのは、二人が愉しそうなので自分も加わりたかったからだ。満枝はこの家にいる。亜希が住み、掃除をしたり花を飾ったりしても、女主人は満枝。彼女がいても亜希が否定されるわけではない。彼女に助けられながら毎日を送っていると、亜希は感じたい。

満枝がいるから、帰ろうとしないのだろうか。何かがあったというより、死んでしまった満枝のいるのがつらくて帰りたくないのだろうか。夏夫もこの家で彼女を感じないはずはない。夏夫が満枝にもたれかかっている。この家のどこかで、二人はきっとそうしている。

二月にはいり、耕造が大阪へ出張する折に休暇をとれるので、亜希も京都へいくことになった。やっと夏夫に会える。会ってしまえば言葉もいらないかもしれないが、ゆっくりと話をしたい思いが強かった。

どんな服装でいこうか迷い、耕造に相談をするとらくなのがいいといわれた。スーツにコートを選んだが、若くてきれいな印象を与えたかった。和服にしようかとも考えたのだった。義理の母なのね、私、とあえていうと、そんなこと意識しなくていいと耕造は笑った。亜希が夏夫に抱く感情がただの懐かしさではないのを、耕造は知っている。どんな影響を与えるのか、期待と不安とどちらを抱いているのだろうか。

夏夫に及ぼすものなどない、あったとしてもとるにたりない。満枝がいるではないか。

耕造は部下と先に出発し、むこうで落ちあうことになった。新幹線に乗るときは青空だったのに、沼津あたりは曇り空で富士山はまったく見えなかった。残念ねえと子供連れの女がいっている。静岡までくると雨になっていた。西へいくほど天気はくずれていくのかもしれない。京都は雨だろうか、雪だろうか。

三人でどこかの寺へいくことになっている。ちょうど節分の日だった。雨や雪のなかを歩くのはかえって面白いだろう。どこにしようかと今頃夏夫は思案しているかもしれない。どこでもかまわない、会えればそれだけでいい。

突然車内がざわめきだし、通路を隔てた横の親子も歓声をあげた。いつの間にかおちいっていた物思いを破られ、亜希は女が指さしているその先に目をやった。たぶん浜名湖なのだろう、陸側なのに水面が広がっていてそこから、虹が立っているのだった。なぜか日も差すなかをまっすぐにのびあがり、それからカーブを描いている。ふと自分のいる側が気になって目を移すと、そこにも虹が立っていた。一つの虹なのだった。どこに導こうというのか、華やかに虹の門ができていた。どんなに列車が走ってもそれは前方にあって、なかなかくぐれない。きれいだねと、女の子の興奮した声が、見とれる亜希の耳に響く。きれいだね、きれ

列車は疾走しているのに、虹との距離はちぢまらない。亜希はしだいに不安になってきた。この門をくぐれるのだろうか……。

一心に見つめていたはずなのに、いつの間にか虹は消えていた。そんなものは初めからなかったかのように、だれもが隣同士で話したり、本を読んだり、眠ったりしている。なぜ虹が消えたのに気づかなかったのだろう。他のことに気をとられるわけでもなく、目をこらして、いつ虹をくぐるか待っていたつもりなのに。

誰もそのことにこだわっていないのはなぜだろう。亜希が気づかないうちに門をくぐり、みんな満足しているのだろうか。

灰色の空がつづき、ときには雲間から薄日がさしても、すぐにまたとざされてしまう。しかし雨も雪も落ちてはいない。どこかで再び虹があらわれるかもしれないと亜希は願う。虹は夏ものだが、冬の今も出やすい時期なのだろうか。もしまた虹の門がかかったなら、今度はしっかりと見届けたかった。

静かに胸が高まっていた。家がたてこんだり畑が多くなったりをくりかえす風景は単調で、目は窓外にあっても、心はいつかしらはなれてしまう。それに気づくとまた景色を見なおすのだが、虹の立つ様子はなかった。

子供の頃、雨あがりの空と灰色の海とが互いに結びつこうとしているらしく、いくつもの虹がほとんど垂直にかかっているのを浜辺で見て、一つ、二つ、三つ……と声をあげてかぞえた覚えがある。いくつまでかぞえたのかは忘れたけれど、十では終らなかった。あのとき、虹はどうなるのかとふしぎだった。生まれ、消えていく様子を、はっきり見とどけた人がいるのだろうか。何度も見たけれど、その行く末を認めたことは一度もない。いつも、何となく、虹がまだ浮かんでいるうちに目をそらしてしまうらしい。

名古屋をすぎてしばらくすると、一面が白い世界に変ってしまった。列車の速度も落ちていた。朝から降りだした雪が急に強まったらしい。減速を知らせるアナウンスでそういった。細かいけれど切れめなく落ちてくる雪で、空も埋まっている。東京は青空で、途中から雨になり、それがやんで虹が立ち、どんよりとした曇り空が広がっていたがついに雪になった。天気が変るのではない、自分がいろんな空模様の下を移動している。はるか彼方にきてしまったようだった。昔好んで暗唱していた光源氏の、紫の上に逝かれて詠んだ歌が浮かんできた。大空を通ふまぼろし夢にだに見えこぬ魂の行方たづねよ。

雪のために何も見えなくなった窓に目をやったまま、ふっとこの雪のなかにおりてみたい気がした。見えないそこにはどんな風景があって、どんな人が暮らしているのだろう。晴れた日にあるものとはまったく別の世界と別の人がいそうな感じだった。人々の活動もままならない大雪という特別な日、ぽっと裏側の世界が出現している。そんなことがあるのではないか。

人は一生に何回かそこに足を踏みいれて、踏みいれたことに気づかない……。現実の世界も裏側の世界も、広がっている風景に変りなくても、気配は違う。子供の頃に満枝たちといたのは、故郷の現実世界と裏側の世界と、どちらだったのだろう。旅人のように表と裏とをいったりきたりしていたかもしれない。気づかないままに。というより、気づいてはいけなかったのだ。

表側のあらゆる人に相当する人が裏側にもいる、ちょうど人に影があるように。ふだんは見えない透明な裏の世界と透明な人たち。でも、たとえ自分ではあっても、同じではないし、出会えない。一人の人が現実とその裏とを自由に思いのままに行き来できたなら、そうして自分と出会えたなら、どんなだろう。

裏の世界で私は何を見て、何を考えるのだろうか。蒼白く雪の舞うなかを、亜希は背を丸めて歩いていく。遠くに幻のように何かが見えている。

女の子の声がした。我に返り奇妙なことを考えていたと亜希は思った。我知らず頭にシャンソンのメロディーが流れていた。虹の門をくぐれなかったけれど、雪のトンネルを列車はすすんでいく。おびただしい雪が相変らず空を埋めている。

米原をすぎて、雪のやんでいるのに気づいた。また亜希はどこでやんだのか見おとしてしまった。列車はスピードをあげていた。雪のために定刻より二十分遅れて京都に到着するらしい。耕造と夏夫はすでに駅にきているだろう。

窓に雫がつくわけではないが、黒い雲におおわれたままで雨が降っているようないないような、はっきりしない空模様のままに京都についた。急激に減速しながら列車はホームにはいっていく。十五年振りの夏夫との再会をあらためて意識して、胸が高鳴った。

列車がとまり、人々のあとについてプラットホームに降りたつと、目前に夏夫がいた。顔立ちにも全体の雰囲気にも幼い頃につながるものがあって、一目で分った。亜希は立ちつくし、列車が起こす風を感じながら、じっと見つめていた。夏夫も動かず、笑顔も浮かべずに、亜希に目をおいているだけで、数歩の距離をうずめようとはしない。

その表情が読めない……。いったいこの人は今、何を思っているのだろう。私ばかりが一方的に懐かしんでいるのだろうか。不安に包まれながら亜希はさらに近づいた。そうして見出した。憂い、悲しみ、……、そんなものが彼の目に宿っていた。昔のままの夏夫だった。ちゃんと言葉があるのにそれをいおうとしない、それはもう子供の頃からのこと。

夏夫さん、と呼びかけた。その声で金縛りから解かれたかのように、今日は、と返った。背は高いようだが肩幅は狭く、全体に華奢だった。顔も丸みがあればいいのによけいな肉は何もない感じがする。子供の頃から淋しい顔立ちをしていたが、痩せて弱々しいイメージが残っている。

「大きくなって……」と亜希はしかしつぶやくようにいった。

「二十二歳です、もう」と夏夫は返した。

子供の頃の六歳の年の差は大きかった。どちらも大人になってしまった今、対等にむかいあっていた。

「いきましょうか」と夏夫は亜希の鞄をとってうながす。

「あの人は？」

夏夫の前で夫とも耕造さんともいえずに、とっさにあの人といっていた。

「あの人は、急な用事ができて、さっき東京へ帰りました」

夏夫も耕造をあの人といった。

満枝のことなら、おばさんと簡単にいえる。夏夫も母と呼べるだろう。亜希は今、耕造の妻なのだ。そのために幼馴染みの懐かしさをすんなりとあらわせないのだろうか。何か言伝は？　と亜希はたずねた。

「たっぷり愉しむといい、そういってました。おまえがつきあえって……」

「それだけ？」

「ぼくといるほうが嬉しいだろうって、……勝手に何を考えているのか」

「悪い人ね」

二人は歩きだす。亜希は夏夫に会えて、耕造がいったように嬉しかった。耕造と思いがけずに会えたときも嬉しかった、けれど、もっと嬉しい。夏夫も喜んでいるに違いない。互いに喜びを直截にあらわせなくてもかまわない、気持はつうじていくだろう。

「ホテルへいって、まず落ちつきますか？」

「夏夫さんもホテルにとまるの？　今日は」

「ぼくはアパートに帰ります」

「じゃあ、私は一人になるわけね」

夏夫はうなずいた。

「私も夏夫さんのアパートへいきたいな。このままいって、そこで休ませて」

それでなくてはゆっくり話もできない。耕造に急な用事ができたのは本当でも、とっさの考えで亜希と夏夫を二人きりにしてやろうとしたのかもしれない。

夏夫のアパートは六畳と八畳の二つの部屋にダイニングキッチンがついていて、亜希が一人で暮らしていた部屋よりも広い。これだけ必要？　と聞くと、夏夫は首をかしげた。あいつは母親に頼っていたから何もできないと耕造はいい、亜希もそうなのだろうと思っていたが、どこもきちんと整頓されていて、ほこりのたまっている様子もなかった。誰かに頼むわけではなく、すべて自分でするそうだ。散らかすこともあまりないし、洗濯もスイッチを押すだけの手間だし、料理が面倒になれば外食をするか弁当を買ってくるかですんでしまう。

この部屋の穏やかな静けさが、夏夫を支えているのだろう。

「自分で始末できるのね」と亜希はからかった。

「父は、母の手をかけるなとよくいいました。……してもらったけど」

本がたくさんあった。宇宙物理学の専門書はもちろん、いろんなものがあって、何でも読むのねと亜希はいった。勉強で疲れると関係のない本を読みたくなるそうだ。

机の上にあるものは「悲劇の皇女」という題の大伯皇女と大津皇子の物語仕立ての解説書だった。墨絵のような写真がのっていた。手前に甍と木の枝がわずかに映っていて、そのむこうに山の峰々が連なっている。当麻寺から見た二上山、と下に書かれていた。大伯皇女が詠んだ挽歌がのっている。神風の伊勢の国にもあらましをなにしか来けむ君もあらなくに。現世の人にある我や明日よりは二上山を弟と我が見む。

紅茶をいれました、飲みませんか、と夏夫の声がして、敷居のところに姿を見せた。腰をかがめるようにしているのが目につき、背の高いのをあらためて感じた。百八十三センチだと夏夫は告げる。貧弱でしょう、細いから、と自分で分っているかのようだった。

亜希は本を手にしたままテーブルについた。夏夫の視線がそこに落ちる。面白い、と亜希は聞いた。夏夫はうなずく。皇女は自分をぎりぎり抑えこんで、静かに弟皇子を思うんです、静かに思えば思うほどその思いは激しく切実になって、実の弟というよりも恋人のようです。弟といっても恋人といってもいいあらわしきれない。現生の思いなど超越したところにある一つの魂を分けあった二人だったのかもしれない。大津皇子をうしない、慟哭する大伯皇女。夏夫はティーカップにミルクをたらし、紅茶をつぐ。細い指だった。きれいな、表情のある手だった。

とうとう会えたのね、といったら、急に胸がいっぱいになった。満枝や夏夫と浜辺で遊んだ夏の日に帰りたい。風紋を残す朝の砂浜を歩くだけでもいい。それなのに夏夫は、答えもしない。昔に戻れないと分っているから、黙ってしまうのだろうか。分らなくていいのに。

そんな夏夫を目前にしていると、過去は捨てるものなのか、引きずって歩くものなのか、亜希自身どうしてきたのか、分らなくなってしまった。

夏夫は砂糖をいれてかきまわす。渦は彼の心の揺れめいていた。この人にも燃える若い血が流れているはずだ。でも今は思い出話がしたい、満枝の話をしたい、そう望んでいるのに違いない。亜希はもどかしくなった。

昔のように意地悪な気持がかすかにわいていた。あの頃は亜希の気持を知っているようないないような夏夫だったが、決して見抜いた素振りを見せずにあとをついてきた。今でも気づいた様子はない。何で自分は夏夫を見るといじめたくなるのだろう。

「サウジアラビアにいたんですってね」と亜希はいった。

「四年間いました」

「どんなところ?」

夏夫は首をかしげ、「母はあの気候に馴染めなかったのか、外へ出たがらなかったし、ぼくは学校へいって帰るだけで……」といった。

「いつもおばさんと二人でいたのね?」

耕造は仕事に忙しく、夏夫たちをかまう暇はなかったのだろう。現地の人とのつきあいもなく、同じ会社の駐在員の家族と会うだけだったと夏夫はいう。二人でいる時間は日本にいるときよりも増し、母子の気脈ははるかに濃く深かったろう。

「ぼくが母に本を読んでやりました」と夏夫はいった。

小さな夏夫が満枝に絵本を読んでやっていたのを亜希は思いだした。これが夏夫の勉強なのよ、と満枝はいっていた。その習慣がずっとつづけられていたのだろう。体をよせあいながら夏夫が読み、満枝が聞いたのだ。その姿を亜希も見て知っている。夏休みの宿題のその日の分を終してから夏夫を誘いにいき、障子の陰から二人を見つけた。すぐにははいっていけない気がして、盗み見ていた。胸の苦しさにふっと亜希は正気をとりもどして遠のいたのだった。

外国の地では気がねなく世間から隔たって、耕造に守られて、家でひっそりと暮らしていたのかもしれない。それでも、白い家々、モスク、パームツリーなど、街のたたずまいは覚えていて、人々ののんびりしている様子が好きだったと、夏夫はやっと思いだしたようにいった。砂漠を見た？　見ました、山のように起伏が大きくて、砂だけで、荒々しい風景でした。夏夫の話し振りからは懐かしさは感じられなかった。

亜希のかすかな苛立ちはつづいている。夏夫の気持はいっこうに亜希にむいてこない。

「今日は節分だから、近くの寺で豆まきでも見ますか、どこかいきたいところがあるならいってください」

「私には分らないもの」

「そうですか。明日はそこにいきましょう」と夏夫は本を指さした。

「二上山？」

「当麻寺。ここから見る二上山がいいんです」

夏夫は過不足なくもてなして無難に帰せばいいつもりなのだ。

大切にしまってきた自分の夏夫像を壊されたくはなかった。苛立ちはさらにふくらんでいく。目があった。気の弱さがのぞいている。すぐにそらしてしまった。

曖昧な夏夫の態度にかっと燃えあがった胸を鎮めようとつとめながら、私も変っていないと亜希は感じた。昔、自分の思いが満枝や夏夫につうじないと腹を立て、抑えるのに苦労した。夏夫は夏夫らしく接しているだけなのだ、それを怒っても仕方ない。当り前の理屈を亜希は心の内でいう。こんなことまでいわなくてはならないほどに、相手が夏夫だとどうして分別をなくしてしまうのか。

いくあてもなくアパートを出て、蕪蒸しがうまいという近くの店で食事をとったあと、どこか寺へいきましょうという夏夫に、豆まきに今は興味ないと亜希は告げた。そうですか、こんな天気ですしね、と夏夫は素直に応じて、片手をさしだしながら空を見る。すでに闇の広がっている空から、霙が落ちている。これから深夜にむかって雪に変るなら、白い朝を迎えるかもしれない。

細くていりくんだ道をいく。人通りはなく、明りも少ない。夏夫について歩くだけでどこにいるのか分らず、アパートにむかっているのかと聞いた。たぶん夏夫はうなずいたのだろう、かすかに頭が動いた。

不意に寺の境内に出た。堂の前が篝火で薄ぼんやりと照らされている。住職と檀家の役員なのだろうか五人が回廊に立ち、下には二、三十人のわずかの門徒が豆を拾おうと、霙が降っているにもかかわらず待っているらしい。亜希の足はとまってしまった。奇妙な人たちだった。身にまとったものが何なのか遠目でよく分らないが、見たことのないもので、赤や黄や緑や青の鮮やかな色彩があふれて形を分らなくしている。まるで虹をまとっているようだった。

突然人々が動きだした。不意をつかれた亜希は、あっと息を飲み、足がすくむ。どうしました、と相変らずの無感動な声で夏夫が聞く。あの人たち……、といいかけて亜希は口をつぐむ。亜希たちを襲おうとしているのではない、豆がまかれたのだった。古びた堂の上と下とで、篝火に照らされながら、虹をまとった人々が、豆をまき、それを受けようと手をあげている。

この光景が何なのか、亜希は迷った。建物も人々も、幻のような気がしていた。虹をまといながら春を迎える華やかさなど微塵もなく、幻の人々が密かに自分たちだけの儀式にのぞんでいる。声が伝わってはこないしざわめきさえもなくて、しんとしている。黒い空が音を吸いとってしまうのか、それとも異界の人に声はなく、儀式が無言で行われているのか……。

傘をもつ手や足先が冷たく、痛かった。夏夫に目をやっても、横顔の輪郭からは表情を読みとれないが落ちついている。自分だけが錯覚しているのだろうか。

近づいて確かめたくなり、一歩踏みだしたとき、あっ、と夏夫が声をもらしたのだった。振りかえると彼は別の方に目をやっている。闇のなかに木々とは違った何かがあるように思えて、亜希は目をこらす。夏夫が近づいていく。とめなくてはいけないと思いながら、なぜか呼びとめる声も出せない。

石塔と分ってほっとした。夏夫は何と見て近づいたのだろう。指で触れると柔らかくしずむほど苔におおわれている。お墓なのかしら、と亜希はいった。石塔は一つではなく点在している。ぼうっと人形のように闇に黒く浮かんでいるのだった。

戻ろうとしてまた堂の方へ目をやると、さっきまでいた人々は残らず消えていた。篝火も落ちたようで、白熱灯の黄色い明りがぼうっと辺りに散っているだけだった。

夏夫のアパートに帰りついた。ずいぶん歩きまわった気がする。亜希の胸で奇妙な興奮が尾を引いている。あの人たちは何者だったのだろう。満枝や夏夫があのなかにいたのかもしれない、もしかしたら亜希自身も。そんな気がする。今頃耕造が家に戻っても誰もいない。亜希はもちろん、息をひそめて隠れている満枝と夏夫も、今夜はいない。

宇宙物理学ってどんなことを勉強するの、と亜希は聞いた。説明するのはむずかしいと夏夫は言葉につまり、一つ分ると新しく五つも六つも分らないことが出てくるから、勉強がすすむほどやることはふくれていく、といった。たとえば銀河の果てには別の銀河があるし、宇宙の果てには別の宇宙があって果てしないんです、だけど無限ではないはずで、何もない果てがある、そういう矛盾でいっぱいです……。つまらないでしょう、こういう話、と夏夫は頬笑んでいった。

休んで体も暖まったからホテルへいこうと夏夫はいいだした。送るつもりらしかった。ホテルになんかいかなくていい、眠らなくてもかまわないからこのまま話をしていたかった。満枝のことも聞いてない。ここにいたいというと、困らせないでくださいと、本当に困ったように口ごもる。彼は立ちあがり、亜希をうながした。

不満を抱いたまま、ホテルまで送られてきた。コーヒーでも飲んでいきなさいと、そのまま別れるのがいやですすめたが、もう遅いからと夏夫は断り、明日きますといって逃げるように帰ってしまった。孤独感に人恋しさの混じった後ろ姿と見えたのだった。九時が遅い時間なのかしら。亜希は夏夫が消えたフロントドアの辺りに視線をおいてつぶやいた。

タクシーの中で夏夫はほっと深い溜息をついているのではないか、そんな気がする。夏夫にとって亜希は、切実に会いたい人ではなかったのだ。明日もあると自分を慰めても、明日になれば話をできるという保証はない。当麻寺へ連れていく、この写真のとおり、寺から二上山を眺めようといっていた。いくのはいいが、それで終るのはいやだった。

シャワーを浴びてから耕造に電話をした。すぐに彼は出て、今帰ったところだといい、夏夫は想像どおりだったかと聞くのだった。

「私の片思いだったのかもしれない……」

「昔から愛想なしだったから」

「そうかもしれないけど……」違うのだといいたかった。「私をどう思っているのかしら」

「きみを母親とは思わないだろうが、認めてはいますよ。気になるかな、それでも」

そんなことではない。耕造はどう考えて、自分たちを二人きりにしたのだろうと、それも疑わしくなった。分ってやってほしいといわれた。明日の予定を話して電話を切った。

満枝がいたなら自分のいいたいことを分ってくれたのではないか。彼女がいればみんなが一つに結びつく。もともと三人ですごした夏の日々だった。満枝がいない今、過去を懐かしがっても、そこに結びつけて夏夫を見ても、仕方ないのだろうか。

翌朝、期待した雪景色は見られなかったが、それならすっきりと晴れればいいのに、曇り空は昨日のままだった。亜希はいつもどおりに目覚めたのだった。夏夫が何時にくるか分らないので、身仕度をととのえて待った。

彼がきたのは十時をすぎてからだった。すぐに京都駅へいって電車に乗り、橿原神宮前で乗りかえてじきに当麻町についた。小さな駅で周辺に商店街らしいものもない。歩きだした道にそって家屋敷がつづいているそのむこうに、畑も見えた。車が一台とおったきりで、寒空の下を歩いている人はいない。物音がなく、死んだ町のようだ。犬や猫も見かけなかった。家々の表札はほとんどが同じ姓を名のっている。馴染みのない、いや初めて知る姓だった。何をする人たちなのだろう……。肌を刺してくる寒さだった。すべてが凍りついてしまったような通りだった。

やがて塔が見えてきた。そのむこうには写真にあったように山々がかすんでいた。境内にも人影はなかった。こんな底冷えのする日にきはるお人はめったにおりません、と応対に出た老人はいう。いつもそうするのか、暇なので特別なのか、老人は一緒に歩いて寺の説明をしてくれる。中将姫が蓮糸を紡いで織ったと伝えられている曼陀羅を見た。この世で救われない女たちが浄土に導かれ、一切の苦から解かれる日を願って、この極楽図に手をあわせたと、老人はいった。

中将姫の像や曼陀羅を織った機などを一通り見たあとで、甍のむこうに二上山を眺めた。謀反のかどで処刑されるのも分っていて今生の別れを告げに伊勢までたずねてきた大津皇子と、何も聞かされなくても不吉な予感を抱いて迎え、見送ったろう大伯皇女と、母も同じこの弟と姉は互いに心を許しあえる唯一の人だったろう。弟皇子の死後、斎宮を退下した姉皇女の日々はどんなものだったのでしょうね、と夏夫はいった。

広い境内を歩いていても誰にも会わないままに、山門を出た。そこに出店があったが客が少ないからかとじられていて、一休みして暖まることもできない。畑に畔道がつづいているようだ。春には芹つみもできるし、夏には稲の緑が風に吹かれて揺れるのだろう。ぴんと張りつめた寒気につつまれた寺や山々にも、ゆるやかなたたずまいを見せるときがあるのだろうか。誰もおとずれようとはしない凍てついた日に、こうして夏夫とやってきて、寒さをこらえている。昨日からつづいている夏夫へのわだかまりも凍えてしまって、言葉となって出てくることもない。

京都に帰りついたのは五時近くだった。早いけれど面倒のないように夕食をとってしまい、それから夏夫のアパートへいった。明日は帰るのだ、今晩しか話はできない。自分の思いいれに区切りをつけて、夏夫との距離をはっきりさせたい。このままでは未消化なものが残ってしまう。しかし具体的に何を話したらいいのだろう。夏夫に何を求めているのか、分らなかった。昔をしのび、満枝のことを話しあえば満足できるのだろうか。それだけのことで夏夫を求めていたのだろうか。初めから夏夫が打ちとけてくれていたら、こんな疑問も抱かずにすんだろうに。

紅茶をいれて飲んだ。コーヒーも緑茶もなく、夏夫はミルクをいれた紅茶を日に何回も飲むという。ダイニングのテーブルにむかいあって坐っていた。夏夫は目があうと伏せてしまう。この人は女性を知らないと、唐突な思いがわいてきた。長い睫がそりかえっている。満枝が亜希の席にいたなら、私の夏夫、と思うのかもしれない。昔自分が嫉妬したのは、夏夫にではなく、夏夫を独占する満枝にだったのだろうか。

「どうして東京の家にきてくれないの？」

「……勉強が忙しいからです」

「忙しくてもこられるはずだわ。私のせいかしら？」

「違います」

「私とあの人とのことを、どう思っているの」

「よかったです。本当に」

「それなら、おばさんしかいないわ、夏夫さんをしばっているのは」

「母は死にました」

「生きていれば、夏夫さんはもっと自由よ」

亜希の目と夏夫の目とがぶつかる。あの家には夏夫と満枝にしか分らないものがあるのだ……。

「昔からずっと、あなたたちは二人で一つの心を分けあっていたわ」

分別もありゆったりと落ちついていた満枝が、いとしさに負けた。

「おばさんには夏夫さんがすべてだったわ」と亜希はいった。「私は妬ましかった。二人とも大好きだったから。いつだって二人の濃密な結びつきに加わりたかった」

耕造でさえ母と息子の感情世界にはいっていけなかっただろうに、亜希にはいれるはずがなかった。

夏夫が成長して自立を望む本能が頭をもたげだしたときに、戦いが始まったのだろう。

中学生、高校生と夏夫は成長して、少年から男になっていく、これまでどおり甘えたい心と、それをはねのけたい心とがしのぎをけずる。そんな夏夫を満枝が見ている。

カーテンをとざした二人きりの家で、十七歳、十八歳と成長した、男のにおいのする夏夫の顔やうなじに、満枝は剃刀をあてている。体のどこかを触れあわせながら暖炉の前でソファーに沈んでいる。様々な姿が亜希の脳裏に浮かんでいた。

自分とこの人とはどうなっていくのだろう。夏夫を身勝手にあばきながら、亜希自身が追いつめられていく。それでも私は、あなたを自由にしてあげたいの、よけいなお節介かもしれなくても、自由にしてあげたい。

「夏夫さんは一人で淋しくないの」

人の心は謎です、例えば父と母です、あんなに愛しあった夫婦はいないと思います。孤独な女と孤独な男とが結婚した。夫婦になって癒された部分はある、しかし癒されない部分もある。結果として愛は孤独を打ち消せなかった、それどころか孤独の深さを知ってしまった。そうして二人ともさらに孤独になった。どんなに愛しあっていても孤独をかかえる、それが人と知ってしまった。

息子である夏夫も同じだった。どんなに親から愛されても孤独だった。どんなに夫や息子を愛しても満枝は孤独だった。

それでも愛は愛ではないか。

「恋人は？」

夏夫は子供がいやいやをするように首を振った。

「それとも他に囚われることがあるの」

何をするか分らない亜希に、子供の頃の夏夫は恐れながら、引かれていた。

「私を抱きたい？」

夏夫はまっすぐに視線をむけてきた。怒りは見えなかった。いつもの弱い目だった。この目を見るといじめたくなるのだ。

「いいわよ。抱きなさい。抱いて……」

いってしまうと、何としてでも抱かれたかった。何としてでも抱きたかった。

亜希は負けた。弱虫、と叫んだ。

翌日早く、亜希は京都をたった。

密やかな東京の家がよみがえる。絶対にあの家を出ないでくださいと、別れ際に真剣な目で夏夫はいった。

初めて見せられた夏夫の強い意思だった。亜希は呪縛にかけられたように体を硬くして、うなずいた。痛みが胸に残っている。和らぐどころかますます強くうずく。でも、痛みの核が何か、分らない。再会は悪夢に終った。すべて亜希の為したこと、自分自身にあおられて、常軌を逸してしまった。夏夫と一つになって、この人を殺してもいい、自分が死んでもいいと、極まりたかった。満枝に勝ちほこりたかった。そんなことの起こるはずはなかった。亜希に二人を引き裂く力のあろうはずがない。

あの瞬間まで夏夫と結ばれたいと望んではいなかった。でも、あれが己の正体だった。

くるときと違って空は青く澄み、しんとした寒さが窓の外に見えている。関ケ原の辺りは雪に埋もれていて、まぶしくて涙がしきりにわいてきた。光にその色はないのに、暦の上では春だった。疲れきって病みあがりのように張りがなかった。

家に帰りついても何をする気も起きず、ソファーにうずくまっていた。目の端に暖炉の赤い炎が映り、ゆらゆらと揺れている。

耕造が帰ってきた。いつもの柔和な表情で、疲れたみたいだね、という。耕造への自分の思い、それも揺れている。一緒にいられなくて悪かったといいながら彼は煙草をとりだし､火をつけた。二人ですごす一時が快かったのに、違ってしまった。ぴんと神経が張りつめている。彼は何もたずねない。亜希からも話しださない。

自分は満枝と競っているのだろうか。満枝から耕造をとりあげて、夏夫を引きはなして……。競っているのなら、いつか勝てるのだろうか。満枝にからめとられただけかもしれない。

あなたでは私の家は変えられないわ、と声をあげている。胸が苦しくなり、言葉が喉元にまでこみあげてきたが、同時に夏夫の声が、あなたにできることなどないと響き、亜希は息を殺してこらえた。

夏夫はどうしているだろう。気持を落ちつかせるために、静かに勉強しているかもしれない。分らないことが多すぎると彼はいっていた。科学って厄介ね、神様をもちだせばすべて解決するのに。亜希がそういうと彼は笑み、そうですね、神様をもちだすしかないかもしれませんねと答えた。窓際においた机、本箱に並べられたたくさんの本。飾りというものがいっさいなかった。テレビもほとんど見ないといった。若者らしい趣味も娯楽もなく、勉強と読書の毎日なのだ。友達と遊ぶことはあるといっていたが、そんな折、心から愉しんでいるのだろうか。友達ととった写真を見ても、夏夫だけがいかにも異質だった。隣に坐った女の子に遠慮して触れまいと体をよじっている。窮屈な姿勢はそのまま夏夫の心であり、生き方なのだ。

しかし、弱いだけではなかった。どういう意図で、昨日のことは忘れてくださいといったのだろう。隠せ､隠しとおせ……。耕造と別れるなと厳しく禁じられた。他に解釈のしようがなかった。

夏夫と会ってきみは変った、とはっきり耕造はいった。あなたがいけないのだと亜希は答えた。しかし耕造は何があったのかとは問おうとしない。分っているのかもしれない。分って口にしないのならそれでいい。そう思ったとき、彼はいった。あいつに会って、思い出をことごとくつぶされたろう、あいつには思い出という武器はつうじない、と。もしつうじたなら？　あいつは死ぬだろう。

大学の卒業式に耕造はいかなかった。わざわざきてくれなくてもいいと、夏夫が手紙をよこしたのだ。四月になってからは忙しさを口実に、耕造の呼びだしにも応じなくなってしまった。子供ではないといって耕造は無理強いしない。アパートをたずねることもない。

亜希もたずねていけない。生活費を銀行口座に振りこんだり、何か送ったりすると、夏夫は律儀に電話をかけてきた。そのことでかろうじてつながっていた。元気なの？　と亜希が聞くと、元気ですと無感動の声で答えるのだった。

亜希も夏夫も二月のことには触れない。さしさわりのない会話ですます。亜希はそれもつらかった。私はあなたのためなら何でもするわ、本当は耕造と別れてここを出ていけといいたいのではないの、それならすぐにそうする、といいたかった。

七月にはいって突然、夏夫は大学院をやめて出家をすると、いってきたのだった。

必ず思いとどまらせると、耕造は話しあいにいった。

何かがあって発心したのではない。だんだんにすべてが耐えがたくなってきたと、夏夫はいったそうだ。逃げるのかと耕造が問うと、逃げたくはないから、出家することでむかいあうと、答えたという。出家することでむかいあうというのは、あいつの苦しい決断なのだろうな、と耕造はいった。

どうしても夏夫に会って、直接に話をしたかった。あんなふうに迫ったのが、結果として彼を追い込んだ？　そうではない、亜希は本能で感じていたのだ、夏夫が遠いところへいってしまうと、それを何としてでも阻止したかった。夏夫に今必要なのは優しい一つの眼差し、柔らかな唇、肌をなでる穏やかなあるいは激しい手のひら……、母親以外にもそれは得られると知らせねばならない、知らないままに決断させてはならない。

断られるかと恐れながら、そちらへいきたいと電話をすると、待っていますと意外に明るく夏夫は答えた。

耕造も一緒にいくつもりのようだ。とめる理由がなかった。それで亜希は彼のスケジュールを見て、一日先に出た。どうしても二人きりで話したかった。

新幹線に乗って浜名湖を通過するとき、くぐれなかった虹の門を思いだした。消えるのも気づかなかった。その日から半年がすぎている。半年は、出家を思いたち、心を固めるために十分な時間なのだろうか。夏夫の性格からして、簡単に決めたりはしない。あのときのことが原因というよりも、彼のいうとおり、以前から悩んでいたのかもしれない。亜希自身そう思いたい。だからといって自分とのことがまったく影響しなかったともいえない、引き金になった。私が追いやった……。窓の外に目をやりながら、亜希は考える。

夏夫を思うと自分が矛盾だらけになってしまうのだった。

会った瞬間、夏夫が変ってしまったと、亜希は知った。

「私のせいね」

夏夫は首を振る。

彼のアパートから生活のにおいを感じさせるものがさっぱりと消えていた。テレビ、オーディオセット、たくさんあった本も本箱ごとなくなっている。どうしたのと亜希は聞いた。友達にくれてしまったと夏夫は答えた。

「夏夫さんのものでも、お父さんからお金をもらって買ったのでしょう」

「そうですね、勝手にくれてしまって、悪かった」

すべてを手放して、それが夏夫の覚悟なのだろう。

「また意地悪をしにきたわ」

そうですかといって、夏夫は笑った。内面はともかく、見た目には明るい。おとなしそうなのも、強さを感じさせないのも変らないのに、明るかった。

「坊主にするために育てたのではないって、あの人は嘆いているわ」

こうもいった、あいつの煩悩とは、分るようで分らない。

「おしえて、なぜ?」

「それはいいでしょう」

「夏夫さんは何のために生まれてきたのかしら」

「分りません。知りたいけれど……」

あの夜、すがりつく亜希を夏夫は受けいれなかった。思いがけない男の力で亜希を突き放したのだった。砂浜で同じことがあったと脳裏に浮かんだ。でもあのときとは決定的に違う。夏夫の根底を知りたかった。すべてを知りたかった。自分のものにしたかった。亜希は求めた。結果、言葉では到底伝えられない心と心のやりとりを不可能にしてしまった。それは同時に、夏夫が必死に維持してきたものを奪いとった。

「よくない、何としてもとめるつもりできたのよ。あの日があったから？」

「そうだといわれても、違うといわれても、あなたは傷つくのでしょう？」

その返事は胸に突き刺さった。

「そんな答え方、狡い」

そうですねと、夏夫はいった。「はっきりいいます、誤解しないでください、母やあなたとのことが原因ではありません、父でもありません、そういうこの世の具体的なことではありません」

人の目が未来へ未来へとむいているこの時代にこの人は背をむけて遠ざかろうとしている……。己の意思を超えた天与のものに従うかのように。そう思えてならなかった。

「あなたのためなら、何でもしたい、死ぬのもかまわない」

「あなたは父といてください。責任です」

「うそ、あなたは私がお父さんと結婚したことも許せないのでしょう」

「母を亡くし、ぼくまでいなくなったら父はどうなるか、心配でした。でもあなたがいてくれるから……」

私は、あの家を出ます、耕造さんと別れます、と用意した決意を分っているような口ぶりだった。罠にはめられた気がした。夏夫の出家をかなえるために、満枝が、あるいは満枝と夏夫が仕組んだ罠だった、耕造との出会いも偶然ではなかった……。突然そう思えた。満枝が妬ましかった。

「出家を不幸なことのように考えないでください、ぼくにとっては希望なのだから」

「そういわれても、あなたの場合は人生をとざしてしまうように思えてならない。あの人と約束したのよ、必ず思いとどまらせようって。宇宙物理学はどうしちゃったの」

「ぼくには手におえません。光よりも早く遠ざかっていく星のようなもので、今度のことの一番確かな理由になりました」

「二十二年も生きてきて、何のよりどころもないの」そういいながら満枝を思った。「そんなに空っぽ？」すがるところが宗教だなんて。

夏夫は亜希をまっすぐに見た。その目はやっぱり弱く、淋しかった。こんな目をしたままで、と亜希は思った。

「あなたと会うと、私はいじめたくなるの、昔からそう、おかしいわね」

夏夫の顔にかすかな笑みが浮かぶ。

「子供の頃が懐かしい……、もういじめられなくなるのかしら？」

満枝を核にした耕造、夏夫という三人家族に、亜希は初めての夏から憧れていた。しかしはいりこめず、嫉妬めいた怒りあるいは怒りめいた嫉妬の鬼が胸に住みついた。

夏夫を失うのだ。

「いや、いかせはしない。どうしても出家するというなら、あなたが私を抱いたとあの人にいうわ」

夏夫は穏やかに、あるかなしの笑みを口元にたたえたまま、無理をいわないでください、といった。

「あの人は今も反対よ、親に背くの?」

夏夫の目が涙でうるんだ。「ぼくは、出家します」

「勝手よ」

「母の死によう、聞かされてます?」

亜希はその問いに凍りついた。やっとの思いで首を振った。「若くても寿命だったと」

「自殺です、朝、ぼくが見つけました。あの人は出張でいませんでした」

入学手続きや京都の部屋も決まってすべてがととのい、あとは本人が旅立つばかりとなった。いつものように二人きりの夕食時、やっとこの日がきたわと満枝はいった。これからは一人でやっていくのよ。夏夫は母の表情が変ったことに気づいたが、ほっとしたのだろうと単純にとった。

「これからは一人でやっていくのよといった意味も深くは考えませんでした、死なれて気づくのでは遅すぎます。ぼくはあの人に問いました、何でだろうと」

耕造にも分らない。夏夫はしかしその答えように違和感を抱いた。曖昧な言葉からすると、以前に死のうとしたことがあったらしかった。苦しげな表情に夏夫は問うのをやめた。

「誰も、母を理解できません」夏夫はいいきった。

亜希はうなずくしかなかった。これいじょう踏み込むまいと慎んだ。言葉が途切れるのをなぜか恐れた。

「もう一つだけ、宇宙物理学を一生の学問としてえらんだわけでしょう、理由は？」

「きわめて個人的な自分の心というものからはなれたかった」

「でもはなれられなかった……？」

人は、己の生をまっとうするように運命づけられているとしたら、己の心は所詮小さな世界でも、本人には宇宙より大きくもあるのだろう。

「父のこと、よろしくお願いします」

遠い昔に満枝から、夏夫のことをよろしくねと頼まれたのを、亜希は覚えている。

一夏をすごすために初めて訪れた二人を見て、亜希は直感した、二人の間に流れ内向する何かがあると。振りかえるとそれが亜希の思いの核だった。


昨夜、夏夫は髪をおろした。夏夫のアパートから近い寺でだった。古い堂を見て、以前ここにきた気がした。闇のなか、この階を囲むように炎が踊っていた。その明りが道しるべとなって亜希を導く。やがて別の光が浮かびあがった。赤や黄や緑の透きとおる光。そう、あのときだ……。節分の夜のふしぎな人たちに思いあたった。確かにこの寺だった。しかし石塔は見あたらない。何を見間違えたのだろう。

ここかしこに摩訶不思議が潜む京都、夏夫の住むべきではないところ、しかし住んでしまった。こうなることも必然だったのかもしれない。

思いがけず導師に聞かせられた、夏夫は二年も前からここをおとずれていたそうだ。己の思いを煮詰め、その結果いきづまった。その思いとは何か具体的に話してもらえなかった。話しようがないのかもしれない。分ったのは夏夫の説明は亜希が想像したような辻褄あわせではなかったということだった。だからといってあの説明をまるごと信じる気にはなれず、謎は謎のまま深まるばかりだった。自分をとざしてしまった夏夫が詭弁にさえ聞こえる声で、人間はそれぞれ謎です、本人にさえ、と亜希の心のなかで木霊していた。

今朝、起きるとすぐに夏夫は風呂にはいって、うっすらと肌を赤く染めていた。その必要もないのに、丹念に汚れを落としたのだろう。わずかに笑みの浮かぶ顔を亜希にむけた。夏夫は亜希を責めてはいない。白い着物に白い帯をしめて、頭だけが青かった。

修行する寺へと出発するとき、たまたまとおりかかった母娘らしい二人連れが足をとめ、夏夫に視線をむけた。若い坊さんて色っぽいと娘がいった。

娘の言葉を亜希は聞きながせなかった。ぞりぞりと髪をそり落としていったその音は、亜希の心を鞭打った。夏夫を切り離していく音だった。亜希の知っている夏夫を切り離していくカミソリの音だった。

山門が、夏夫と自分たちを隔てている。小さな山門に華やかさはない、質素に、きっぱりと、霊域と俗界とを分けている。

最後の説得はみな虚しかった。いくら言葉を積み上げても心は響きあわなかった。

初めて会った日のことからつい先程のことまで、さまざまな思いが亜希のなかで渦を巻いている。それを胸底に沈めて、ただ静かに後ろ姿の残像を見つめていた。

何を求めて、むこうへいってしまったのだろう。

「俺たちは捨てられたのだなあ」

人影のない山門の奥に目をやったまま、耕造がいった。夏夫が何に絶望してこの世を捨てたのか、固く心をとざして話してくれないから、ついに分らなかった。父親としては無念で、息子が不憫で仕方なくても、反対しきれなかった。

二十三歳という若さで、本当には知らないままに世の中を捨てて仏門にはいる息子が、口惜しい。汚れ矛盾だらけに見えたとしても、世の中は捨てたものではないと思える日がいつかくるに違いないのに、なぜ今、あえて決断をするのか、耕造には分らない。

「人生を諦めてしまったようなものだろう」と耕造がいっても、

「ぼくは逆だと思います、諦めたくないから出家したいのです」と夏夫は答えた。

「何がいやになったのだ?」

「分りません……、たぶんぼく自身です」

「仏にすがらずにはいられないほどに?」

「……」

亜希の前で、夏夫と耕造とが話したのはそれだけだった。

蟬が鳴いている、他に物音はなかった。周りにも山門のむこうにもすでに人の気配はない。耕造と亜希だけがいつまでも立ちつくしている。見送る者はここから先へ踏み入ることを許されない。夏夫がどんなふうに落ちつくのか、どんな場所で寝起きをするのか、見届けさせてくれてもいいだろうに。

「好きな女性ができたならこうはならなかったのに」耕造がつぶやくようにいった。「知らないままに、このなかに自分をとじこめてしまうなんて……」

修行がすめば再び出てきて、人々と交わり、結婚して家庭をもつことがあるかもしれなくても、違うのだ。

一家はすでに壊れてその形骸しか残っていなかった。亜希が加わって、その形骸すら崩れてしまった。耕造はそうはいわない。夏夫も沈黙をとおした。それが彼らの意思で、だから、亜希が引きさがってはいけない。事実を胸に封じこめるつらさ、口をつぐんで耕造と暮らしていくうしろめたさ、それが死ぬまでつづくのだろうか。

いつまでたたずんでいても切りがなく、つらくなるばかりだった。

「私は、おばさんの死を寿命と聞かされたはずです、なぜいってくれなかったの、自死だったと」

「たとえ自死でも寿命だった」

夏夫自身もそのとき死んだのだろうか。

亜希の疑問を察したように耕造がいった、「あいつは死にたいほどに追いつめられていたかもしれない、それを一人で堪えていたのだろう、そして耐え抜いた、満枝も捨てた、その覚悟で再出発を決めたのだろう、……よしとするしかない」

亜希はそっと涙をぬぐう。

「いうつもりはなかったが、いっておく」耕造は意を決したように亜希を見つめた。「夏夫は実の子ではない」

「えっ」耳を疑った。思いもよらぬことだった。

「満枝が心底好きだった私の死んだ弟の子供だ。彼女は後を追おうとした。私は思いとどまらせ、自分の子とした」

不意に黒揚羽が一羽あらわれ、しばらく二人の周りをとんでいたが、一瞬狂ったように舞って光にとけこみ、山門のむこうへ消えた。

気づいた様子もなく、いこう、と耕造は亜希の背を押す。

誘う山

設計の手直しに時間がかかり遅い帰宅になってしまった。

一人きりの家、缶ビールを飲みながらテレビのニュースを見ていたが、ソファーに横になっていつの間にか眠ってしまった。

楠夫を目覚めさせたのは携帯の呼びだし音だった。

「もしもし、兄さんですか、正彦です……」低い声だった。

「ああ、今晩は、どした？」こんな時間にかけてくることはなかった。

「母さんが息を引きとりました」

「えっ、何ていった」

「母さんが、亡くなりました」

「そんな……」絶句した。「花江さん病気だったのか、聞いてないぞ」

「元気でした、昨日まで……」

今晩は霊安室に安置し明日家に連れ帰る。すべてはそれからのことだそうだ。妻と長男夫婦と一家でペンションを営んでいる、客があるから葬儀の日程も考えて決めなくてはならない。

「健太には知らせたの」

大学生の次男、楠夫のお気にいりの甥は東京にいる。

「これからです」

「じゃあ僕が拾っていく、用意しとくようにいって」

事務所の社員に連絡をとり、しばらく休む旨を告げた。どのくらいと聞かれても分らなかった。大事な人が亡くなったんだ。所長である楠夫がいなくても即座に問題が生じるわけではない。また連絡するから。

喪服や数日は滞在するだろうからその用意をして楠夫は車に乗った。ふだん一口でもアルコールをいれれば運転はしないが、この際そうはいってられない。酔ってはいないが動転しているかもしれないと慎重になった。

健太はバッグ一つを手にアパートの前で待っていた。

「おまえ、葬式の用意は？」

喪服も学生服ももってない、兄のを借りるという。スーツがあるだろと、とりにいかせた。

他人事のようだ。おまえを可愛がってくれたお祖母ちゃんだぞ、と思いながら、悲しいかと聞いた。うんという返事にさして気持はこもらない。

人の死に馴れていない。五年前楠夫の妻の葬儀にもどうということない顔をして、楠夫さんまた一人になっちゃったと泣く花江を眺めていた。張り合いのないやつとあのとき楠夫は思ったのだ。妻も健太を自分の子のように可愛がり、正彦と養子の話さえしていたのに。

「男の子なんてそんなもの」とあとで花江はいった。

「いいや正彦や僕は違いますよ」

「そうね、でも楠夫さんや正彦が特別なのよ」

花江の死にも動じない健太、自分らと同じように受けとめろとはいえない。育った時代も違う。楠夫は昭和二十二年に生まれた。東京裁判がつづき、食糧買い出しと闇の取り締まりが行われ、ゼネストもあり、世の中は流動的だったと聞く。人々のありようも違っていた。

関越道にはいってサービスエリアで休憩した。健太は腹が空いていたらしくラーメンを食べる。眺めながら楠夫はコーヒーを飲んだ。

ふと手をとめて、何？　という表情を健太はむけてくる。妻が死んだとき、伯父さんのことは俺が看るとこいつはいって周りをあきれさせた。やっぱり正彦の息子だなと楠夫は密かにうれしかったのだ。

「何時ころつくかな」

「十二時ころと違う」

あと二時間弱だ。花江は冷たくなっているだろう。ふっと悲しみがせりあがって楠夫は堪えた。八十歳を超えてはいても元気だった、逝くにはまだ早い。

結婚して幸せになってほしいと望んだが、けっきょく一人をとおした花江。あの人だけで十分といっていた。たった数年、それも一緒に暮らしたわけでもないのに。正彦の望みを自分の望みにして働きづめだった。

「伯父さん、泣いてるの？」

楠夫は目の下を人差し指でぬぐう。「いいだろ」いってしまって恥ずかしかった。

「初めてだから」

苦笑せざるをえなかった。

車にむかいながら、「俺が運転しようか」と健太はいう。

楠夫はキーをわたした。


夜のくるのが恐かった。眠れない日がつづいている。睡眠がとれなければ疲れは翌日までもちこされて、そのためによけい神経は細く尖ってしまう。

ベッドに横になっても体が疲れきっていて、眠りつく力すらわいてこない。眠れないのなら起きていようとは思えずに、寝返りも打たず、手足も動かさないで、目をとじていた。気持は沈んだまま休まらない神経が線香花火のように頭のなかではねている。自分が見捨てられたという思いが強かった。

生きている自分さえも厄介になり、すべてをなげだしてしまいたいと無意識に望んでいるようだ。しかしどこかに正気が残っていてか、ああ自分は死にたいんだと気づき、いけない……、と心で呟いた。

明け方近くになってやっとまどろんでも、すぐに目覚めてしまう。じっとりと汗ばんでいるのだった。新しい一日が待っている。どの一日も省いてしまえない。楠夫は起きだし、身拵えして、仕事に出ていかなければならない。

結婚するつもりの恋人がいた。婚約はまだしていないけれど、家に連れてきて両親や弟に紹介したし、楠夫も恋人の家を何度も訪れていて、どちらの親も二人の仲を認めていた。

恋人だけが楠夫を慰める力をもっているはずだった。それなのに彼女からは何の連絡もなく、楠夫も電話をできずにいて、二月がすぎてしまった。家でも勤め先の建築設計事務所でも、知らぬ間に電話機のそばに立っていることがある。声を聞きたい、会って一緒にいたい。めめしさでも何でも心をさらけだして、それを優しく受けとめてもらいたい、恋人なら分ってくれる……。それが楠夫の願いだった。

他愛ない話をしていたい。「日本沈没」が売れていた。ウォーターゲート事件はどうなるか毎日のように新聞に載っていた。しかしそれは話題にはならない、むしろ漫画の「ベルサイユのばら」と「ポーの一族」が二人の間では盛りあがった。彼女はオスカルへのアンドレのつらい恋に酔い、楠夫はバンパイアという死から見放された宿命の一族の流浪に引かれ、こっちのほうが面白いとお互い譲らなかった。

昼休みを終えてみんなが仕事に戻ろうとしていたとき、恋人から電話があった。楠夫は電話機の前にいて、呼び出し音が鳴るとすぐに手がのびたが、それが恋人からのものだとは期待していなかった。もしもしという声を聞いたとたんに懐かしさがこみあげ、楠夫を出してほしいという恋人に僕ですと答えながら、胸がつまった。彼女は楠夫が受話器をとるとは思わなかったのか驚いたふうに黙ってしまい、楠夫も言葉をつづけられない。

その間の悪さをやぶるように、元気だったと聞いたのは、恋人ではなく、楠夫のほうだった。

ええ、元気だったわ、と彼女は答えた。

「ごめんね、連絡もしなくて」楠夫は静かな声でいった。

「……私こそごめんなさい、何もできなくて」

「今晩、会いたいな」

小さな間があった。

「そのつもりで電話をしたの」

いつもの時間にいつもの場所でといって恋人は短い電話を切った。小さな音がして、それから不通音がつづくのを、しばらく楠夫は聞いていた。

恋人は黄色いワンピースを着てきた。色白の肌だが似あっていて、楠夫はその姿を目にすると向日葵を連想した。手をあげて合図を送ったが、恋人はそれに気づかないらしく、入口のところで立ちどまり店内を探している。

楠夫のなかにしみじみとしたものがふくらんできた。電話をもらったときにそれは芽生えていた。三年間つきあってきた恋人に対して、これまでは若い男が若い女に抱く性のかおりのする愛情を感じていたのだが、今はただふわりと大きく優しく包みこんでやりたい気がする。自分がそうされたいという気持の裏返しといえるのだろうが、決してそれだけではなく、心から誰かを大切にしないではいられない気持の現れといったほうがふさわしいのかもしれない。恋人はやっと気づいたらしく楠夫のいる席に近づいてきた。

「ごめんなさい、待たせちゃった？」

「いや、僕もきたばかり」

彼女は楠夫を目で確かめ、「やせたみたい」といった。

「夏やせかな。やっと朝晩涼しくなっても、日中は相変らずの暑さだから」

「でも夏は好きだったじゃない」

今年は泳ぎにもいかなかったと思った。「きみは……？」

「親にいわれてしばらく田舎にいたの。楠夫さんはどこかへいった？」

「どこにも……」

仕事が終ればまっすぐ帰宅する毎日だった。明るいうちについてしまうこともあった。事務所全体が忙しくなりかけているときなのに、所長が気遣って仕事の量をへらしてくれた。甘えてはいけないと思い、もう大丈夫ですといっても、私に任せなさいそのうちばりばり働いてもらうから、と所長は答えるだけなのだ。

途中で買ってきた弁当を食べ、夜を一人ですごすのだった。することがなく、つい物思いにとらわれるままにしていたのは、いるはずのない父や母や弟の気配を感じるからだった。

恋人と話しながら、どうしてもっと早く連絡をとらなかったのだろうと考えた。話していても彼女はいつものようにはずんではこない。楠夫を気遣って、それで明るくなれないのだろうか。

食事にいこうといつものように楠夫がいって腰をあげようとした。

「私、すぐに帰らなくてはいけないの」

「用事があるの？　残念だな」楠夫は坐りなおした。

「……用事ではないわ、私、お別れするためにきたんです。家族を一度に失って辛いときに力になるどころかこんなことをいいだすのはひどすぎるし勝手だと自分でも思う、楠夫さんがどんなに怒っても当然だけど、でもどうにもならないもの……」

たぶん両親も兄弟も反対したのだろう。彼女自身も楠夫と一緒になれないと考えたのだろう。その気持はよく分った。立場が逆になれば、楠夫もおそらく結婚はさけるだろう。

「怒った？」

「いいや……」

怒るというより、ただ哀しかった。とどめを刺されたという感じだった。泣くまいと懸命にこらえていた。

あの夜、楠夫は設計図を仕上げるために残業し、家に帰りつくのが深夜になってしまった。両親は先に寝ているはずなのに家から眩しい光がもれている。玄関の扉をあける前に変だなと思ったのだった。そうしてなかにはいると今までかいだことのない、むっとする爛れたような何ともいいがたいにおいが鼻をついてきた。奇妙な静けさも漂っている。胸が高鳴った。ただいまと声をかけても、起きていれば迎えに出てくるはずの母が姿を見せない。

居間にはいっていくと、べっとりと黒く血だまりが広がって、そのなかに両親が倒れていた。

めくらめっぽうに刺されたのだろう、父は何かを見極めようとするかのように大きく目をあけて、母は諦めたように目蓋をとじて、倒れていた。出刃包丁が落ちていた。

一瞬すくんでしまった足を無理に運んで楠夫は母を抱き起こしたが、すでに脈はなかった。ぐにゃりと柔らかいのに、膝などらくにしてやりたくても自由になってはくれない。倒れていた姿のままに融通のきかない体の重さが腕に伝わってくるばかりなのだ。父も息絶えていた。手だけが生きているかのようにのび、何かをつかもうとして五本の指がひらいていた。その手の先にあるはずのものに目をやろうとして、楠夫は慌てて立ちあがった。走りだそうとして滑り、腕や胸にべっとりと血糊をからませながら居間を出て階段を駆上がり、弟の部屋に飛込むとそのまま立ちすくんでしまった。

弟は縊れていた。ポロシャツは赤く染まっているが弟自身は傷ついていない、返り血のようだった。鼻汁か唾液か、ねばっこく顎からたれさがっていた。それは非常にくさく、部屋中にその異臭が充満していた。

茫然と弟の死体を見つめていた楠夫は我に返り、首にくいこんだ綱をはずそうとする。このま警察を呼びたくはなかった。たとえどういわれようと床に横たえさせ、粘液をぬぐいとってやりたい。綱は押入れの襖障子をあけて天井板を除けたその奥にくくりつけてあった。部屋のなかに適当な場所がなくてうろたえたのだろう。それともあらかじめ用意ができていたのだろうか。

受験に疲れた親子の無理心中という今日的な事件としてマスコミはとりあげた。新聞では全国版で大きく報道し、教育評論家のコメントものせてあった。テレビでは家までも映し、どういう家庭であったかを近所の人たちに聞いて歩いた。

自分にはもうこの人しかいないと思っていた恋人から別れを告げられた。何で僕はこんなに冷静なんだろうと、うつむいている恋人を見ながら考えた。感情というものがはっきりとわいてこない。哀しいというのも、誰か別の人が自分のなかにはいりこんでそう感じているようなのだ。

「私帰ります」

楠夫は小さくうなずく。「……さようなら」

それだけなの、と問う眼差しを恋人はむけてきた。他に何がいえるだろう。楠夫も恋人の目をじっと見つめた。

「……旅に出たいな」やがて楠夫はいった。

恋人の目がうるんだ。顔をそむけて立ちあがり、遠ざかっていった。

後ろ姿がガラスドアのむこうに消えると、楠夫は目をとじ、指でにじみでた涙をぬぐった。こんなときは酒を飲めればいいのだろうけれど、口にすれば酔う前に苦しくなると分っている。グラス一、二杯のビールでは何の助けにもならない。いく場所もない。家に帰るしかなく、何てたくさんの人がいるのだろうと道々ぼんやり思いながら、自分がどう行動しているのか分らないままに気がついたら家の前にいた。

しばらくそこに立ちどまって、ひっそりと暗い家を見ていた。染みついてしまった父や母の死のにおいが、いまだにくんと鼻をついてくる。それは楠夫にしかかげないにおいだった。暑い日中をしめきったままにしておくからかそのにおいも汗をかいていて、楠夫の肌にまつわりついてくる。それでも深く吸いこみ、するとあの日の惨状がよみがえり、みんな死んだという思いがわく。

一人で住むには広すぎるし、気持を変えるためにも家を処分してはどうかとすすめられた。楠夫は迷いながらも不動産屋にきてもらった。全国的に地価は値上がり傾向にあり買いあさりがおきていると不動産屋はいい、高めに買いたいがどうも……、と暗に事件を示唆して楠夫の出方を探ってきた。いわくつきの家だから住もうという人はいないだろうし、さら地にしたほうがいい、建物は邪魔なだけだと、さらになかを調べてから不動産屋はいった。楠夫は売るのをやめた。

鍵をとりだして玄関をあけ、なかにはいった。においにつつまれたがそれが実際ににおっているのか気のせいなのか、本当には分らない。窓やガラス戸をあけはなって空気をいれかえた。静まりかえった、今では広すぎる家。それでもここにいれば両親や弟を身近に感じられる。

楠夫はベッドに横たわる。すると思いが始まる。遅く帰った楠夫に食事をさせながらむかい側に腰掛けて弟の近況を愚痴とももとれるいい方で報告する母。楠夫は面倒で、いいかげんな相槌でごまかす。いってしまえば気のすむものくらいにしかとらえていなかった。

年のはなれた弟がどんなふうに追いつめられていったのか分らない。その弟に両親が、特に母がどう苦慮していたかも分らない。距離をおき、何とかなると思っていた。いつか母は、相変らず暗い雰囲気のまま、弟に触れなくなっていった。それをいいことに、楠夫は目をつむっていた。

眠れぬままに物思いは深みにはまっていく。自分はどうなっていくのだろう、どうしたらいいのだろう。街灯のせいで部屋よりも外のほうが明るく、カーテンの隙間がほのかに白く見える。

うるさいなあ、と呟いて目をとじた。夜はまだまだつづく。少しも眠気がさしてこない。このまずっと何もしないで横たわっていようか……。食事をするのも眠るのも事務所へいくのもどうでもいい、明日自分を待っているすべてのことが面倒だ。

息が絶え、ひからびていく様を頭に描いてみたが、そうならずに腐って蛆がわくだろう。皮膚を破り、肉や骨までも食いつくす。そんな絵を昔住んでいたK町の温泉神社で見た。その絵を見た後で遠くに目をやると、子供たちだけでは決して近づいてはいけないといわれている灰色の山の頂が望めた。四季をつうじてその姿は変らない。春になっても緑が萌えでることはない。途中まで繁っている木や草も、あるところから拒まれてしまう。

考えはじっくりと一つのことにとどまらずつぎつぎと移っていく。それは新しいものではなく、堂々巡りをしているだけなのだ。事務所へいきたくないとふたたび頭に浮かんだとき、旅に出たいと恋人にいったのを思いだした。行く先のあてはなく、いきたいところもなかった。それでも自分は旅をしたいのかもしれない。何もいわずに休んで旅に出てしまえば馘になるだろう、いいではないか、それですっきりする。

しかし楠夫にはできなかった、「たびたびですみませんが、休ませてください、お願いします」と所長に申し出た。

所長は気がかりそうに楠夫を見て、どうしたねと聞いた。

「別にどうしたというわけでもないのですが、急に旅に出たくなって……」と強いて笑みを浮かべて答えた。

恋人にさよならをいわれましたといったならこの人は大真面目に同情し、僕はさらに傷つくだろう、それも面白いかな、と楠夫は思う。

「またやつれたようだぞ」所長はいった。

一晩で面変りするということをあのとき楠夫は体験した。これが本当に自分の顔なのかと容易には信じられなかった。所長の言葉も口先だけのことではないのだろう。

楠夫が掌で頬をなで、またこけたのかなと冗談めかしていうと、所長はそのとおりだというようにうなずいた。

「思いつめるな、好きなだけいってくるといい、ただときどき連絡しなさい」仕事の都合からかそれとも莫迦なことをしやしないかという懸念からか、終りのところをはっきりという。

今死んでしまえばみんな納得するのだろう、と楠夫は感じた。理由のはっきりしないままに人に死なれると周りの者は宙ぶらりんで不安定な気持に陥る、そうして何らかの理由づけをして死者から解放されようとするだろう。楠夫自身、弟の行為をいろいろと考えてきた。その操作を押しつけなくてすむ。自分は今、はっきりとした理由をもっているわけだ……。

自分自身に対しては死ぬ理由など必要なかった。死を避けなければならない口実もないし、死ぬのが一番らくだと思う。それで十分だった。

理屈をつけるなら、どんな説明をしてもかえって不十分になるだろう。一人きりになってしまったからとか、あの人たちの家族だと白い目で見られるからとか、いろいろ考えても納得のいく理由にはならない。どう死ぬかも思いつかない。

自分をほうりだしてしまって他人を見るような目が生まれている。それを感じて、口尻をゆがめた。もう少し気力が戻れば積極的に死ぬ気にもなるのだろうか。

別れ際の恋人の表情が浮かんできた。楠夫をやせたといったが、彼女もやつれていた。この二月、やっぱり苦しかったのだ。家族の反対はもちろん、彼女自身に迷いが生じてそれがしだいにふくれていく過程も想像できた。恨みごとをいう気も起きなかった。田舎にいたというのは距離をおくためだったのだろう。連絡のなかったことからもこうなる不安はあって、それを打ち消しながら、自分には彼女しかいないと思ってきたのだ。

「どこへいくつもりだね？」所長は聞いた。

「さあ、まだ決めてないんです」

「足のむくままか、そんな旅もいいだろう、人といるよりは自然に囲まれてすごすのが今の君には必要かもしれないな」

簡単だな、と思った。所長は苦労をしてきたし、世間を広く見てきた、そうして楠夫の事情をすべて知ったうえで自由にさせてくれる。その思いやりはかえって重い。甘えながら、追いつめられていく気がする。

世間の知恵というものを、自分の親も含めた大人たちに見ていやだなと思った経験が何度もあった。大人になってももちたくなかった。それなのに自分も並みの大人になっているのだろう、十年前の自分の目には狡いやつと映るのかもしれない。弟も同じように見ていたのだ。非難するような目をむけられて楠夫はたじろぎながら、世間に出た兄としての正論を吐いていた。正しければいいというわけではないと弟はいいたかったのだろう。その楠夫も所長には、まだまだ青くさく頼りない青年なのだ。

所長はわざわざドアのところまできて見送ってくれた。楠夫は事務所からそのまま上野駅へむかった。

子供のころ住んでいたK町へいくことにした。楠夫の心象風景に煙立つ山が浮かんでいる。他に思いつかなかった。

電車に乗り窓の外を眺めていても、屋根ばかりが目についた。びっしりと家がつまっている街並みは景色としては味気ないが、楠夫は一つ一つの家に人が住んでいるということをふしぎに感じながら眺めていた。一生出会うこともないだろう人々がそこにいるのだ。その誰もがそれぞれの事情を抱えてそれぞれの人生を送っている。あたりまえのことのようでも、ふしぎだった。いるけれどいないも同然で、それでもやっぱりいる人々。もしかしたら自分と似た人がいるかもしれない、もう一人の自分がいるかもしれない。

電車が走るにつれて家と家との間隔が広がっていき、そこに畑がまじりだす。さらに畑がふえ、駅に近づくと建物が密になり、それをくりかえしながら少しずつ風景が変っていく。

途中で一度乗りかえ、しばらくして本線から支線にはいるとすぐに、渓谷に迷いこんでしまったように景色は一変した。左右を山に囲まれて鉄道はのびている。その鉄道をはさむようにして谷川と道路とがある。そこまでは楠夫の記憶どおりだが、違うのは、細くて狭い土地は田畑ばかりのはずだったのに家がたくさん建っていて、それも都会の家と変らない造りで、鄙びた雰囲気のうすれていることだった。

十四年もたてばこんな田舎でも様変りするのが当然なのだろうし、楠夫自身が子供の目をなくしてしまっているから、記憶のなかの風景と違って当然かもしれない。それにしても昔は、田圃や桑畑、谷川とその背後にある山々とが景色のほとんどをしめていて、ぽつりぽつりと農家がそこにまじりこんでいたのだ。

A物産の鉱山開発部にいた父が転勤になり、一足先に勤務地へ発った一週間後、母と楠夫も後につづいたのだった。弟はまだ生まれていなかった。

東京で育った五歳の楠夫は何て遠くにきてしまったのだろうと感じたが、それを口にするのもはばかられる妙な不安に包まれていた。谷底やむこうの山々から目をはなせない。こんなところをとおってさらに奥へすすんでいくのなら、これから自分たちの住むK町はいったいどんな場所にあるのだろう。

崖縁を電車は走り、窓から見おろすとはるか下のほうに流れがあって、岩にぶつかり飛沫をあげているかと思うと、池のように深い緑色に澱んでいたりする。じっと見つめすぎたのか、不意に下に引きずられて同時に周囲が赤い闇に変った。一瞬のことだったが楠夫は窓枠にもたれて体を硬くした。どうしたのと母に聞かれ、あそこまで落ちることないかな、と指さした。大丈夫だと思うけど……。母の答が心もとなげで、やっぱり恐いんだと楠夫は察した。そうして、恐いのにのぞかずにはいられなかった。

今ではもうあんなに夢中になって外の景色を眺められない。頬杖をつきぼんやりと目をやっているだけだ。人家がふえただけ田畑はへり、山並みは低く、渓谷も浅い。平凡な眺めになってしまった。そして、景色が変ったというよりもやはりこれは自分自身の目が変ったというべきなのかもしれないと、思った。でもあの山だけは変らずに以前のままだろう。異臭を漂わせ、人を寄せつけず、灰色の姿を宙にさらしている。

電車のなかで感じていたあの不安は、自分でも知らぬうちに不吉な予感があって抱いたものなのだろうか。それにしては再び東京に戻るまでの七年間何もなく、というよりもそれまでと変らぬ平凡な日々で、おそらく楠夫の生涯でも最も穏やかで恵まれた時期なのではないかと、まだ人生の半分もすぎてはいないだろうに、思えてきた。

しかしそれも根拠はなく漠然と感じるだけのことかもしれず、細かく思いだせばいろいろなことがあった。さらに考えれば、そのいろいろなこともあった全体が平穏なのであって、たぶん不吉な予感としてとらえていたものは、自分たち一家の今日に至る砂の城のような平穏なのだろう。

弟の暗い目が浮かんできた。僕はだめなんだと自分で決めてしまって、努力をしないのだった。仕事から帰って家にはいると沈んだ気配が触れてきた。居間では両親がむかいあい黙りこくっている。どうしたの、と楠夫はしおれた様子の母に訊ねた。あの子がね、父さんを……、といいかけた母に父は腕をのばして制した。座卓の陰でさりげなくそうしたのだが、楠夫はそれを見てしまった。見ない振りで、あいつは？　と二階を指さした。母が問うように父を見る。勉強のほうがうまくすすまないで焦っているらしいんだ、と父が答えた。あれ、と楠夫は思った。父の左頬が心なしか赤くはれている。以前にもそんなことはあった。母を殴ろうとしているのをとめる父に、弟がむかっていったのだろうか。両親の気持を察して楠夫は聞くのをひかえた。

いつも、見て見ぬ振りでやりすごしていた……。

知らぬ間に耽っていた物思いから覚めて、電車が動いていないのに気づいた。駅にとまったままだった。通路をへだてた横のボックスでは老女が三人、声高に話している。何とはなしに耳をかたむけると、茄子の漬け方を一人が説明しているらしかった。その女は地元の人なのだろう、白髪の多い頭は油気がなく、手でなでととのえたという程度、服装も襟のない半袖の綿ブラウスにズボン姿で、何かの用事で気軽に出かけたのかもしれない。顔は深い皺がいくつもあるが、つるつるの肌をしたいかにも毎日を日の下で農作業をしながらすごしているという雰囲気が漂っている。ふんふんとうなずきながら聞いている二人には鄙びた風情はなく、化粧をして、明るいプリント柄のワンピースを身につけたり、白絣の着物を着ていたり、たぶん、まだ暑さの残る都会を避けて温泉につかりにいくのだろう。席が一緒になり、ふと言葉をかわしてから話がはずんでしまい、名前も知らずどこでどんな暮らしをしているのかももちろん分らない、やがて降りるべき駅につけばさようならと別れてそれきりなのだろうが、だからこそ何かを装うこともなく気楽に雑談しているのだろう。話に打ちこんでいる三人それぞれの表情が面白く、楠夫は見とれた。

微風が車内を横切っていく。風は気のせいか湿気がなくて涼しくもあり、快かった。老女たちのむこう側には赤いカンナが咲いている。この辺りではカンナが土に馴染むのだろうか人々が好きなのだろうか、昔楠夫が住んでいた頃にもたくさんの家の庭で見かけた。庭といわず畑や道の端にも群れていたと思う。

少しずつ昔がよみがえってくるのだった。事務所を出たとき、まだ行き先は決まっていなかった。だからK町へいく気になったのだが、もっと心の奥ではそこへいきたくて、旅を思いついたのかもしれない。電車に乗って近づいていくにつれ、そう思えてきた。まったく面識のない行きずりの人を見て、かえって安心していられる。そうして懐かしさに似たものが胸にわいている。広告も何もない、柵のむこうは畑になっているプラットホームのカンナに安らいでいる。

反対方向から電車がはいってきてカンナは見えなくなった。これを待っていたのかと楠夫は思った。単線なのだった。

がくんと揺れて電車は動きだし、ちょうどそのとき蝶が窓からまぎれこんできた。ゆらゆらとしばらくゆらめいてからボックスの背にとまった。自分が電車で運ばれているのを知らぬげに、蝶はのんびりとしている。窓の外の谷川のむこうは緑がこくなっていく。目前の黄色い蝶の羽根と遠くの緑とさらに遠くの空の青と、それればかりではなく崖や水、畑の土、車内でも人々の服と、さまざまな色彩があり、それは都会でも変りないはずなのに、何で今になっていろんな色を認識するのだろうかと楠夫はふしぎな気分になり、自分は生きていこうと願って一所懸命なのかもしれないとあえて考えた。そんなことふだんは意識しないのに。わざわざ願ったりすることなく、ふつうに生きていたのに。

蝶はふわりと再び動きだした。小さな姿で自在に舞っているように見えた。なぜあんなに自由なのだろう。どの窓もひらいていてそこからはいりこんでくる風に負けないようにするにはかなりの力が要ると思うが。風の届かない空間にいるのだろうかと思って手をのばしてみると、ふわりと蝶はその手を逃れた。確かに風当りは弱かった。そう思うと、そんなこと関係ないよというためにか、まつわりつくように蝶は楠夫の鼻先をかすめてすぎる。耳元で音がするほどの風が顔にもあたり、髪がなびいている。翻弄されながら、それが自在に舞っているように見えるのかもしれない。あるいは、翻弄されつつ自由なのかもしれない。楠夫は蝶に見とれた。

やがて次の駅に到着して電車がとまると風がおち、蝶は窓から日のなかへ漂いでていった。のんびりゆらゆらと、谷のほうへ消えていく。電車に乗って旅をするつもりなどなかったろう。偶然一駅運ばれてしまって、それでも困った様子もなく飛んでいる。ここにもカンナが咲いていた。横のボックスの綿ブラウスにズボン姿の老女が降りた。すぐには歩きださず、電車の動くのを待って手を振った。電車の二人もそれに応えて手を振っている。車内も窓外もじりじりとした夏の暑さは感じられず、人も自然ものどかそうだった。

楠夫はそののどかさにばかり目をむけようとしている自分を意識して、いったい何しにここにきたのだろうかと思った。ぼうぼうとのぼる蒸気、鼻をつく硫黄のにおい……、目をつぶると一つの風景が浮かんできた。いいや自分はただ休息したくてきたのだ、と目をあけて呟いた。

楠夫の降りる駅についた。二人の老女もそこで降りた。他にも客がいた。たぶんみな、温泉へいくのだろう。駅前にバスの乗り場があり、そのむこうに食堂をかねた数軒のみやげ物屋があるきりで、温泉街がひらけているのに比べ、昔からなぜかこの駅前は観光地の雰囲気に欠けていた。客はそのまま待っていたバスに乗りこんで、休んでいこうとはしない。

楠夫も乗ろうと思ったが足をとめ、一番端の店に目をやった。子供の頃、何度か父に連れられて寄ったことがあるからだった。店構えも変っていないようだ。丸いぽっちゃりした顔の、母よりも若い女の人がいて、いくと必ず親子丼を出してくれた。はい、おいしいわよ……。それだけいって笑いかけるのだった。顔ばかりでなく体もぽっちゃりとしている。キャラメルをもらったこともあった。楠夫の掌に黄色い箱をおいてくれた女の手の甲は、親指をのぞく四つの指のつけねのところが笑窪みたいにへこんでいた。

父とその女とは、くだけた話し方こそしなかったけれど、親しそうに喋っていた。そういうことを思いだして、まだあの人が商っているのかしらとのぞいてみたくなったのだ。午後の一時をすぎたところで昼食もとっていないから、親子丼を食べてみてもいい。気づかれたくはないが、たぶん女は楠夫のことなど覚えていないだろう。

バスの運転手が乗らないのかと声をかけてきた。乗りませんと答えると、一つ警笛を鳴らして発車していった。

店にはいっても誰もいなかった。こんにちはと声をかけると奥で返事があり、女が出てきた。楠夫を見ると驚いたふうに目を見張る。しかしすぐにさりげなさをつくろって、いらっしゃいと視線を彼においたままいう。楠夫だということを気づいたのは明らかで、そのうえでの反応なのだ。楠夫も一目でその女が自分の知っている女主人だと分った。人のよさそうな丸いぽっちゃりとした顔と太りぎみの体つきはそのままだった。化粧気はないが小さな子供のように頰にうっすら赤みがあり、健康そうだ。この人はすべてを知っている、だからあんなに驚いた、と思った。しかし楠夫は女の反応に気づかなかった振りで、お昼を食べたいのですがといった。はい……。

何ができますか。ラーメンとチャーハンと……。たいしたものはできなかった。知られてしまったのだ、そのつもりだった親子丼を頼んだ。

女は丼を運んでくると奥に消えた。楠夫は箸をつける。その味にかすかだが覚えがあると思えるのは、気のせいかもしれない。味も変らず、自分の記憶もそのままに残っているとは考えられない。自分が子供の頃に帰ろうとしていて、そのせいなのだろうか。

女がまた出てきてみやげ物が並べてある一角に立ち、さりげないふうを装ってこちらを盗み見る。どんな気持で見ているのか想像がついた。何度もそんな目をむけられて楠夫は恥じ、恥じてしまう自分に腹を立てたが、決して感情を爆発させることはなく、胸の内で鎮めてきた。ここまできてまたもや遠まきにして好奇の目をむけてくる人に会ってしまった。

子供の頃、自分はこうして食べていて、父とあの女とは少しはなれた席で話しこんでいた。女はちらっちらっと楠夫に視線を投げてよこすのだった。気づいているよといってみたいのを抑えて楠夫は知らぬ振りをしていた。女は赤ん坊を抱いていて、その頬を父がつついていた。昔と同じようにこちらを窺っている女に、思う存分見ればいいさという片意地な気持が生じてきて、楠夫はわざとゆっくりとする。どうせ次のバスが発車するまで待たなくてはならないのだ。水をいただけますか、と声をかけた。不意をつかれた女は一瞬顔をそらし、それから、はいただいまと硬い声で答えた。

女が何か話しかけてくるかと楠夫は思った。そんな目をしていた。だがコップをおくと何もいわずにもとの場所に戻った。四十代の後半という年齢かもしれない。あの赤ん坊はいくつになったのだろうか。弟とさして変らないはずだから十六、七、あるいは十八歳くらいだろう。楠夫は温泉行きのバスの発車時刻を聞いた。十分ほどで出ると女は答えた。

一時間近く楠夫はその店にいたようだ。その間ずっと女は楠夫が気になるように、というより話をしたそうに落ちつかない様子だった。近づかないで遠目に窺おうという好奇心だけではないような気もしまいにはしてきたが、それはただ昔少しだけ知りあったからなのだろう。下手に励まされでもしたらこれもいやだ。話すことはない。代金を払い、何も気づかない振りのままに店を出て、待っているバスに乗りこんだ。

到着した電車から乗りつぐ人たちもくわえて温泉行きのバスは出発した。四方に山々が連なっているがそれはかなり遠くにあるという感じで、色あいもうすく白っぽい幕をかぶせたように見え、くっきりした夏らしい緑ではない。光が強すぎるのだろうか。なだらかな起伏を道はくりかえしていく。牛が放牧されていた。のんびりと草をはんだり、あるいは横になったりしている。柵のところで子供たちが遊んでいた。光の強さほどには暑くないからか、子供だから気にならないのか、ランニングシャツに半ズボンという姿で走りまわっている。

K町の山が見え隠れする。一筋の煙が立っているその山は遠くから見れば美しく、人は不毛の山だと承知しているからなおさら引かれるらしい。木々が消え、黒いごつごつした岩や砂礫に変っていき、さらに登っていくと岩は硫黄分が付着して灰緑色に染まっている。温泉客も登っていくが、地殻の具合でガスが多く発生して危険だから、禁止され頂上には近づかなかった。

温泉街についた。そこは楠夫が子供だった頃と比べると大きくなったようで、今ふうの高い建物がたくさん目につく。昔のままの古い旅館も残っていて、道は狭く建物と建物とがくっつきあい、雑然とした感じがある。浴衣を着た湯治客が下駄を鳴らしていく。楠夫も記憶をよびもどそうとしながら歩きだした。ゆるやかな坂になっていてそこは覚えがあるのだが、両側の一つ一つの店は思いだせなかった。だけどここをおりきったところに湯畑があって湯の花をとっているんだ。楠夫は声に出していった。そうすることで、これからどう歩いていくか分っていると自分に確認したかった。湯畑は変っていなかった。いくつかの樋が並び、そこを湯が流れていく。湯の花の山が見え、独特のにおいが漂っている。さらに段々畑のようなところを伝って湯は下へ落ちていく。缶ジュースを買い、日陰で飲みながらしばらく眺めていた。

ふと視線を感じて楠夫はそのほうに目をやったが、そこには何人かの浴衣姿の人と腕をくんだ男女とサングラスの女、それにコットンパンツの若者がいて、みな湯畑を見ているらしく、楠夫に関心をはらう者などいそうにない。神経が過敏になっているからそう感じてしまうのだろう。時計を確かめると三時になるところだった。

山に登るのは夕方でなくてはならなかった。頂上近くにある沼の様子がよみがえる。硫黄のにおいが濃く立ちこめて青白くにごり、時々泡が浮かんでくる。身を投げた人が何人もいると土地の人はいう。沈めば二度と浮かんではこない。地の底の地獄が顔を出しているのだと子供の頃に近所の老人から聞かされた。だから近づくなといいたかったのだろう。子供だけで山へいってはいけないと先生からも注意された。突然濃くなった硫黄ガスにつかまれば人も死ぬ。犬や鴉が死ぬことはしばしばあった。

母が先を歩いていく。八歳の楠夫が五、六メートルうしろをついていく。母は泣いていた。泣きながら山にむかっている……。楠夫は父からそうおしえられていた。正確には、山へいくかもしれないからそれを特に気をつけろと父はいったのだ。

「あとをついていけ、何をいわれてもはなれるなよ」

楠夫は緊張してうなずいた。走って母に追いつくと邪険に突きとばされ、尻餅をついてしまった。家に帰りなさいと、手をさしのべてもくれずに母はいい、すぐにまた歩きだす。楠夫は立ちあがりズボンのほこりをはらうのも忘れてあとを追った。しかし追いつこうとはしないで間を保った。

母が立ちどまり振りむいた。楠夫もとまって動かない。

「帰りなさい」

そういって母が睨んだ。楠夫は喉がからからで声が出ない。帰るのよ。母は涙声になっている。何が起きてこうなったのかまったく分らないが、母から目をはなしてはいけないということだけは感じとっていた。暑い日だった。光がいっぱいですべてが白っぽい。額の汗が流れ、目にしみた。瞬きする間に母を見失いそうで恐く、楠夫は耐えた。

母が歩きだすと、楠夫も歩く。それでほっとして手の甲で目をこすった。青い空に白い入道雲がわいていた。夏休みできたのか母子連れがいた。子供は麦藁帽子をかぶり、手には虫とり網をもって、気ままに蝉や蝶を追いかけているのだろう。日傘をさした母親は虫籠をさげ、子供につきあっている。道端にいるその二人を母と楠夫は追いこしていった。

楠夫が執拗についていくから、母は遠まわりしていろんな道をすすむのだった。どれくらい歩きつづけているのか分らない、しかし疲れなどない。母は何度も立ちどまり、楠夫にむかって帰れといい、そのたびに楠夫も立ちどまる。母がつかまえようとするので逆に逃げた。すでに山に近づいていて、辺りに人影はなかった。逃げる足をとめ振りかえると、母はじわじわと近づいてくる。楠夫はそのままあとじさっていく。母が小石を拾った。その手をあげ、帰りなさい、ときつい声を出した。楠夫の足がもつれる。息が苦しかった。母は小走りになり、楠夫はその母の顔から目をはなせないで横向きになって走る。母が恐かった。

突然母はがくっとひざまずき、声をあげて泣きだした。肩が落ち腕はだらりとたれて砂利道に両手をつき、それでも顔を楠夫にむけている。汗と涙にぬれ、ほこりにまみれて、日頃の顔とはかけはなれていた。楠夫は泣くことも忘れてそんな母を見ていた。母から力が抜けおちたのを感じてもいたが、気持は寄りそっていけず、おいでと手招きされても、すぐに近づく気にはなれなかった。

「もう何もしないから、おいで」

抱きつきたかった。その気持に反して動けないのだった。母のほうからしがみついてきて、その腕の強さに楠夫は痛んだ。頬をふれあわせ母は楠夫の頭を両手で押さえる。痛いよ、と楠夫は呟いた。その声に母は冷静さをとりもどしたのか力を抜いたが、それでも抱きしめることはやめなかった。弟が待っていると楠夫はいった。母はまた泣き声をあげる。

どこが悪いというわけではないが弟は体が弱く、引きつけを起こしたり熱を出したりして、母はつきっきりだったのだ。二歳と数か月とは思えない小さな体をしていて、無事に成長するだろうかと両親は案じていた。楠夫はまた、弟が待っているといった。母は泣くのをやめて、じっと楠夫の目を見つめる。しばらくして立ちあがり、帰ろうといった。

「おまえは強い子だね」ついに泣かなかった楠夫に、どういうつもりでか母はいった。

そんな日があったな、と楠夫は思った。思い出もはるかに遠い気がする。それまでにもときには叱られ叩かれたことがあったけれど、母はいつだって僕のことを優しく思っていてくれる、と子供の自分は感じとっていたと思う。一心同体だった。その無条件の信頼があの日に崩れ、母は自分とは違う別の人になっていた。

もっと厳しくいうなら、あの日母は誰にも見せない心の奥で楠夫を嫌いになった。その秘密を楠夫も同時に感じとった。そうして二人とも知らぬ振りをした。そういうことだった。

母は昔話に、あのときはあんたがついてきてくれたから誤らないですんだの、ありがたかった、といったこともある。それは嘘ではないだろう、しかし二つの気持は複雑にからまりあっていて、相殺しあうことはないらしかった。誤らなくてすんでむしろ、楠夫を疎む気持を心の奥に住まわせたのかもしれない。母はおくびにも出さなかったけれど、楠夫はずっと知っていた。

湯畑をはなれた楠夫は大きなみやげ物屋にはいり、品物を見て歩く。昔からある木製の玩具が並べられている。細かい木切れに分割される角型ブロックや蛇のようにくにゃくにゃ動く棒など、子供の頃に楠夫ももっていた。独楽もあった。ふとまた視線を感じてそれとなく周りを見たが、店の人と浴衣姿とばかりが目につき、彼らに楠夫を気にしている様子はなかった。だが確かに誰かが見ている気がする。視線がある。

店を出てしばらくゆっくりと歩き、また別の店にはいった。品物を確かめる振りをして手にとったりケースのなかをのぞいたりしながら、周囲に気をくばりつづけた。やっぱり誰かが楠夫に注意をはらっているらしかった。

勘などではなくはっきりしていることだと思えるのだが、人物が特定できない。店内を一回りすることにした。浴衣はよく見ると模様が違うがそれをいちいち区別できないし、まして一つ一つの顔を見覚えることなど無理で、初めに視線を感じた湯畑からついてきているらしい人の識別は諦めるしかなかった。

どういうつもりで見ているのか知らないが、見られていてもいいではないかと、駅前の店で女に見られていたときと同じことを考えた。どうせあと数時間で終るのだ。それにしてもおかしい、朝旅に出るときにはこんな気持ではなかったはずなのに、いつの間にか固まってしまっている。青白い池が思いに浮かぶのだった。

店を出てまた楠夫は歩きだす。住んでいた家がどうなってしまったか、見てみたい気がした。山へいくのをちょっと遠回りすればいいのだった。旅館やみやげ物店のかたまっている中心街をはなれ、一般の住宅が並ぶ地区にさしかかった。今ふうの家や藁屋根の家がまじりあっている。どの家にもカンナが咲いている。古い家には見覚えもある。この家には同級生がいたと思い、立ちどまって見ていると、白いズボンに白いシャツという格好の楠夫と同年齢くらいの男が出てきた。子供の頃の面影がそっくり残っているのに驚いたが、相手は楠夫が分らないらしく、ちらっと見ただけで自転車に乗っていってしまった。どこかの旅館の板場にいるのだろうか。この辺りの人は男も女も旅館やみやげ物屋で働くことが多かったが、今もそれは変らないのだろう。

楠夫の通った小学校は校舎が建てかえられていた。夏休みだからか子供はいない。大きかったはずの校庭が意外に小さくて、元からこの大きさだったのかいぶかしんだが、周りを囲む道や住宅の具合からすると変ってはいないようだ。校門にもそのそばに生えている樫の木にも覚えがあった。記憶がどんどん押しよせてくる。楠夫はブランコに腰かけた。あの頃習った歌までが口をついて出てきて、揺られながらうたった。前方にはこれからいこうとしている山があった。

楠夫が子供の頃には何度も心中や自殺の騒ぎがあった。高校生の男女が死んだときは心中なのか事故なのか、岩の上に並んで倒れ、そばには握り飯や水筒もあったらしい。はっきりしない死が多く、動機が考えられるかどうかで事故か自殺か判断されるのだった。灰色の姿は空に馴染んで少しも正体をさらしてはいないようでも、美しいから見ようによっては不吉なのだと、人は勝手にいっていた。

ブランコに揺られながら楠夫はふと校門の陰に人がいるように感じた。両足で踏張って揺れをとめ、目をこらしたがよく分らない。さっきとおったときは誰もいなかった。偶然かと思いはしたが歩きだし、すすみながらちらっと姿をとらえた。そうして、確かに自分を窺っているらしいと思えたのは、楠夫が近づくとその姿が再び消えてしまい、しかしそれにもかかわらず塀の陰にいる気配は相変らず感じられるからだった。

さらに近づいていくと、上体を隠してはいてもベージュ色のコットンパンツがのぞいているのが分った。湯畑で見たあの十代の若者だ。そう考えてみるとみやげ物屋にもいた。

見えなかった尾行者が姿を現した。だが、まだ何も分ってはいなかった。若者がなぜ楠夫のあとをつけなくてはならないのだろう。どこからつけているのだろうか。温泉街にくるまでは視線を感じなかった。楠夫がくることを知っていて待ちかまえていたはずはない。

楠夫の胸の内など誰にも分るものではない。あとをつけてどうするつもりなのだろうか。

気づかない振りをして逆に様子を見ることにした。日は弱まっている。のんびりと気のむくままに散歩をしている、そう見えるようにことさらゆっくりと歩いた。いったん気づいてしまうと、あとをつけるその姿は幼稚で、あきらかに素人の追跡と分る。そして、好奇心から尾行しているのでもないらしく、悪意というものも窺えない。見失うまいと必死なのかもしれない。

若者は背丈ばかりが高く、骨組みも肉づきもまだ中途半端の頼りなさがある。その頼りなさが、弟に重なった。あとをつけられる不快感や不審感がうすれだし、かわって親しみのようなものが芽生えてきている。両親も弟も死に、恋人には去られ、もう身近の人はいないから、あの出来事とは関係なく関心をもたれて自分は嬉しいのだろうか。

山にむかっているのにいまさら人恋しいのが滑稽だった。でもそれが楠夫の心だった。

弟はひょろっとやせていた。弱さは主に精神の弱さで、体はいつの間にか丈夫になっていた。若者ももう少しすれば大人の体つきになるだろう。体ばかりでなく心も、中途半端な時期にいるのだろうか。楠夫は若者に頑張れといいたくなったが、すぐにその心の動きを恥じた。どんな道であろうとそこを歩いていくのは本人なのだ、他人が気軽に頑張れなどといっていいはずがない、ましで自分は歩きつづけることを投げだそうとしているのだ。投げだすことを悪いとは思わないが、そうしようとしながら他人に頑張れよといったなら、投げだすことも頑張れよという言葉も卑怯な嘘になってしまう。若者とは卑怯な嘘をつかなくてはならないほど親しくはない。

いつまでついてくる気なのだろうか。こんな場所では相手をまくこともできない。山までついてこられるのは困るのだった。とっくに気づいているよとこちらから声をかけてしまおうかとも考えた。それが一番手っ取りばやい気もする。相手の意図の見当もつくだろう。もう少し様子を見て、しつこくいつまでもついてくるようだったらそうしようと腹を決めた。

蝶が飛んできた。電車のなかにもやってきた。季節はずれの気がして哀れだったが、蝶は頓着なさそうにゆらめいている。しばらくまとわりつくように飛んだのち、やがてどこかへ消えていった。一時かかわりあってはなれていく。人と人もそうだ。昨日別れた恋人もそうだ、家族だって同じことだ。新しい人とたとえめぐり会ってもやがては別れていく。

楠夫の住んでいた家の前に出た。すでにA物産の鉱山開発部はこの町を引きあげている。家そのものは変りないが、どんな人が住んでいるのだろう。ここにも赤と黄のカンナが咲いていた。年ごとに植えかえたりする必要はなく、ときがくれば芽生え花をつけるから好まれる。母と楠夫はチューリップを植えて咲かせたけれど、たとえ咲く時季が違っていてもカンナのほうがきれいに見えた。

母は土いじりが好きなのか、父と口論すると庭に出た。いさかうとき、楠夫たちには聞かせまいとそんなことには夫婦で気をあわせた。それでも、争う雰囲気は伝わるのだった。喧嘩のあと父は必ず、母と一緒にいるようにと楠夫にいった。あの頃、父と母とはよく喧嘩をしたけれど、実際に不仲だったのかどうか今になっても分らない。楠夫が知るかぎりでは二人の間の最も険悪な時期だったが、長い夫婦生活には波風が立つものであり、どうということでもなかったのかもしれない。転勤を終えて東京に移ると、いつの間にか仲のいい夫婦に戻っていた。

カンナの咲いている庭を見ていると、母や子供の楠夫や弟が家からおりてきそうな気がした。できることなら彼らを見たかった。楠夫が穴を掘りだす。みみずを見つけて母や弟にかざして見せると、二人は恐がって声をあげる。そんな様子を二十六歳の楠夫は垣根ごしに眺めていた。ふっと我に返って振りかえった。コットンパンツの若者がいる。

気をとりなおして楠夫は歩きだした。昔の家を見てしまえばあとは山へいくだけだった。日は傾き始め、空には夏の雲の脇に刷毛ではいたような秋の雲もあった。楠夫は一人で歩いている気がしない。昔の家を見て両親や弟を思いだしたからなのか、うしろをついてくる若者のせいなのか、あるいはすべてが終るという思いが胸をいっぱいにさせるからなのか。哀しくも淋しくもない、心はさっぱりと空っぽになっているつもりなのに……。若者もついてきたいのならどこまででもついてくればいい。崖に立ち、ふっと消えれば、それで始末はつく。薄闇のなかでなら不意に姿が見えなくなっても探すわけにはいかないだろう。

家もなくなり、山へ通じている道を帰ってくる人はいてもこれからいこうとする者はいないようだ。すぐにその帰る人にも出会わなくなった。もううしろをついてくる若者も身の隠しようがない。あとをつけられているのが自分なのに、楠夫は若者をほうっておけない気がしてきた。他人のような気がしないで懐かしさのようなものがわいているのは、弟と重なったせいばかりでなく、この世で最後にかかわりあう相手だからだろうか。何であんなに弟に似ているのだろう。だから痛々しい。弟は甘やかされることに馴れ、みんなを頼ってばかりいた。子供の頃はそれでも辻褄をあわせていられたが、二十歳になろうとする年ではそうはいかなくなった。その自覚が弟にも両親にもなかった。あの若者も頼りなさそうだけれど、自分でちゃんと判断できるのだろうか。今だってどうしたらいいか分らないのではないか。

話をして帰らせよう。楠夫は振りかえり、手招いた。不意をつかれた若者は立ちどまる。おいで、と楠夫はもう一度手招きする。観念したのか若者はうつむきかげんに、目を伏せて近づいてきた。

「ずっと気づいていたよ」楠夫はつとめて笑顔でいった。

若者は目を伏せたまま小さくうなずいた。楠夫が再び歩きだすと若者も数歩遅れてついてくる。腕をとって横に並ばせた。遠くから見るとかなりあった背丈は、楠夫より低かった。

「なぜなのかな？」

若者は答えない。両手をポケットに突っこんでそっぽをむいているが、逆らっている感じはなかった。とるべき態度が分らないのだろう。そう想像して楠夫はあっと思った。

弟への接し方そのままだった。勝手に先回りして思いやり、結局本人の考えをつみとってしまう。それではいけないと両親にはいいながら、自分でもとっていた弟への姿勢だった。想像なんかしないで、待つのだ。

「涼しくなってきたね」

返事はなかった。

「これ、いやかい」若者の腕をつかんでいる手を押しだすようにして楠夫は聞き、「逃げてもいいよ。別に怒ってやしないから」そういってはなした。

今帰ってくれれば面倒がない。しかし若者はあくまで楠夫からはなれる気はないらしく、並んだまま歩きつづける。それは昔母を追っていた自分と同じなのだった。

「僕が誰だか、君は知っているの？」

はたして若者はうなずいた。

「でも僕は君を知らないな」

また若者はうなずくだけだった。

「声を出してくれないか」

今度はうなずきもしない。緊張しているらしく固く口を結んでいる。

「僕を知っていてあとをついてきたんだね。小学校のところで気づいて、湯畑でも君がいたのを思いだした。……いったいどこからつけてきたのかな」

「バスに乗ったところから……」

初めて若者は声を出した。

「そうか、あのバスに乗っていたのか。でもその前は……君はどこにいたんだろう」

夕焼けが始まろうとしている。遠くのほうに連なる峰々は黒っぽく、その背景のわずかに赤みを帯び始めた空とくっきり分かれている。空気がすんでいるからよね。子供の頃、家族で散歩しながら母が見とれていった。景色に引かれる振りをして心をごまかしたのかもしれなかった。母はよくそういうことをした。そうしなければいられなかったのだろう。つらい時期をへて、両親は温和で平凡な夫婦になっていったのだろう。父はしばしば楠夫を使って母をつなぎとめようとしたけれど、楠夫がいたからというより弟がいたから母は耐えたのかもしれない。弟が引きつけたり熱を出したりすると両親は心をあわせた。二人が争うと弟は病んだ。両親の仲が落ちついていくにつれ弟は丈夫になっていったが、父も母も負い目を感じているのかいつまでも甘いのだった。

恨みというのではないが楠夫には自分でもおかしいなと思う奇妙な気持がある。それは、弟と両親との多分に感情的な親密さから、自分だけ弾きだされてしまったような疎外感だった。子供の頃すでに楠夫に芽生えていた。

いつもいい子をつとめて、苦しかった。いい子だから、両親にあまり目をむけてもらえなかった。一方で、両親と自分との関係のほうが健全なのだと理性では分っていた。また、弟を哀れにも思うのだが、ということは楠夫も六歳下の弟を両親と同じように見ていたのだ。弟よりも楠夫のほうが理解力はあったはずだから、両親が不仲でいることもより明確に感じとっていたはずなのに、幼い弟のほうが大きく影響を受けてしまい、ずっとそれが尾を引いてきた。

自分たちは不仲を解決したが、それによって神経質で弱くなったかもしれない弟を案じて、両親はいろいろと手をうった。体力と精神と両方を鍛えるには剣道がいいと聞かされて、近所の朝稽古をする道場に弟を通わせることにした。いきたいけれど一人でいくのはいやだというので楠夫がつきあうことになった。初め竹刀の素振りと先生の竹刀への打ちこみだけで一週間がすぎた。その間弟はいやがらずにむしろ自分からすすんで通っていた。二週目になって先生は打ちこみを受けるのみでなく、竹刀を弾いて弟の面を打った。すると弟は通わなくなってしまった。そんないいかげんなことではいかんと父が叱っても、私も一緒にいくからと母がなだめても、泣いていこうとはしなかった。弟は小学三年生になっていた。泣けば思いどおりになると考えているふしがあり、実際泣かれると両親は許してしまうのだ。学校の勉強もそうで、この子は弱い子だからといって、弟がぐずるというままになって休ませてしまう。

もう辺りに人気はなく、楠夫と若者との二人きりだった。このまま一緒にいくわけにはいかないと楠夫は再び考えた。言葉をかわしたことで見知らぬ若者がさらに身近になり、少しでも傷つけたくはないという気持が強まっている。こうして歩きつづけて、自分だけがふわっと消えてしまったなら、あとに残された若者は何と思うだろう。楠夫が気がかりで若者はついてくるのだ。

この若者のために明日にのばすのも、いやだった。そこまで介入されるいわれもないと思えた。

「今まで会ったこともなかった僕をなぜ気にするのか、いってくれないかな」

このままではどうにもならないと若者も考えたのか、顔をあげ、初めてまともに楠夫にむきあった。

「母が、ついていけっていいました」

「お母さんが?」

楠夫は確かめるように若者の顔を見つめた。

「……バスに乗る前に寄ったでしょう」

みやげ物を並べてある一角から何かいいたそうな表情をして窺っていた。

「やっぱり君のお母さんは僕のことを覚えていたんだね。……あのことも知っていたんだ」

僕も知っているというように若者はうなずいた。

「どこまでもついていくように、そういいました。旅館にはいったら知らせて、そうしないで山へいくようだったら、何としてでも……とめるようにと。だから、僕だけが帰るわけにはいきません」

若者は突然泣きだした。声には出さずに、ただぽろぽろと涙をこぼしている。

胸をふるわせるその姿に、楠夫も泣きたくなった。泣くまいと耐えながら、若者を見守っていた。

「困ったな」楠夫は呟いた。

女の子のように泣いている。再び弟が重なった。泣いて勝つのだ。

「山へいくのを今やめたら、どうしたらいいか分らないんだ……」

楠夫も若者も沈黙する。

堪えられなくなってか若者が口をひらいた。「母は、一緒に帰ってくるようにといいました」

「君たちの家へ？」

涙をぬぐいながら若者はうなずいた。それでもいいかな、と楠夫は思った。つとめて軽い気分になっていようとして、その軽い気分のままに山へ登るつもりだった。そうでなければすべてを絶つ勇気はもてないと思っていた。若者の家へいくのもその前のちょっとした寄り道と思えば、軽い気分を維持できるだろう。

　それにしてもおかしい、他人事のように考える僕と自分のことのように涙を流すこいつと、と楠夫が若者を見なおすと、泣いたばかりの目が夕日を受けて輝いている。

「分った、引きかえそう。でも悪いから旅館にとまることにする」

「いえ、家にきてください。……安心できないから」

　楠夫は思わず笑った。

「信用ないんだな」

　そんなつもりじゃ、と若者は口ごもった。

　二人は山を背にして歩きだした。若者のほっとした気持が伝わってきて、何ともいえない温みが楠夫の胸にわいていた。

「名前は何ていうの」

「大木正彦です」

「いくつ？」

「十七歳、高三です」

　昔、父と話をしながら女が抱いていた赤ん坊がこの若者なのだと、楠夫は気づいた。

「家族はお母さんと……」

「二人きりです」

　そういえばあの家で女と赤ん坊しか見なかった。

「以前、君に会ったことがある、何回か」

そんなこともあったのかという曖昧な首の振りようだった。

「最後に会ったとき、多分君は三つか四つだったんだろう、僕が十二で」

「覚えてません」

「お喋りで……、あの店のなかをちょこちょこ走りまわっていた」

若者は口元に笑みを浮かべ、首を傾げた。

「父と出かけるとき、電車を待つのに店にいたし、帰りに寄ることもあったなあ。その頃のことを、君のお母さんは新聞を読んで思いだしたんだろう」

若者は答えなかった。旅館街にはいるとときどき硫黄のにおいが漂ってくる。古い旅館の脇では湯煙があがっていたりする。明りがついて温泉場の雰囲気がましていた。ちょっといって正彦は電話をかける。多分母親に連絡をしているのだろう。話しながらも目は楠夫をとらえたままだ。しきりにうなずいているのは母親がいろいろというからなのだろう。

受話器をおいて楠夫に近よってきた。お待たせしましたという目をちらっとむけてうつむいてしまい、声に出してはいわない。楠夫が歩きだすと一緒に歩く。湯畑に出て柵にそって迂回していった。ライトに照らしだされ、黄や青緑の湯花がはりついた岩や樋が蛍光色を発しているようだ。楠夫が立ちどまり両手をくんで柵にもたれると、正彦も同じようにした。自分たちがつくっているこの光景は以前にもあった気がして考えてみると、それは子供の頃の自分と弟が描いたものので、弟は楠夫の動作をよく真似て二人してやっぱり柵にもたれ湯畑を眺めていたのだ。

正彦からしだいに緊張がうすれてきたのを楠夫は感じている。すべてを楠夫に任せて自分はついていけばいいと思うのだろうか。山へいくのをとめた安堵感が気楽にさせているのだろうか。いこうか、と楠夫がいうとうなずいた。

バスの発着所へむかって坂道をのぼっていった。並んで歩くのだがどちらも黙っていた。それが悪いのかぎこちない気分が生じてきてさらに口は重くなり、窮屈になっていく。

バスが出るまで少し時間があり、待合室で待った。楠夫のほうが気を遣い、確か高三といったねと話しかけたが、正彦はうなずくだけで話の接ぎ穂がなかった。それでも楠夫は話しかける。

「卒業したらどうするの」

「旅館に勤めて調理師になります」

「地元に残るのか。そういう友達はたくさんいるのかな」

「いえ……。母と二人だけだから」

「お母さん思いなんだ」

「そういうわけじゃないけど……。いつかペンションをつくろうって、僕より母が積極的で……」

「ここでずっと暮らしていけたらいいかもしれないな」

「よそからくる人はそういいます」

山に囲まれたこんな田舎の温泉町にいないで都会へ出ていきたい気持もあるのかしらと、楠夫は思った。

「君はそうは思わないの？」

「思わないというより、考えません」

「空気はきれいだし景色はいいし……」

それも考えないらしかった。

「そろそろ蜻蛉が出てくるだろう、今でもたくさんいるかしら」

正彦はうなずいた。

「思いだすなあ、子供の頃蜻蛉の群れに巻きこまれるとね、羽根で顔を叩かれるんだ……。たくさんいるからひっきりなしにやられて、とっても痛かった」

正彦は頬笑んだ。同じ経験があるのだろう。

バスがきましたといってほっとしたように正彦が立ちあがる。乗客は二人の他にいなかった。途中から乗る人もなく、暗くなりかけた道をバスは走る。行きに見た牧場に牛はいなかった。子供たちももちろんいない。日は落ち、西の空も峰々の際がわずかに赤いだけだった。

長い一日が暮れたのだ。事務所で所長に会い、その足で電車に乗り、ここまできて温泉街を歩き、もうすべてが終っていたかもしれないのにこうしてバスに乗っている……。

自分の思いどおりになることはほとんどない。家族も近しい人も周りにいなくなってからでさえ自由にならない。気紛れを起こして女の店に寄ったことで、引きかえすことになってしまった。僕にはもう僕しかいないのに。窓ガラスに映った自分を見て思った。

正彦は黙ったままでいる。外見は弟よりもひ弱そうだが、よくよく見ればしまった顔つきをしていて、母一人子一人の家庭で自然に身についたものがあるのかもしれない。それにしてもなぜあんなふうに泣いたのだろう。楠夫を助けたくて感極まってしまったのだろうか。

なぜ泣いたの、と聞いてみたかった。バスが揺れて膝が触れあうと正彦は反射的に足を横に振って避けた。本当にどちらが山に登ろうとしていて、どちらがそれをとめたのか、何だか分らないな、と楠夫はまた思った。今日登らずに明日でもいいのだつた、十年後でも、あるいは登らなくても、いいのだった。だから思いとどまらせるのは、正彦が見せたように泣くほどの大仕事とも思えなかった。少なくとも自分自身のことではそう思えなかった。また、楠夫がどうなるかが、本人よりも他人にとって重大だと考えるのも変だった。

それにもかかわらず正彦の涙に打たれた。あの涙を見て、楠夫は気持を変えた。

バスは駅についた。迷惑かけちゃったねといいたかったが、やめた。山へいかなかったことで心はまた一つ喪失感の幕にくるまれた。幕が重なるごとになかは軽くなっていく。そうして、もうどんなことが起きたって自分は平気だろうと感じる。だから山へ登ることも平気なのだ、それをさまたげられても平気なのだ。

少し遅れぎみに歩く正彦を楠夫が立ちどまって先にいかせようとすると、彼も立ちどまってしまった。

「僕が何といってはいっていったらいいの、君が案内してくれなくちゃあ」

楠夫がいうと、正彦はやっと先に立って歩きだした。店はすでにしまっていた。時間だからというより楠夫を迎えるためなのかもしれない。また楠夫は違和感をもった。この母子にとってそれほど僕が問題になるのだろうか。

「こんばんは。いわれるままにきてしまいました……」

女はこんばんはと応えたまま、じっと楠夫を見据えていて動かない。楠夫もつられて立ったまま動けない。顔を見あわすばかりで、目をそらすこともできないでいた。母さん、と正彦に呼ばれて、女はやっと自分をとりもどしたのか表情をなごませ、こちらにどうぞといって店の奥の自分たちの住居に案内した。

茶の間らしい八畳の部屋には卓袱台があり、白い布巾をかぶせた盆がおかれていた。女はその布巾をとり、茶をいれだす。まるでそうすることで気持を落ちつかせようとしているかのようだった。テレビと茶箪笥とが並べてすえられ、その茶箪笥の上方にはカレンダーがはられている。隅には小さな電話台もある。そばに新聞とマンガ雑誌がおかれていた。あけたままのガラス障子のむこうは台所のようだ。母子はここで多くのときをすごすのだろうと楠夫は思った。懐かしさがあった。もしかしたら昔、この部屋にもきたのかもしれない。そんな楠夫の気持を読んだかのように、覚えがありますか、ここ、と女が聞いた。さあ……、と楠夫は口ごもった。それから、

「僕のこと、すぐに分ったのですね」と聞いた。

「ええ、面影残ってますもの、若いころのお父さんにそっくりだし」

女は花江と名のった。

網戸のむこうには青白く誘蛾灯がともされていて、周りを小さな虫が飛びかっているらしかっ

た。楠夫に誘われたのか花江も目をやり、みどり虫です、裏が田圃で、といった。

「本当によくきてくれました。何としてでもきてもらえと息子にはいいましたが、不安でたまりませんでした」

「そんなに、……僕の様子は変でした？」

「いいえ。私が心配しすぎて余計なことをしてしまったのかもしれません。……山があるから危険だと思いました。遠くから見ていれば穏やかで美しいだけの山ですけど、その気がなくても誘いかけてくるから……」

町までいって眺めれば、山のほうで見逃さないのではないか。そう思ったという。

「誘われなくても、いくつもりでした」

「つらかったのでしょう」

つらかったけれど、つらさに負けて山をめざしたのではないと自分では思える。つらさに耐えられはするが、耐えなくてはならない必然がない、ということなのだ。父でも母でも弟でも、誰か一人生きていたなら、自分は何としても支えようとしたはずだ。

自分だけ家族から弾かれたと感じるから、というわけではないが、あれは世間でいわれるような親殺しではない、動きがとれないほどに癒着しあって選んだ親子の心中なのだ。理性とか理屈とかをこえた結びつきがあっていつも三人でもたもたしていた。楠夫だけが外側にいて苦々しく見ていた。互いに心と心に境界がないようなその踏みこみあいが妬ましくもあった。

去年、弟は大学にはいらなかった。志望校に落ち、すべりどめに受けて合格した大学にはいきたくないといったのだ。また一年受験勉強をするのは大変だからといって両親も楠夫もとにかく入学することをすすめた。弟には浪人生活が耐えがたいだろうという考えがあった。弟は意地になっていた。そうして今年の春、前年に合格した大学にも受からずに、二浪することになった。学校にいかないで手に職をつけることも悪くはないと高校時代の先生にいわれたが、弟はもう一年やってみるといいはり、それには両親も賛成した。

四月、五月と予備校に通っていたのに、六月にはいって休みがちになった。どうしたのかとたずねると、一人で勉強すると答えるだけだった。部屋にこもって何をしているのかよく分らない。誰もなかにいれようとしないで、食事時にのみ下におりてくる。父も母も気遣って頑張れよとはいわない、ただされげなくしている。そうして弟も装われたさりげなさを感じとっている。

家にいる時間の少ない楠夫にもその奇妙な空気は感じられた。しだいに両親が弟のことを隠そうとするふしが見え始めた。たぶん弟が暴力をふるいだしたことに結びつくのだろう。

漠然とではあるが家が壊れていく兆しが見えても、まさかあの大事にいたるとは思いもよらず、疲れてはいるし何といっていいのか考えると面倒くささが先に立ち、黙っていた。そしてあの日、楠夫が帰宅すると、居間で両親が倒れていた。

警察での事情聴取に楠夫はろくに答えられなかった。直接的な動機など受験勉強がうまくいってなかったということくらいで分りはしない。楠夫に分ることはもっと根深いところの、十九歳にもなった息子と両親のねっとりとからみあう雰囲気だが、それは決して言葉にはできないものだった。

「深い事情は分りませんし、新聞に書かれていたことを知っただけで、ただただ驚くばかりでした、幸せに暮らしていると思っていましたから……」

「僕たちのことを忘れずにいた、ということですか？」

そんなふうに聞こえた。

「折々に思いだしていました」

「はあ……」

楠夫には何をいおうとしているのか汲み取れない。

「新聞を読んだときにはこの子と二人でたずねようかとも考えました、余計なことだと考えなおしたんです。亡くなった人たちには気の毒で悲しいと思うばかりですが、私が一番気がかりだったのはあなたでした。一人だけ残されて、始末をつけて、これからどんなふうに生きていくのだろう、この子はそんなことはないというのですが、もしやあなたまであとを追うようなことになったらと……」

正彦は黙って聞いている。ときどき顔をあげて楠夫と花江とをうかがった。

「私も一度に両親をなくしたんですよ、冬の終りに雪崩に巻きこまれて。父があなたのお父さんの会社で働いていた関係でお世話になりました。私は結婚がうまくいかずにもどされたばかりで、追いうちのようでした。……。

一段落してふっと気がゆるんだのでしょう、山へいきたくなりました。それを助けてくれたのがあなたのお父さんでした。後ろ姿がひらひら漂う蝶みたいでおかしいと直感した、そうあとで話してくれました。……あの山は、人を同じ思いに誘うのです。それから、お父さんと親しくしてもらって……、この子ができました」

思わず楠夫は正彦を見た。何かを耐えるかのようにうつむいている彼の頬が、ぽっと紅潮した。

「ご存じなかったのでしょう、当然ですけれど。この子にもずっといいませんでした。新聞であのことを知ったとき、今話しておくべきと考えて、すべてを打ち明けました。この子はお父さんのことを何も覚えていませんでした」

膝の上にある正彦の手は固く拳に握られている。どんな思いで母親の話を聞いたのだろうか。

「いろいろと話してやると、ああああの人かなんていいましたが、それでもはっきりしないようです。無理もありません……。いつか話さなくてはいけないと、考えてはいたのです。お父さんともう会わないと、私はあなたのお母さんに約束しました。この子も会えないのだからと、話さずにきてしまって……」

たぶんその話をしてからこの人は、たずねてみようかと息子に相談したのだろう。もしそうだとしたら、正彦は何と答えたのだろう。

「ですから、あなたはこの子にはたった一人のお兄さんなんです……。おまえ、挨拶おし」

正彦は黙ったまま、顔をあげようとはしなかった。

父や自分たちをどう思ったのだろう。恨んでいるのだろうか。

「本当は嬉しいんですよ、あなたに会えて。でも嬉しいともいえないで、戸惑っているのでしょう」花江がとりつくろうようにいった。

一人になったと思っていたのに。正彦の見せた唐突な涙、それを見たときに感じた温み……。

しかし楠夫もすんなりと受けいれられずに戸惑った。

昔、両親が不仲だったのは、この母子に原因があったのだ。引きつけを起こした弟、後ろ姿をかたくして庭の手入れをする母の姿が浮かんできた。

「私たちがいたことでずいぶんとご迷惑をかけました、ごめんなさいね……」

そういうことも知っているという口振りだった。

「僕は両親が諍うのは分っていたけれど、理由は知りませんでした……」

しっかりしているといわれたが、父に連れられてこの家にもきていながら気づかなかったのだから、本当はぼんやりした子供だったのだ。もしあの頃すでに事情が分っていたなら、今こうしてむかいあえはしなかったろう。

「お仕事、何をなさっているのですか」

いわなくてはならないことをいってしまい、花江は少しほっとしたようだ。

「建築設計事務所にいます。建物のデザインです」

「そうですか。おまえ、相談にのってもらいたいね」

「ペンションですか？」

ええ、そんなことも話しましたか、この子、といって花江は正彦を見た。

「まだまだ遠い先のことですけど、この子がやりたいみたいだから……」

母が積極的だと正彦がいっていたのを、楠夫は思いだした。

「おとなしいのですね、正彦君」

「だけど、怒ったりすると強情で、女の私では手を焼きます」

涼しい風が網戸から吹いてくる。どこからかはいりこんできた蟋蟀がぴょんと跳ねた。

「死のうなんて考えないで、ここで心行くまですごしてください、お願いします。おまえもそうしてもらいたいだろう……」

正彦はやっぱりうつむいたまま、しかし、こっくりとうなずいた。

頭のなかのすべてが飛んで楠夫は唐突に泣きだした。懸命に泣くのを堪えようとすればするほど涙はあふれ嗚咽が湧きあがり、まるで自分自身が別人のようだった。

もういい、見苦しくてもかまわない、泣きたいだけ泣けばいい。

どのくらい経ったのか楠夫は泣き疲れてうつむいたままだった。ごめんなさい、呟くようにいって顔をあげた。花江も正彦も黙っている。彼らも泣いていた。

正彦という新しい弟を得て、するとその心が知りたくなった、それは死んだ弟を知りたいということでもあった。なぜか二人が一つになってしまう。楠夫にとって死んだ弟の未来が正彦のなかで生きているのだった。正彦は正彦だと思っても、重なってしまう。正彦を探ることで弟を知り、弟を探ることで正彦を知りたい。弟にとって楠夫はすべての手本だった、しかし、小さいころは憧ればかりだったが成長するにつれてその憧れに反発が混じるようになり、いつか憧れよりも反発が大きくなったのだろう。同時に口をきかなくなっていったのだ。

追いつめられ、内へ内へとこもっていった弟、そのことがさらに追いつめた。楠夫がもっと注意を払えば気づいてやれ、手を打てたかもしれない。母もそれをうながしていたのだ。弟は堪えきれずに弾けた。励ましあい、たがいに戦いもし、離れられなくなってしまった三人。刃をむけられた瞬間、両親はどう思ったのだろう。争った跡のなかったということは身を任せたということなのか。もしそうなら、ほっとしてしまったのだろうか。ほっとして身を任せた?

楠夫はハンカチを取り出し顔をぬぐった。

「初めてこんなに泣きました。みっともない姿は誰にも見られたくなかった、堪えてきたのに」

「我慢をすれば辛さは増すばかりです。泣きたかったら、泣けばいい、と私はお父さんにいわれました、助けられたときです」

父の言葉を再現した花江、静かにあらん限りの気力を振り絞って楠夫にむかっている。花江のむこうに父が見えた、母もいた。生きろ、といっていた。

茶毘に付す前の最後の別れのとき。楠夫は薄く化粧をされたその顔に見いった。

花江と正彦がいてくれてどんなに慰められたことか。決して同じではないけれど、新たな拠りどころだった。楠夫にとってそれは奇跡だった。父親は十分なことをしてくれたと花江はいう。しかし彼らに、特に正彦に拘りや恨みのないはずはないだろうと、かえって楠夫は裏を見ようともした。けれど彼らはそれを見せはしなかった。おそらく自分たちで消化したのだろう。

正月は必ず花江たちと迎えた。ふだんのときも時間があればたずねた。正彦が、ときには花江が上京する折があると寄ってくれた。結婚のときも女でなくては気づかないような細かいことを花江は補ってくれた。楠夫は笑って受け流したが、子供のできないのを心配してくれた。そんなとき健太をもらう話が出たのだ。

花江さんお別れです、あんたがいなかったらペンションもてなかった、いろいろありがとうと何度もおっしゃった、でも僕こそあなたに救われてきた、あなたがいなかったら僕はどうなっていたことか、どんなに感謝しても感謝しきれません……。

葬儀も終り家族だけになり、楠夫も正彦たちも力が抜けてしまった。ペンションに客を迎える準備があってかえって気がまぎれるくらいだった。夜になり、みんな床について、ビールを飲みながら楠夫と正彦のみが居間にいた。楠夫は死んだ弟や両親を思いだす。あの惨劇の場面にもどっていく。懐かしかった。忌わしかったのに、いつから変ったのだろう。そこに花江の死顔もくわわる。楠夫だけの風景、神話のようだ。すでに還暦を過ぎている、己の死は近いともいえる。

なぜか開放感があった。楠夫はそれを正彦にさえ語らない。楠夫にあるように、正彦には正彦の風景があるだろう。

豆腐屋の女

ジャージーの上下に着替え、熱いインスタントコーヒーをいれて一口飲み、そのままマグカップを手に作業場へおりていった。

五月四日、連休日で休むつもりだったが、今日、明日と特別に注文がきて断れずに受けた。無理をいわれてばかりいる。

三時半という時刻はまだ闇のなかで、ガラス窓のむこうに夜明けの気配はない。もっとゆっくり始めても間に合うのだが、作業はいつもどおりがいい。

蛍光灯のスイッチをいれるとカチカチという音を立てて眩しく灯り、すみずみまで照らしだした。昨日の午後にひたした大豆は、アルミ製の丸いずん胴の桶でふくれている。冬の寒いころには半日以上水につけなくてはならないがゴールデンウイークのこの時期なら十時間で十分だった。水質はもちろん味に大きく作用するけれど、水温も本当は大事だと死んだ亭主はいっていた。女にはそこまでは分らない、冬の寒さのなかでの作業より温かい今のほうがはるかにらくでいい。そんなことをいっているうちは職人にはなれないと、亭主はいうだろう。女は豆腐職人になるつもりはない。

心構えを強調した亭主だったが、豆腐作りに誇りをもつでもなく、親から受継いだ商いをつづけていただけのことで、女もまた生きていくために店をつづける。

傍から見るとその姿は投げやりに映るらしい。欲もなく、考えももたず、生きていければいい、そういう態度で、そんな芯の部分を同じように欲のない亭主は感じとってくれたのかもしれない。けっきょくは似た者夫婦だった。女にとって亭主以上の男はいなかった。だが死んでしまった。どんな人でも死んでしまえば終りなのだ。

サッシの引戸をあけシャッターをあげた。冷気がはいりこんでも冬の最中とは違って鳥肌立つこともない、かえって気持いい。澄んだ空気を胸いっぱいに吸ってから戸をとじ、大きなゴムの前掛けをつけた。

アルミのボールで大豆をすくい、グラインダーの上の漏斗状の部分にあけて消泡剤もまぜて砕く。昔は手作業だったというが今は簡単に機械が砕いてくれる。何でも機械がしてくれるから女手一つでも営める。

ならべて設置してある釜のスイッチをいれると釜内が真空状になり、挽きおわった大豆汁を吸いあげる仕組みになっている。適時蒸すのだが、もちろんこの間、ただ突っ立っているわけではなく、型を用意し布巾を敷きグラインダーにつぎの行程の豆を用意しと、動きまわりながら、温度を確かめなければならない。温度計はどんどんあがっていく。九十度、さらに百度、百十度。もういいだろう。何気なくしているけれどこの温度管理は大切で、いくら機械化されても気温や豆の質量、水の量といったものは勘に頼るしかない。季節によっても違うし日によっても違う。

亭主に死なれた直後は、覚える気もなかったのを忘れて、なぜ肝心なことをおしえてくれなかったのだと恨んだものだった。女の勘はまだ不十分だ。それでも機械だから焦がしてしまうというような根本的な失敗がなくてありがたい。スイッチを絞りに切り替えると釜の底がせりあがりだし、アルミ製の桶（木製の桶は保健所に禁じられてしまった）にできた豆乳が流れでる。注文のあったぶんをペットボトルにとりわけた。

釜に残ったおからをとりだし外においてある箱におさめた。昔は料理に使い、豚の餌にもした。今は処分場へごみ収集車で運ばれる。もったいないけれど誰も使おうとしないのだから他に方法はない、ときおり自分用に茶碗一杯ほどとっておいて煮るくらいだ。

そうこうするうちに豆乳の温度が適当になり、すまし粉（苦汁の代りの凝固剤）を水に溶かしまぜる。この寄せこむ作業も注意しなくてはならない。豆乳をかきまぜぐるぐると動いているところに凝固液をいれ、箆でさらにかきまぜ、その箆を堰にして一気に動きをとめると、豆乳はすぐに固まりだす。それを用意した二つの型に柄杓で流しこむ。布巾をとじ、板と重石をのせてしばらく放置すると、木綿豆腐ができあがる。この一回の行程で八十丁ができる。その日によって注文は異なり、二百丁のときもあれば五百丁のときもある。今日はもう一行程で終る。

近所の早起きの主婦が豆乳をとりにきた。健康のためとはいってもそううまいものではないからしばらくすると飲まなくなるのは分っている。しのぎやすくなってよかったわねえ、と主婦はいう。ほんと朝の寒さはつらいから、と女は答える。ついでに一丁いただける。まだパック詰めしてなくて。もってきたわ、と主婦は器をかざしてみせた。長いまま水槽に沈んでいる豆腐を女は一丁分切りとり器にいれる。

　一息ついてコーヒーを飲んだ。水槽のなかで豆腐を切りわけてパックにいれ、見栄えが悪いと思うと反対の面を表にし、そうして機械でシールの蓋をするという仕上げの作業が待っている。これはほとんど手作業で思いのほか時間がかかるのだった。パックにいれた豆腐を水車のように回転するコンベア式の四角い枠におくのだが、機械が小さくて七個しかおけない。スイッチをいれると動きだし、停止し、上からシールがおりてきてぴたりと貼りつけられ一つ動くと、またつぎのパックにシールが接着される。それを受けてケースにならべていく。スイッチをとめ、新たに七個のパックをセットする。

　グラインダーや釜を洗う、滓をきれいにとらなければいけない、それから型にしく布巾をすすぎ洗う。これは他の作業をしながら少しずつすましていく。段取りを覚えれば休みなく動けるのだった。すべての作業を終えると時刻は六時だった。

　女はほっとして腰を伸ばす。外は明るい五月晴れだ。前の歩道に出た。若者が大きなバッグをしょって歩いていく。何を目指しているのだろう。気のせいか休日の静けさがただよっている。しかし今日も道のむこうには人の行列ができる。足利という寂れていくばかりの町だが、フラワーパークの藤は知られていて、ゴールデンウイークにはたくさんの人が見にくる。彼らを運んでくる東武電車の駅はすぐそばだ。道の反対側の以前はパン屋だったコンビニエンスストアのむこうが駅前広場になっている。フラワーパークへいくシャトルバスの乗り場があり、六両編成の電車がつくたびに人がわっと降りてきて列をつくる。

コンビニに客がはいっていく。こんな時間から何を買うのだろう。人の生活もさまざまだ、女には想像も及ばない。犬を散歩させる男がいく。駅のむこうには足尾を源とする渡良瀬川が流れている。

亭主がいたころ、休みの日には女も連れだって河原を歩いた。それも朝の早い散歩者さえまだ床にいるだろう時間に。

「因果だね、休みといっても寝てらんないんだから」と女は歩きながら亭主にいった。

亭主は軽く笑う。

「でも私は好きさ、東の空がふわっと明るむのが」

一日の始まり、少しずつすべてが赤く色づいていくようだ。そんな期待をさせながら、けっきょくは染まらず、白々とあけていく。その何かがすりぬけてしまった感じも悪くない。

今日に何かを期待しながら、そのじつ何も待ってはいない、いいことなんか欲しくない、いいことがあるとかえって先が不安になる、そんな女の気持を、亭主は分らないらしい。

「この空気が吸えれば十分さ」

一人ではない、自分ではない誰かと一緒に朝を歩ける、それがいい。

「俺は何者なんだ」と亭主はいう。

「亭主だよ」と女は答える。

たとえ亭主であっても、誰かとしかいいようのない部分は残る。矛盾だらけで支離滅裂な女を、亭主は分らないままそばにおいてくれる。女にとって亭主は好きというより都合のいい人なのだ。

亭主にとっての女も同じだろう、おあいこだ。

すっかり夜が明けると人々が出てくるのだった。顔見知りの夫婦が、今日は休みで散歩だねといってとおりすぎていく。

「あの人ら百歳まで生きるつもりだぞ」と亭主がいう。

「自分でいうの？」

「そうさ」

「百歳まで生きるの大変だね」

「いずれにしても寿命は決まっている」

「決まっていたらつまんない」

「そうだな」気のない返事だった。

一緒に居るということは少しずつ別れを準備することかもしれないと女は感じる。同居する亭主の父親を思うからだった。舅はまだ八十五歳だが脳梗塞で倒れて以来寝たきりらしく、いつお迎えがくるともかぎらない。そのことがふと話の流れに重なった。

「そろそろ帰らなくちゃ、おむつかえるの遅れると不機嫌になるからね」

舅の不機嫌は世話をする女にむかう。女がくる以前は亭主が世話していたのにどんなあしらいが必要か忘れてしまったらしい。あたられても、感情の波は立たなかったのだろう。

何があっても心が平坦な人、それが長所と女は買っている。でも手ごたえなくて短所ともいえると最近は思う。贅沢に違いない。この人だから私でも居られると分っている。女は亭主に、やっと己れの居場所を見出したのだ。

亭主に初めて会った日に、居たいだけ居てくれといわれて、絶対はなれないと決めた。影の薄い亭主と、影の薄くありたい女。亭主は居ついてくれた女に感謝した。女もおいてくれる亭主に感謝している。だから亭主は大事、自分自身はもっと大事。亭主にもそれをいう。

物心ついたときから、身を守ることが、肝心だった。舅や亭主につくすことも身を守ることだった。

川の流れが朝日に輝いている。光を跳ね返し、そこに視線が巻きこまれるとくらくらする。底の浅い流れは川面も波立って、実際の勢いよりも激しく見せるのかもしれない。もう少し下流にいけば流れの淵に葦が生え、底深く水が澱んでいる。子供がはまり命を落とすこともある。穏やかそうな情景につい油断するのだろう。人も自然も見た目はあてにならない。

周囲から朝と夜とのしのぎあいはあせ、落ちついた青白い風景に変っていた。二人は適当なところで土手をのぼった。河川敷が一望できる。町の中心を流れる川、遠くには山の稜線がかすんでいる。十年ほど前、むかい側の草むらで誘拐された女の子の死体が発見され、幼稚園のバス運転手がＤＮＡが決め手になったとかで逮捕された。その数年後に女はこの町にきたのだ。

少し歩いて橋のたもとの信号を渡り駅にいたる。クラブ活動には関係ないのか休日なのに何人もの学生がやってくる。隣町の高校にかよっているのだろう。駅舎の通路を横切りパン屋の前をとおって家に帰りついた。

仕事の後とは違った快い疲れが残る。舅の世話と朝食の用意が待っている。亭主はもうちょっと歩いてくるといってそのまま遠ざかった。逃げたよ、と女は後ろ姿を見送る。

つい思い出にふけっていた。突然の警笛にびくっと震え、今しがた散歩から帰った錯覚は晴れていくが余韻は残り、女は立ちつくす。もちろん亭主の姿はなく、一人きり。朝食づくりを急ぐ必要もない。道を渡ってきた見知らぬ男と目があった。この人何だろう、と女は思う。近所に家があってそこからやってきたとは見えなかった。町の人の顔つきではなくバッグをさげている。藤を見にきた人でもない。何か？　と男から声をかけてきた。じっと見る自分に気づき女は慌てて首を振る。それからまた目をむけた。

「あんたどこからきたん」

「どこから……」

「この町の人ではないだろ」

「観音様をお参りしてふらついてると駅に出て、ちょうど駅員がシャッターあけたところでポスターがあったから」

男は浅草から電車できたのだ。

「藤かい？」

「そう、日本一だって」

「まだ早いよ、他にあてあるの」

「ないな、電車を降りてどうやって時間をつぶそうか歩きだしたところさ」

「朝ごはんは」

「まだだが、ここには食わすところもない」

「そう、私は一仕事終えて、これから。一緒に食べる？」

男は大きく目をみひらいた。

「いくとこないんだろう」

「そうだが」

「じゃあ食べな、用意するから」

男は奥をのぞきこむように首を出す。

「誰もいないよ、遠慮はいらない」

作業場と壁で隔たった台所に女は立ち、ガスレンジに火をつけ味噌汁の準備をする。小松菜、人参、大根、じゃが芋、椎茸、若布と味噌汁にはありったけの野菜をいれてしまう。味噌汁というよりおかずというべきかもしれない、手っとり早いし栄養にもなるし、味は二の次のつもりでも、けっこううまいと死んだ亭主はいっていた。鮭も二切れ焼きだした。それに作りおきの鶏レバーの甘辛煮、豆腐は半丁ずつおかかをかけて生醤油で食べればいい。セットしておいた炊飯器はすでに炊きあがって保温ランプがついている。鶏レバーと豆腐の器を盆にのせ、ぼっと突ったって眺めていた男に手わたし、そっちのテーブルにおいとくれと隣の居間を指差した。手際がいいと独り言のようにいいながら男は従った。ご飯と味噌汁をよそい、それも男に運ばせて、女は鮭を皿に移した。

さあ食べよ、と声をあげる。男はどこを自分の席にしたらいいか分らないらしい、女は指さし、もう少しならべようがあるだろうにと、ただテーブルにおいただけという感じにおかれた器類をととのえて腰を落ちつけた。

男には何となしうわの空の雰囲気があった。心がどこか遠くへ飛んでいて、ここにない。目で分る。しようがないさ、と女は思う。

久しぶりに一人でなく誰かと一緒の朝食だった。

「久しぶり？」と男は女の言葉尻をとらえた。

「ああ、亭主が死んで以来だね」

「いつ、死んだの」

「四年前かな、五年かな、もっとかな……」

「近所づきあい親類づきあいがあるだろう、商いもしてるし」

「挨拶程度さ、つきあう親類もない、商いだって豆腐をいくつかの店に卸しているだけ」と女はいう。「人は苦手さ、この顔だし」

顔中アバタが浮いていた。

男は首を傾げながら飯を口に運ぶ。「そんなおまえさんが何でこうして朝飯食べさせてくれるんだろう」

「おかしいかい」

「人に馴れてむしろ馴染みすぎている感じだね」

女は笑い、「ちょうど同じことが私にもおきたのさ」と答える。「死んだ亭主にいわせれば都合よく人手がやってきたというものだった」

男は目をしばたたく。

「あてもなくここをとおりすぎようとしていたんだ、そうして声をかけられたのさ、亭主にね」

やっぱり早朝だった。

「何であんな時間に歩いていたのか、考えてみるとふしぎだけれど覚えがない、きっと前の日から泊まるところがなくてふらふらしていたんだろう」

女は細かく振りかえろうと思案する。

行き倒れ寸前だったのを亭主が見かねて、飯を食っていけといってくれ、女はためらいもなくその言葉にすがった。

「様子があんまりおかしかったんでつい声をかけてしまったと亭主はいった。私はそのまま亭主の言葉にのってしまったのさ」

根掘り葉掘り聞かれ、それがうれしかった。

「気にしてくれる人はなかったからね、みんなあっちいけってもんだった。気の毒なのは亭主さ、ちょっとばかし親切心を抱いて居坐られて、断りきれなかった」

女はふうと溜息ついて笑った。

「いわくありげだな」と男はいった。

「どうってことないよ、手が必要だったんさ」と女は返した。

家事をし、豆腐屋の手伝いもし、脳梗塞で倒れた父親を看ていた母親のほうが突然逝ってしまった。葬儀をすまし、いつまでも休んでいられず仕事も再開したが豆腐屋は途方にくれていた。朝は三時に起きて豆腐作りを始め、八時ころにつくりおえる。それまで父親の世話はできない。父親が倒れたときから少々無理して機械化していった。機械化といっても大量生産が目的のすべてが自動化されるものではない、あくまで個人商いのためのグラインダーであり釜であり、パック詰機だった。

それでも一人での作業は手一杯だった。母親の無理が身に染みた。すべての皺寄せを引き受けていたのだ。

父親は目覚めている。尿を吸えるだけ吸った紙おむつがいやでたまらない、自由の利く左手ではがそうとするとかえって肌に密着して気色悪さを増幅する。後始末もしづらくなる。しかし本人はそういうことが分らずに毎日繰返してしまう。作業の途中でとりかえてやればいいのだが、そうはいかず、一区切りつくまで手を出せない。

母親が工夫して父親は、上はパジャマだが下は腰巻のようにタオルでくるむだけ。不機嫌な父親をなだめながら熱いタオルで裸にむいた尻を拭く。しゃがれた聞きづらい声で父親が何かいう、息子は聞いている振りでうなずく。文句だからたとえ聞こえても聞き流すだけなのだ。ときにはその態度がさらに怒らせるが、なだめる気もおきずにほうっておいて食事の用意を始めてしまう。

朝食は粥と豆腐入りの味噌汁と玉子を落とした納豆、海苔の佃煮と決まっている。朝からいろんなおかずを食べたいとは思わないし、すぐにまた作業場にもどらなければならない。

冬の終りのある朝豆腐を型に流してほっとし、外に出てみると見かけない女がとおりかかったのだ。

女はアバタ面だった。直径五ミリくらいの丸いかすかな窪みが頬、額、顎と散らばっている。足が地についてないようで、その弱り具合は一目で見てとれた。関らないほうがいいと思いつつ、豆腐屋は声をかけてしまった。

「どしたい？」

女は立ちどまったが、無表情に豆腐屋を見返した。

「どっからきたんだい」

「どっからといって答えようがないねえ」

「どこへいくんだい」

「それも分らないんだ」

「そうか、ふらふらと……」

「流れてる」

「川に浮かんだ葉っぱみたいだ」

「葉っぱねえ」と女は笑う。

「腹すいてんだろう、飯食ってくかい」

女は無表情にうなずいて、台所についてきた。豆腐屋がさししめす椅子にへたりこんでしまった。

「俺はまず親父の世話をしなくちゃなんねえ、ちょっと待っとくれ」

豆腐屋が父親を寝かせている部屋にいくと、女はついてくる。

かまわず父親の布団をはぐとつんと臭気が立ちのぼった。たっぷりたまった小便でおむつは重い。そっとうかがっても、女はくりひろげられる光景に無反応らしい。

豆腐屋は気にかけるのをやめて機嫌の悪い父親のほうに神経を集中した。長いこと湿ったおむつに密着していた肌はふやけ気味だった。

不機嫌を曝されるとその不機嫌がうつってしまい、俺だって精一杯だといいかえしたい。しかし息子は無言で手を動かす。

裾をとじると女が近づいてきて父親をのぞきこむ。父親も見返すように目をあけている。豆腐屋の目にはどちらも無表情だった。

台所にもどるとまた女はついてきて椅子に腰掛けた。豆腐屋は豆腐と若布の味噌汁をつくった。それから糠味噌をかきまわし、大根漬けをとりだした。特別に鰯の缶詰をあけた。女の前に飯を盛りつけ、父親の椀は盆においた。俺は食わせなくちゃなんねえから先に食べてなといいおいてまた父親の寝部屋にいった。

女はついてきた。豆腐屋が父親を座椅子に移して食べさせるのを無言でじっと見ているのだった。

「うまく食べるもんだねえ」女がつぶやくようにいった。

「本能だと」

母親がいったのだ。体中のどこが壊れても最後に食い気だけは残る、それが失せたら死ぬときだと覚えておけ。社会のことなどまったく疎い母親がそういうことは知っていた。食えなくなったら無理して食わせるな、死なしてやれ。

父親は唯一の楽しみとでもいうように食べる。だから息子は飯を運ぶ。長生きしろとももう死ねとも思わない、心配なのは仕事と世話の両立がだんだん苦になって、自分の我慢と父親の命とどちらが先に折れるかだった。

「上手だねえ」

「何が？」

「ご飯のやり方」

そんなのに上手も下手もない、豆腐屋はふんと笑った。

気のせいか父親の目がときおり動き、どうやら女が気になるようだ。浮気ができるほど金も度胸もないと昔母親は笑っていたが、女好きもしぶとい本能だろうか。

「分るんかい」とつい豆腐屋は聞いた。

すると父親の視線はそれた。

「何が欲しいか考えてやるの」

「飯、おかず、飯とかわりばんこだろ、食うのは」

そうだよねと笑うのにつられて女に目をやると、やっぱり顔中にアバタは散っている。

「気になるかい」と女が聞いた。

「気になるというより、目についてしまう」

といって、話を交わせばむかいあうことになる。

「子供のころからだけど、薄れてはいるんだよ」

「あんた自身は、気になるかい」

「なるさ、これでどれだけ損してきたか」

豆腐屋は匙を父親の口元へもっていく。しばらくどちらも黙っていた後、くすっと女が笑いをもらした。

「おかしい、怒る気しない」

「俺、いやなことといったかい」

「私の僻みさ」

「腹、すいてんだろう」

「死ぬほどに。だけどあんたを待つ」

やがて父親は食べおわり、満足げに目をとじた。よそってあった女の味噌汁を鍋にもどし、わかしなおした。その間に粥をよそった。さあ食べるか、と豆腐屋はうながした。女はがつがつと食べた。粥でよかった。流れるように喉をとおる。三杯目のおかわりを、大丈夫かいと豆腐屋は案じた。

「胃が驚かなけりゃあいいがな」

女は茶碗を引っこめた。

後片付けも豆腐屋がした。そうして茶をいれた。

「何でもやるんだねえ」

「仕方ねえ」

豆腐屋には仕事が残っていた。

「俺は豆腐を配達しなけりゃなんねえ、あんたはどうする、いくかい」

いくかいというのを、一緒にと一瞬とらえたらしい、それを豆腐屋は察した。

「ここに横になっててもいいよ」

もともと食事を提供するだけのつもりだったのだ。

「休ませてくれるの」

「好きにしな、居ていいんだよ」

ほうっておいた父親を横にさせて、豆腐屋は配達に出ていった。

女は座布団を二つならべて横たわり、豆腐屋が出してくれた毛布を胸の辺りまでかけた。何となく人のにおいが染みついている。豆腐屋の体臭なのだろう。

石油ストーブが部屋をあたためている。テーブルの脚越しに老人のベッドが見える。私にも親がいたらあんな年だろうかと思ってみた。いなくてよかった……。豆腐屋の世話をする様がそんな思いを誘ったのだった。

知らぬ間に眠りに落ちていた。いつどこででも寝られる、そして小さな物音でも目覚める。あたりを確かめてまた眠る。それが女の睡眠なのだった。

車の音で覚めた。豆腐屋が帰ってきたのかと思ったが、どうやら前の道をとおりすぎた車が立てたらしかった。気になり女は老人をのぞいた。老人の目はあいていた。気配を感じてかきょろりと動くのをとらえ、退屈してんのかなと女は思った。身をのりだし、どしたい爺さん、と声をかけてみた。返事はなかった。口も表情も動かない、しかし目でその気持は見てとれる。嫌われてはいない、と思い、それで十分だった。

老人が声をあげた。言葉として聞きとれなかった。女はうろたえる。

「ごめんね、分ればいいんだけど。下のほうかい?」

つうじなかった。

「あの人、帰ってこないかねえ」

居たたまれずにはなれ、また横になってしまった。眠ってしまい、目覚めたら豆腐屋がそばに居て、昼をすぎていたのだった。

「覚めたね、よく眠ってた」

「起こしてくれりゃあよかったのに」

起きたからといって用事が待っているわけではない。たぶん豆腐屋も気づいている、どこへいってもくつろぐ場所などこの女にはない、これからどこへいくかあてもないと。それで眠れるだけ眠らせてくれた。女は豆腐屋の気持をそう推し量った。

たいがい汚いものでも見る目つきで追いはらわれる。馴れない目には薄気味悪いあばた面。一生ついてまわる。女は、この顔が私なのだと思うのだった。

「あんたがいってからさあ、爺さん何かしてほしかったみたいだけど、手が出なかった」

「大便してた」

体を清め、昼食も与えたらしい。こまめなんだねと女はあらためて感心した。毎日やることは決まっていると豆腐屋は答えた。今日は何をしようなどと考える必要はないし暇はない。

豆腐屋はうどんをゆでてくれた。汁に茸や茄子やキャベツ、ベーコンなどがいっぱいはいってこくがある。

「こんな食べ方があるんだねえ」と女は感心する。

「お袋がこうしたんさ」

この町の味、だそうだ。

「食べたらいくかい」

「うん……」

話は途切れた。二人は黙ってうどんをすすりつづけた。

食べおわり茶を一服し、豆腐屋は立ちあがる。私がやるよと、女は片づけを引きうける。そうかいといって豆腐屋は、じゃあ俺は揚げのガス釜を見て周りを掃除する、なかなかそこまで手がまわらないんだ、とおりていく。

後片づけなど簡単ですぐすんだ、女は出ていこうともせず、作業場への下り口で丸くなり、豆腐屋の動きを見守った。

豆腐屋は手をとめ、ちぢまった腰を伸ばした。さっきから気づいていたというふうに女に目をやり、かすかに首をかしげる。

「も少し居るかい」

「うん」と女はうなずいた。

豆腐屋はふふっと笑う。何、と女は目で問う。葉っぱがよどみに流れ着いた。

豆腐作りはむずかしいかと女は聞いた。何でも機械がやってくれると答は返った。

「豆を煮るのに焦がす心配はない、これは大事なことだ、少しでも焦がせばまるまる捨てることになる」

昔は母親も豆腐屋自身も父親に叱られたものだった。豆だってその性質を知らなくてはうまくいかない、青色の大豆は蛋白が多く、豆腐は柔らかくなりがちだ。黄色なら油脂分が多く、揚げにするとき水切りがよくさっぱりしたものになる。他にも艶のあるのは揚げにむき、ないのは蛋白が多くて豆腐にいいともいえる。

「グラインダーで粉砕するだろう……」と豆腐屋はつづける。

水でふくらんだ大豆を砕いて蛋白質を水に溶かすのが粉砕なのだ。このとき水を加えるのは熱が発生して大豆の性質が変らないようにするためで、その水の加減で砕きづらかったり変性したり、つまりうまい豆腐ができなくなる。そういうすべてに勘を働かせなくてはならない。つぎの煮る段階でも、煮すぎか逆に不足かで、できは大きく違う。

「そんな苦労を知らずに何がなし食べていたけど、豆腐も心して食べなくちゃいけないねえ」

「豆腐屋の当然の苦労だ、それを惜しんでいたら商いはできない」

やがて掃除がすむと、気のせいか女の目には作業場全体が輝くようだった。豆腐屋は明日のために水につけた大豆を確認するようにかき混ぜた。

「今日はあがりだ」とほっとしたように女にいい、笑顔になった。

豆腐屋は茶をいれようとする。私がやるよと女は急須をうばった。

休憩というには短い一服で、豆腐屋はすぐに父親のところへいった。また下の世話だった。女は熱い湯でタオルをゆすぐのを手伝ったが熱くてうまく絞れない。

「でも熱いほうがさっぱりする」

「よく分るねえ」

「お袋がおしえたさ」

女は尻を拭くのも手伝った。見馴れると豆腐屋のそれは無器用だった。まだ手探りさ、と彼はいった。

「あんたのが上手だね」

「一応女だもの。……嫁さんは?」

「こんな家はいやだって一年で逃げてった」

母親とあわなかった、朝早いのもいやだった。

「いろいろ文句つけられたけどたぶん俺を気にいらなかったんだ」

「……」

「とりえないしさ」

「あんたいい人だよ」

女は気兼ねなく話せたし振舞えた、めったにない、初めてかもしれない。どんなおとこにもひそんでいる圧迫感がない。

離縁があり、母親もなくなって、おとこ二人が残された。しかも父親は寝たきりである。

「運のない人なんだねえ」

自分でもあきれている、そんなふうに豆腐屋は、否定も肯定もせずにかすかに口元に笑みをのぞかせる。

運不運はどんなふうに人にとりつくのだろう。あらためて豆腐屋を見ると、特徴のない顔で、いいおとことはいえないが醜おとことというほどでもない。

買物にいくと豆腐屋はいいだした。

「食いたいもんあるかい、そうはいっても俺につくれるもんは決まってるけど」

「何でもいいよ」

翌日、豆腐屋が起きると、女も起きだした。台所から作業場への下り口に腰掛けて豆腐屋の作業を眺めていた。三行程を見つづけてから老人の部屋へいき、昨日豆腐屋がしたとおりに下の世話をした。老人は目を見ひらき、女を見つめ、されるままになっていた。苦痛の表情も不満の光も、その目になかった。ただ受けいれていた。

「ごめんよ、馴れればもっと上手になるから」

それから朝食の用意を始めた。豆腐屋があがってきたので茶をいれた。もう少しだから待って、というと彼はうなずいて茶をうまそうに飲んだ。すぐに立ちあがり、熱い湯を用意しようとする。おむつ交換はすんだよと告げた。驚いたように豆腐屋が目をむけてくるので、手際は悪いけどねと女はいいたした。

「でも昨日あんたがやったとおりにしたよ、年寄りのおしっこってくさいね」

うんというつもりか口があいたが、声はない。

「仕事のきりがついたら体を拭いてやろうよ、それとも、お風呂どうしてる、一人でいれてやるの」

「週に二回、デイサービスにかよっていれてもらえる」

女は居坐った。豆腐屋も出ていけとはいわなかった。居坐って三日目の夜、豆腐屋は女を抱いた。手が触れてくると女は緊張したが、まさぐる豆腐屋の手は優しかった。

この人は私を嫌ってはいないと思えて泣きたくなった、それをこらえ手の動きに意識を集中していると眠くなってきた。半分眠り半分覚めたような朦朧とした感じのなかで、豆腐屋の行為のすべてが気持よかった。女は三十二歳、初めての経験だった。

女は豆腐作りの手伝いと家事と老人の世話をこなす。座椅子に移すのは一人ではうまくいかず、作業中の豆腐屋の手を借りる。母親のことがあるからか、無理すんなよと豆腐屋は気遣いの言葉をかけてくれる。

「ごめん、そのうち一人でもできるようにするから」急いでもどっていくその背にいった。

朝食をとらせた。時間が早まっても老人は気にしないようだ。返事はないと承知しながら何かと話しかける。粥を食べ、庖丁でたたいた納豆も食べる、口元にもってこられたものは何でも食らう。生きていくには贅沢いえないもんねえ。匙を運びながら女は思う。

一週間がすぎた。朝食中に、

「なぜ居てくれる」と豆腐屋が問う。

「可哀想だったからつけこんだのさ」

「俺ほんとは死にたかった」

女房に逃げられ、母親に死なれ、父親の面倒を見なくてはならない。誰も助けてはくれないし、相談する相手がいない、疲れはたまっていく、暗いうちから起きて豆腐をつくるのも好きではない、いやなことばかりだった。

「そんなに追詰められてんかい」

「追詰められてるさ、あんたにも自棄になって声かけたんだ」

「優しい感じだったけどねえ」

「ずっと居とくれ」豆腐屋はいった。

「初めてだ、そんなこといってもらうの」つい涙をあふれさせ、女は笑った。「世間を知らない人だよ」

「あんたは知ってるんかい」

「ああ、たっぷりね。十六から働きだしたもの。この顔だから客商売はだめ、下働きとか工場とかばっかりだけどどこいっても覚えが悪く人の受けが悪く、すぐいやになる、やめさせられたりやめたり転々とした、ここにくる前は菓子工場に居たんだけど、気にいられようと工場長に告げ口したら、仲間にばれて除け者にされちゃった」

我慢しようという気持をもたなくなってきた。何かあればすぐに逃げだし別の職場を探せばいい、心細いのはそのままに、どうにでもなるという捨て身が生まれていった。

「身を守るすべを身につけたさ。あんたはくみしやすかった。施設育ちに帰る場所はない、ここなら安心して眠れると勘がおしえたね。案の定、居ていいよどころか、居とくれとあんたはいう。そういってくれたたった一人のおとこってわけさ。後悔するかい」

豆腐屋は自分の言葉をとりけしはしなかった。

「施設って？」

「ああ、私は生まれてすぐに捨てられたのさ」

産婦人科の前におきざりにされていた。施設で育てられたが、施設育ちに名などない、与えられた名なんて好きではない。訪ねてくる親も縁者もない、子供がほしいとおとずれてきた夫婦の目にはとまらない。この顔だものと、施設の人たちもあきらめていたのだろう。性格もいいわけではないと自分で気づいたのはずっと後だった。

女は中学を卒業するまで施設に居た。中三の秋には家出をしようと考えてある朝実行にうつしかけた。学校へいく途中でそのままどこかへいけばいいのだ。ところが自分がどこへいきたいのかが分らなかった。それでいきようがなかった。仕方なくいつものように学校へいき、授業が終ると施設へ帰った。あの日から、何かを芯から望むということがなくなった気がする。

「鏡を見るのが嫌いでね、どしてもこのアバタが目にはいってくるだろう、施設とむすびつくのさ、水疱瘡や飛び火、はやってみんな患った、とくに私はひどかった、首から下はきれいに治ったのに顔だけ跡が残ったんだ」

アバタは女の行く手を狂わせたが助けもした。おとこたちは深く関わろうとはしない、おんなたちだってそうだ。だから深みにはまることはない。しめだされて終る。好かれるよりも嫌われるほうがほんとは安全かもしれない。

豆腐屋と女と豆腐屋の父親と、三人の暮らしに波風はない。金はないが食べるに困るということもない。

女の提案で日曜日には家でも父親を風呂にいれるようになった。そのとき老人は一番いい顔を見せる。よっぽど心地いいのだろう。

「こんな顔、達者なときにも見せなかった」豆腐屋がしみじみという。

「欲とか浮き世の風とかどっかにいっちゃったんだねえ」

「あんたは世話しながら常に話しかけるだろう、面倒じゃないかい」

「話しかけてるかい？」

「ああ」

「おとことおんなの違いかね」

豆腐屋は何を思ったか結婚しようといいだした。

「本気かい」

女は面白そうに笑った。

黙ってうなずきながら聞いていた男はつい、断るつもりだったのかと口をはさんだ。

女は首を振り、面喰ったのさと返した。

「こいつはいつかふらっと出ていってしまうと内心で信用しなかったのかもしんないね。それをとめるつもりで結婚しようといったのさ。親も知らない施設育ちと明かしてあったのに、そんなのかまわないといってとにかく身元をはっきりさせろとせっつくのさ、どういう人間か知るためというより結婚届を出すために。よっぽど焦っていたのかもしれない。いいカモがネギしょってきたのさ。私も思った、ああこの人は私をつかまえていてくれるって。あのころの亭主には懸命さがあった、一所懸命に生きていた。それが私にも伝染して、私はうれしかった」

女は男のために茶をいれかえた。

亭主と舅を相手にしていれば他の誰ともむきあわなくてすむ。

「お義父さんも私もあんたしだいなんだからね。行き場のない暮らしにもどさないどくれって、私は発破をかけたよ」

女の物語を、男は熱心に聞いている。食事の礼のつもりだろうか。

「何年たったかな……、五年、六年、私が身籠ったと知れたとき、安心したのかね静かにあっけなく舅は死んでしまった」

ある朝女がいつものようにオムツをとりかえようとすると、息絶えていた。

役所で手続きをし、焼場で骨にしてもらった。経をあげてもらったがいわゆる人を呼んでの葬式は出さなかった。

荷が一つおりた。親父には悪いが俺はほっとしている、死んでもらってどんなにらくになったか、と寝物語に亭主はいった。父親が居なくなってらくになり、それがどう影響するか、遊び癖がついたりしたら困ると、ありえないと知りながら女はよけいな心配をした。

「それを知る前に子が流れちゃった。罰があたったかね」

女は亭主に謝った。亭主は残念がるでなく責めるでなく、励ましてもくれなかった。

やっぱり変った、以前にはもっと一途だった、こんなの余裕でなくて弛みだ。何が始まるのだろう。胸が騒ぐ。

「二人して豆腐つくって、休みには河原を散歩して、ショッピングセンターでたまには買物や食事をして、私は仕合わせだよ」ことさらのようにいった。

生きるために今日明日をどうするかと常に差迫っていた昔にくらべれば、悩むことのない暮しはそれだけで十分だ。女は自分にいいきかせる。

それでも不安を抑えられない。勘でしかないが、亭主の何かが変ってしまったと、ますます思えるのだった。

しばらく様子を見よう、化粧をして、も少し身ぎれいにしよう。

ある朝、亭主は時間がきても起きようとしなかった。女は揺すり、起きとくれ、どしたんだい、と声をかける。気分が悪いというのだった。風邪でも引いたかいと額に手をあてたが熱はなさそうだった。

休むということのなかった人なのに。とにかく今日の分をつくらなくてはならない。

「私がやるからさ、指図だけしとくれ」

無理にも起こし、作業場の隅に椅子をおいて坐らせた。

冷蔵庫から昨日余った大豆をもちだし、今日の分にまぜてグラインダーにいれる。大豆が見えなくなったところで少し水を注げという。すりのこしのないようにだった。何でも分っているつもりだったが実際に自分で作業をすすめるとなると、細かい点に神経がいきとどかず、少しも分ってなかったと気づかされるのだった。

いわれるとおりに動き、どうやら間にあった。しかし配達は亭主にしてもらうしかない。

そういうことが二度三度とあった。

女は決意し、教習所にかよい、一月かかって運転免許をとった。

亭主は死にたいと口にするようになっていた。何の病にとりつかれたのかと、女は内心納得がいかない。体のどこが悪いというのではない、本人が首をかしげるのだった。

しきりに死にたいという亭主が疎ましくなった。好きにしな、そのかわり死ぬんだったら残る私のことも考えとくれ、亭主の務めだよ、と臍をまげた。

どうすりゃいいと思いもかけぬ真剣さで亭主は聞いてきた。

「食べるに困らないようにってこと」

「だったら豆腐屋をつづければいい」

「二人だからこうしてできるけど、私一人では無理だろ、力仕事とかできゃしない」

そうか、と亭主は腕をくんだ。これでたわごとをいわなくなるだろうと、女は安堵した。しかし舅の命日に二人で墓に参った数日後、亭主は夜、車に跳ねられて死んだ。黒ずくめの服装で気づくのが遅れたと、加害者はいった。賠償見舞い金が支払われた。

何であんな死に方をしたのだろうと女は悩んだ。

首くくりなどせずに、あえて轢かれたのかもしれない。日がたつにつれ、そう考えるようになった。女のなかで加害者と被害者が入替わった。

しかし金は必要だった。最後に命をひきかえにくれた金だ。これが亭主の意思。罰があたるならあたればいい。

「亭主に死なれて天涯孤独にもどっちゃった」と女は話をむすんだ。

それで声をかけたのか、と男はつぶやいた。

「ここに居たら。いくとこないんだろう」

「人手かい?」

「そうさ」と女は笑う。「それとも何かい、不都合あるかい」

「そんなもんはない」

「じゃあ決まりだね」

知らぬ間に九時をすぎていた。何の気なしに話しだしたのだが……、食事の後もそのままに立ちもせず、長い話になってしまった。いつもなら急いで朝食をすまし、豆腐を届けなければならないが、今日はとりにきてもらえる。それもあってつい話しこんだ。ぺたりと坐った尻も心地いい。

もう話すことはない。男にもないらしい。互いに黙ったまま、話題を探す気もなかった。

「藤を見にいってみるかい」ぽつりと女がいう。

「それもいいか」としばらくの間の後に、ぽつりと男が返す。

人の気配がして声がかかった。女は作業場におりて豆腐を詰めたケースを運びだす。

「店屋は祭日も関係ないねえ」

「ありだよー、客呼ばなくちゃ」

他愛ない言葉をかわし、伝票をわたした。

また男とむかいあい、茶を注いだ。

あれは事故だったのか、故意に轢かれたのか、いまだに分らない。死ぬなと泣けば死ななかったのだろうか。死んだ人は死んだ人さと思いながら、今も亭主とつながっている。新しいおとこをつかまえたよと報告したい。俺みたいに途中で逃げ出さないやつならいいがな、そんなふうにいうだろうか。そう、頼れると思った亭主はけっきょく頼りにならなかった。苦労をすれば人を見る目ができると聞いたことがあるけれど、嘘だ、女はちっとも人が分らない。

「どしたい」と男が聞いた。

我にかえって女は、「何でもない」と返した。

重い腰をあげて卓袱台をきれいにした。

ガラス障子にもたれるようにして立ち、女はあくびをかみ殺す。男は四つん這いに這ってきて仰ぐように空を見た。

青い空を雲が流れていくのが目にはいり、指さした。

「雲っていいね、私は好き」

「ああ、雲は山とか川と同じでそれだけで一つの風景だ」

「だけど違う。いっつも変るだろ、見飽きない、どこへ流れていくんだろう、どこへいきついて消えるんだろう、私は見るたびに思うんだ」

亭主とは出会いからすでにしゃべるという重荷がなかった。男とも自由に言葉をかわせる。ときには変った言葉が出てくるが。話したくなければ話さなくてもいい人だと分る。

このおとこも弱い、人を傷つけるなら自分が傷ついたほうがましと考えてしまう、いいなりになって結果として自分からはずれていく。自分というものがないような、でもそれがこのおとこの自分なのだ。想像のなかで女はそんなふうに男をつくりあげていく。

男はテレビを見る。ぺたりと坐りこんで女も見た。俳優が温泉にはいってその地をぶらぶらし、名物の料理を食する、旅の番組だ。いいねえ、おいしいもの食べて温泉はいってお金がもらえるなら、と女はいう。

知らぬ間にうたた寝におちいり、体が大きく傾いて目覚めた。男もうつらうつらしているようだ。女はテレビを消して立ちあがる。座布団をもってきてならべ、横になれとうながした。ああと口ごもり、男はいわれるままに横たわった。女は毛布をかけてやる。それから自身も横たわった。部屋のなかテーブルを挟んで男がごろり、女がごろり。

気配を感じて女は目覚めた。男は起きあがって胡坐をかき、腕をくむようにしてテーブルにおいていた。寝姿を見られていた。やだよ、とつぶやいてごまかした。

「コーヒーいれるかい」

「もらおうかな」

粉末を匙ですくいマグカップにいれ、ポットから湯をそそぐ、簡単だった。

「砂糖は？」

「少しだけ」

女は二つのカップにたっぷりいれた。粉末クリームもたし、かきまわすと少し泡立ち、その泡がぐるぐるまわりつづける。

夕暮れが近かった。けっきょく藤を見にはいかなかった。そのかわりというように河原へいってみるかいと誘った。日中より朝や夕がいい。

秋の夕暮れはあっという間に始まるが、春から夏にかけては逆に始まりそうで始まらない。吸い込む空気は柔らかい。白鷺が考え深そうに流れの縁にたたずんでいる。塒へ帰ろうか迷っているのだろうか。

男が溜息をもらした。「輝くばかりに美しい日だな」とつぶやいた。

女は口元に笑みを浮かべる。男の物言いは女の日常にはない、しかし気にいったというのは分って満足だった。白い雲はまだ浮かんでいて、行方も知れずに流れていく。そのうち赤く染まるだろう。

夕飯の買物に出なければならないが、面倒だ、豚の細切れがあったから野菜と炒めてごまかすか。それも面倒になり、けっきょく出来合いのものを買ってくることにした。炊飯器のスイッチをいれ、ちょっと買物してくると男に断って軽自動車を乗りだした。

メンチカツとコロッケをそれぞれ一つずつ、それにポテトサラダ、きんぴらをえらんだ。玉子をきらしているのを思いだし一パック、納豆、はねだしの海苔もついでに買うことにした。帰ると、早かったねと男がいった。すぐそこさと台所に立って女は振りかえる。

二つの大きい皿を用意し、揚げ物とサラダをうつし、キャベツを千切りしてそれものせた。糠漬けは人参とセロリだった。味噌汁はめんどうだからインスタントで湯をそそぐだけ。すぐに用意はととのった。居間に運ぶと、おっ、と男は声をもらす。

「私はいつもこの時間なんだ」

五時十五分だった。

手にした箸をおき、忘れたと女は跳ねるように立ちあがる。

「先に食べてとくれ」

叫んで作業場にむかう。大豆をつけなくてはいけなかったのだ。こんな大事なことをと、後悔する間も惜しかった。注文ノートを見て大豆を計り、水洗いし、浸すとほっとした。

男が眺めていた。

「頭のどっかに休み気分があって調子狂ったよ」女は苦笑いをもらす。

「大変なんだな」

「時間は正確じゃないとね。ついいいかげんになっちゃうけど。早くに洗いあげて、水に浸せばいいようにいつもはするんだよ」

明日も作る量は少ないのでまあ大丈夫だった。

発泡酒をそれぞれ一缶ずつ飲み、食事をした。飯も揚げたてだったコロッケも冷えていた。

食後二人はテレビで野球を見た。亭主も好きだった。ジャイアンツファンで負けているときと接戦のときと勝っているときと見方が違った。大量リードが一番たのしいらしい。しかし男は阪神ファンらしく、負けているけれどそれも気にならないのか淡々と見ている。

焚きだした風呂の湯かげんを見るために女は腰をあげる。湯面は熱く手をいれられなかったがかきまわすと少しぬるめになった。はいればちょうどよくなるだろう。お風呂、はいっとくれと声をかけた。男は無言でうなずいた。

「着がえとか、あるの？」

「ないな」

「しょうがないねえ」

「かまわないさ」

「私が気にするよ」

とにかくはいれとうながして、熱くなったらこのハンドルをこうするんだよと説明し、出ていった。

ブリキの衣装箱から亭主の遺品をとりだした。長年しまったままが気になって鼻を押しつけたがいやなにおいはついていない。からっとしているわけではないが湿気てもいない。

「着がえおいとくよ」と声をかける。

「ああ」と返事があった。

しばらくそのまま立っていると水音が立った。この家に私一人じゃないと、不意に思った。

「私もはいっていいかい」

「すぐ出るよ」

何だろあの返事、と思いながら女は居間にもどった。

湯上りの男の顔はほんのり赤みがさしていた。

「いい湯に浸かれた」という。

「のびのびとね」

男は女の皮肉を気づかない。

「私もはいっちゃおう」と女は立ちあがり、ついでのように、「飲むかい」と聞く。

「もらおうかな」

コップに水をなみなみとくんでもってきた。おっ、という表情を男はつくった。

「違ったみたいだね」女は笑う。「私ゃあんたの何にも知らないよ」

発泡酒の缶をとってきた。

翌朝、目覚し時計が鳴りだす一瞬前にボタンを押し作業着のジャージーを身につけていると、男も起きだした。手伝うというのだった。大振りのゴムの前掛けをつけさせた。

女は亭主の動きを見よう見まねで覚えたけれど、男に言葉で説明しながら実際にやるように仕向け、自分では見守る。大豆をグラインダーにいれるのも漏斗状の口からどんなふうになかの回転に巻きこまれていくか、気づかなくても目にするものだ、そしてそれは知らないより知っていて前後の動きを滑らかにする。

亭主は子供のころから豆腐作りに馴れてしまって、突然横からはいってきた者の分らなさが分らなかった。そこが違うと女は思う。おしえ方を工夫しようなどとは考えつかない人だった。私みたいにおしえてくれればよかったんだ。

何についてもそう、もう少しらくな方法をという模索はなくただ実直にこなすという態度はつくづく無器用だった、それで損をした。女も似たようなものだが、亭主よりは融通がきく、自分ではそう思っている。

この男も無器用なのだろう、それは昨日のうちに分っていた。しかし女とは力が違う。豆乳の桶を移動させるのも豆腐を流し込んだ型を重ねるのも簡単そうだった。

一人でするより二人でするほうがはるかに能率はあがった。一行程に要する時間は同じでも、途中からつぎの工程にはいれるのだ。

女が水槽のなかでかたまった豆腐を一丁ずつに切り分けると、男がそれをパックにいれていく。ある数量それができると機械で封をしていく。

小一時間早く作業は終った。体の疲れが違う。

「そもそもおんなの仕事じゃないからね」とコーヒーを飲みながら女がいう。

「役立ったのかい」と男は聞く。

「もちろんさ。だけどまだ仕事があるんだよ」

居間のほうが落ちつくが台所のテーブルで朝食だった。ついしまうのが面倒で出しっぱなしの砂糖や塩のケースや胡椒の瓶が半分を占めていた。

軽自動車を通りに面したシャッターの前にまわした。昨日と違って二軒の店に届けるのだった。女は男に免許証があるか確かめた。

「じゃあ助手席に乗っとくれ、道をよく覚えてね」

女は要所要所の建物や看板などで、ここをまがるとか突きぬけるとか説明した。男はいちいちうなずいた。警笛が鳴る。後ろに車がつづいていた。

「もう少しスピードあげたほうがいいんじゃないかな」

女は恐くて早く走れないのだった。

男が居ついて二か月近くがすぎた。機械の操作も心得たし凝固剤をいれ豆乳の流れをとめるタイミングもつかんだ。やっぱりおとこの人は違うねえと女は感心した。

朝の作業が終りに近づくと女は切りあげて食事の用意にかかる、男はそのまま作業をつづけながら後片づけもする。

朝食の時間はほっとする。男が横にのけた新聞の文字が目にはいってきた。女がこの町にくる数年前に起きた連続幼児殺害事件の犯人とされた男が突然釈放されたのだった。一致したはずのDNAが犯人のものと違っていた。逮捕の決め手となったが、今度は再審の決め手となった。

「たまったもんじゃないね」と女はいう。

「ずさんな捜査だったんだろうよ、裁判所もひどかったらしいな、もっと早くに再審の決定をくだせたのに」

「警察官や裁判官を訴えればいいんだ」

「門前払いだろう」

「おかみ相手じゃ無理かい。どうやってこれから暮らしていくんかねえ……」

「この町に帰りたいらしいよ、故郷だからな」

「故郷ねえ……」

男が味噌汁のおかわりをする。私の玉子焼きも食べとくれと女は皿を押しやる。

「私らみたいな何でもない暮らしをしている者でも、この人には仕合わせそうに見えるかねえ」

「仕合わせといわれるような人は、この世にいないと思うがな」

辛いことにいっぺんだって遭わずにこの世の際までできたら、仕合わせといえばいい。そう男は理屈をこねた。

「誰もが何かを抱えているさ」

「あんたもかい」

男は世の中も人生も投げてしまったような雰囲気だったのだ。けれど見た目と違って何でもそつなくこなすし段取りもいい。かえってそれで、どういう人だろうと分らない。私とは違うと、分らないままに信頼した。すでに男の居ない暮らしは考えられなくなっている。

しかしいつまでも居るという保証はない。出ていくといついいだすか、恐かった。引きとめる手段はない。亭主もこんな気持におちいったのだろうか。

女は床につくとき、部屋を真っ暗にする。気づかいだった。男は女の気持を否定も肯定もしないで慰めるようにただ笑う。その気配に女も笑うしかない。

男はまだ意欲は残っている。女がならんで眠るだけでいいと思うときに、男がそれ以上のことを求めてくる。少し、自信がわいていた。男に嫌われてはいないという自信。初めて男が触れてきたとき、胸をさすらう男の手のひらを感じながら、この人は私を求めているとしみじみ思えたのだった。

死んだ亭主との初めてのときも、嫌われてはいないと思えた。それとも自分が惚れやすいのだろうか。抱かれると惚れてしまう……？　いや違うこんな私をただ物好きに抱きはしない、ほんとに求めている。女の体は反応する、よろこんでいる、それがちょっと気恥ずかしいけれど。抱かれながら気持よすぎて眠くなる。

男に馴染むにつれて不安も増していくのだった。

「何で私と暮らす気になったの」ある夜女は聞いた。

「よるべない雰囲気かな」

「それはあんただろう」と答えたが、淋しげだったのかと女は思った。

闇のなかで男に好きなようにさせながら、女はかならず眠くなり、半分意識を失って亭主を重ねる。俺は死にたいとしきりにいっていた。死にたいでなく、死ぬといいだした。

「私一人で生きていけるように死ぬ前に手を打っとくれ」

亭主は女のために車に轢かれて死んだ。その亭主に男が重なる。男の手がしきりに腹をなでる、舌が乳首を押す。盆が近いと女はふと思う。男が侵入して、女は思わず息をもらしたが、自分で気づかなかった、ただ気持よかった。ゆっくりとしたところが死んだ亭主と似ている、そう思って目をとじ体をあずけていると、眠くなった。いとなみは眠くてしみじみ心地いい。

朝がきて豆腐作りが始まると夜の惑いはすべて消え、女は作業が苦にならない。

男ゆえに惑い、男ゆえにたのしむ。

夜は夜で明日のために眠りにつかなくてはいけないのに、寝物語はつづく。

抱いて眠気を誘ってくれるのは亭主と男の二人だけと迷うことなく分っていた。安心感があった。他のおんなと比べられたりしない。見境もなくおんなを欲しがるおとこは自分には手を出さない。闇にするのは恥ずかしいからだけではない。

豆腐屋の後家がおとこを引きいれた、人は見かけによらないと、ひそかに噂されているらしい。

女は聞こえぬ振りをとおす。

「いいんかい」と、男のほうが気に病んだ。

「私なんかを相手にしないよ、ちょいと面白がるだけさ」

世間に逆らうつもりも、まして勝つつもりもない、女は女を生きるだけ。

自分の過去は変えられない。人には一生ついてまわるものがある、それを運命と呼ぶのだろう。逆らっても従っても運命は変らない。自分は自分と思えば無理はない。気どってみても卑屈になっても始まらない。

「俺には分る、おまえさんは芯は明るい純な人だ」

「でもさ」と女はいう、「今の仕合わせがいいのか悪いのか分らない」

「なぜ？」

「あんたといると張りつめたものが消えていく気がする、こんなでいいのかなって恐くなる」

「何でも恐いんだな」

しばらくの沈黙があった。

「今私が一番恐れているのは何か、分るかい」

「さあな」

「見当つかないのかい？」

男は首をひねる。

「あんたに出ていかれることさ」

「出ていくと思うか」

「ふらりと居ついた人はふらりと出ていくかもしれないだろ」

「俺を信じないのか」

「私は誰も信じない」

「なぜ」

「恐いんさ、信じれば裏切られる」

男は不意に笑みをもらした。「配達にいって面白いことを聞かされた、おまえさんはおとなしくて控えめで弱そうに見えるけど、野太いものを隠しているそうだよ」

「誰がそんなことというんだろう、いつだっていわれるままなのに」

「俺が出ていっても変らないだろうな」

「いかないいどくれ」

男はじっと女を見つめる。間があった。それからゆっくりと口をひらいた。「いかないよ、帰るところのない人間さ」

女は溜息をつく。

それにしても見抜かれたと男はいう。

「だから、人手が欲しかったのさ」そういいながら女は物足りなく、淋しくなった。

初めて出会ったその日そのまま受けいれた。一緒になるのが当然だった。そこを分ってくれているのだろうか。

「あんたの何も知らないけどね」

「たとえば、俺が人を殺しているとしたらどうする」

「私の目に見えるあんたはあんたさ」

ふっと男は笑う。「一緒に死んでくれといったら、おまえさんは応じそうだな」

「そう望むの」

「冗談さ」

「あんたどこかに家族がいるんだろう」

「捨ててきた」

「知りたいよ、捨てたわけ」

「いえば愚痴になるさ」

男は固く口をとじる。女は発泡酒を冷蔵庫からとりだしてきて、一缶ずつ飲んだ。

「さ、明日があるからいつまでも起きてはいられない、寝よう、明日やることやって、気がむいたらまた話そう」

翌朝も三時半には起きて、いつもどおりの作業をこなした。朝食をとり一息ついて男は配達に出た。女は見送り、台所の片付けと洗濯とにとりかかる。すべてを一人でこなしていたころが信じがたい。

ある日掃除をしているはずの男が豆腐の浮かぶ水槽の前で腕組みをしていた。考え事なんておかたろくでもない。荷厄介はごめんだと中身を知る前から腰が引ける。あんたと声をかけた。

男は我に返ったように振りむいた。

「何だい」

「こっちの台詞だよう、腕組みなんかして突っ立ったままじゃないか」

「いや、この豆腐だけど……」いいづらそうに声を落とし、「味がいまいちなんだな」

女は笑う。「どうしちゃったい、味にまで注文つけるなんて」

「だが、味は大事だろう」

「もちろんさ、だけどうちは安くスーパーに卸してるんだよ、たたかれて客引きの目玉にされる、味は二の次さ」

「それでも同じ食うのなら美味いがいいと思わないかい」

「やけにこだわるねえ、できることはしてるよ」

そういいながら女は、男が腰を据えたと思えてうれしかった。

「あんたも私も素人なんだから余計なことはしないがいいさ」

「けど毎日夜明け前に起きだしてつくってるんだ、進歩したいと思わないか」

「思わないねえ」

話を切りあげるつもりで、さ、ご飯にしようと背をむけた。食卓でも男は考えこむのか箸が動かない。女は苛立つ。

「波風立てる気かい」

男は驚いたように目をむけてくる。

「私ゃ毎日気分よく過ごしてるんだ、壊さないどくれ」


最近の男は考え事が癖になってしまったようだ。どうも豆腐に関してばかりではないらしい。午後、一日分の仕事が終ったあとで、考えこむようだ。いったい何を……。声をかけても返事をしない場合さえある。のめりこんで聞こえないのかもしれない。項垂れて腕組みしている。そんな姿見たくないといってやりたいのを女はぐっとこらえ、お茶でもいれようかと、男のというより自分の気持をそらす。

女は死んだ亭主を思いだす。私に何かあるのではないか……？

ある日、我慢できなくなった。いいかげんにしとくれと一言いうと堰を切ったように文句がとまらない。いいつのるうちに男が聞いていないと気づいた。莫迦にして……。かっとなったが、じっと男を確かめた。歯が割れるのではないかと思われるくらいに力をこめて口をとじていた。

「あんたどしたんだい」おずおずと聞いた。

返事どころか反応もなかった。この人どうかしちゃったよう、女はうろたえた。

夜、女は求めた。手を伸ばし、胸を触り、ねえ、と囁きかける。男の手のひらを胸で感じたい。眠くなり、気持よくなり、安らぎたい。

悪いがそんな気分でない、と男の手が払う。女はあきらめず股間を探るが萎えたままで反応はない。

「アバタはいやかい」

絶対に断れないはずの男が、拒んだのだった。

男に背をむけると涙がわいてきた。アバタを方便にしたくなかった。方便にしたくないのに、すればみじめになるのに、あえてした。それを拒まれた。

出ていくつもりなのだろうか。

作業中、男は黙々と動き、集中する。女はその姿に視線を投げては、あんなに一所懸命だものと、ここに居ようとする男の意思を読もうとする。しかし読んでも読んでも安堵できないのだった。

日がすぎ、十一月半ばになっていた。すでに男は、大豆の扱いも女に遜色ない。木綿豆腐と絹ごし豆腐と豆乳の濃度を微妙に変えようとしたり、男なりに工夫する。豆の煮すぎは風味をなくし色が黒くなる、だけど炊き不足だと柔らかすぎてだめだ、按配が大事だ。そんなことも問わずがたりに口にする。女は聞いてうれしくなる。

いつものように朝の作業を終え、朝食をとり、配達もこなして一時ころ男は帰ってきた。女はうどんを煮た。葱、牛蒡、大根、人参、茸、南瓜、若布、蒲鉾をいれてほうとう風に。

食べおえて一休みするはずがどうも様子がおかしい。

胸騒ぎを抑えて、「どしたんだい」と聞いた。

「決めた、故郷にいってくる」と男は答えた。

「何しに」

「俺は何もかもほうって出てきたんだ……」

「いかないどくれ……」

男はふっと笑う。

「里心のよみがえるのが、恐いんだよ」

「俺の居場所はここさ」そういって男は女の胸に人差し指を押しつけた。

痛かった。それを紛らすように、「とめてもいくかい？」と聞いた。

「いく」

「なら私もついていく」

「豆腐作りがあるだろ、お得意なくすぞ」

「どうでもいい」

「そうなったら俺も困る」

女はいやいやをした。こんな素振りがあるんだと男は打たれたようだった。

信用しろ、見つめてくる男の目はそういっていた。


男が旅立つ朝、女はいった、「あんたは帰ってくるつもりはないんだろう、私みたいなつまらない女と豆腐作りをしなくてすむし」

男は首を振った。それから女を抱き寄せた。何もいわずに抱いていた。

「ねえ、何かいって」

「いうことはない、俺は帰ってくるといったろう」

「そんなふうにいわれたって……。せめていくわけを聞きたいよ」

「理由はおまえさんさ」

「私？」

「俺は……」男は語り始めた。

富山の造り酒屋に婿入りして主人となった。しかし家付き娘の妻の心に自分はいない。いつもそう感じていた。いつかしっくりいくだろうと待つしか手立てはない。そうこうするうち妻には好きなおとこがいると分ってしまった。相手は専務という肩書より番頭というのがふさわしい店のすべてを心得た叩き上げで、男を一から仕込むように託されていた。妻と彼とは結婚前から関係があったのだ。それを隠して妻は自分と一緒になった。店の事情や親の意向があったとしても熱意で説得できたろうに。すべての点で自分よりはるかに主人となるにふさわしいではないか。そこまで認めて、裏切られた自分が口惜しかった。それ以上にこれまで気づかなかった莫迦かげんが口惜しかった。妻も専務も嘘をつきとおすつもりなのだろうか。男は問い詰めた、どうするつもりなんだと。すべてこのままだと妻は顔色も変えずに答えた。

男は黙って家を出た。

「俺は生涯おんなを信用しない、おとこも信用しない、そう決めていた。だけどおまえさんに出会った。逃げるのをやめた、けりをつけてくる……」

「……」

「俺を信じろ」

「信じたいよ」

男はふっと笑う。

「俺は庶子として生まれた、しかし母親が死に薬種問屋で名士といわれる父親の籍にいれられた、幸運だといわれもした、兄と姉二人も突然できたわけだ、家のための政略結婚でも三十すぎて婿入りが決まったときはほっとしたものだった……、そんなふうにいくつも姓が変った、しみじみ思ったな、一つの姓で終れる運と何度も変る運……」

女には男が何をいいたいのか分らなかった。ただ男にとって大事なことなのだということは分った。だからうなずいた。

「おまえさんがここをとおりかかったのも、同じように俺がとおりかかったのもきっと理由があるんだ、それでこうして一緒にいる。豆腐をつくりつづけよう……」

女はうなずくしかなかった。

「そのうち行き場をなくした誰かがとおりかかるだろう、おまえさんや俺みたいな誰かが」

女はまたうなずいた。

ボストンバッグ一つを手にした、きたときと同じ姿で男は去ろうとしていた。電車がとまり、男は乗りこんでドア口に立つ。目と目があった。故郷に帰った男がどうなるか。人の心は変りもする。そんな女の目にむかって、俺は変らないと男の目はいう。信じろ……。

ドアがしまり電車は動きだす。女は静かに手を振った。

あいつと俺

一

クラスが決まり教室にはいったときに隣りあわせた二人だが、どちらからともなく視線が合った。相手の唇が動いたようだ。気にもとめず、滝川健斗は目をそらす。そのとき先生がはいってきた。長いガイダンスの最後に先生は体育館へいくようにと告げて解散した。

廊下に出た健斗は呼びとめられた。隣りに坐っていた彼だった。僕は怒ってる、と藤波聖矢はいった。きみは僕を無視した。無視……？　話しかけられたら返事くらいするでしょう。気づかなかっただけさ。いいやきみは無視した。それで俺にどうしろというんだ。謝ってほしい。いやだ。

いきなり聖矢は殴りかかってきた。とっさに上体をそらせて健斗はよけ、前のめりになる聖矢を抱えるようにして組み伏せた。大きくてがっしりした健斗と華奢で細い聖矢では力が違う、簡単に押さえこまれた聖矢はどうすることもできない。

手ごたえのなさに健斗は力を抜いた。油断だった。突きとばされた。腹立ち、つい殴ってしまった。聖矢は口惜しげというより悲しげだった。口のなかが少し切れたかもしれない。大丈夫か、と思わずのぞきこむようにして健斗は聞いていた。生徒たちが二人を取囲んでいる。

先生の声がした。おまえら入学早々喧嘩か。健斗は腕をつかまれた。体育館へいけと周りの生徒たちをうながし、当の二人にも、今は叱る間がない、おまえらもいけ、今度喧嘩したら容赦ないからなと指示した。

翌日、きみと聖矢に声をかけられた。殴ったことで負い目を感じていた健斗。手荒いあしらいに違いなかった。それ以上に痛々しい印象を抱いてしまった。しかし聖矢に屈辱感のようなものは見えなかった。

しばらく見つめあいがつづいたのち、聖矢の瞼がゆっくりととじてまたひらく。同時に笑みが浮かんでいた。握手を求められて健斗は応じる。聖矢の目は澄んでいる、白くきれいな歯並びがのぞく。何だろう、俺がこんな感想をもつなんて。

「三十人もいるなかでまず喧嘩をすることになった」と、それがまるで奇跡かのように聖矢はいう。

つぎの言葉を待ったが彼は頬笑むばかり。

「おまえほんとに喧嘩したかったのか」

「何でそんなこと聞くの」

「戦う気なかったろ」

「あったよ」

「そんなら弱いな」

「必死にきみに挑んでいた」

「そうか、で、どうだった」

「僕の勝ち」

一瞬、意味がつかめなかった。

「きみを獲得した」

「獲得か……」と苦笑し、「殴ったのは悪かった」と健斗は謝った。

「僕はうれしい……、きみを見た瞬間、求めていた彼だ、そう分ったんだ」

「まるで一目惚れみたいだな、その言い方」

聖矢は頬笑み、「運命の出会い」

健斗は理解できずにこじつけとしか聞こえなかった。

きみは分りやすいと聖矢はどういうつもりでか笑顔でいう。

「俺にはおまえが分らない」

「分る、きみが思うとおりの僕だ」

家にきてと誘われた。いつか訪ねる日もあるだろう。

それは間もなくやってきた。聖矢が学校を休み、健斗は迷ったがいってみることにした。

見かけたこともなかったのに中学の同じ学区だった。しかも健斗の家からそう遠くない。聖矢の家は歯科医院だった。一階がクリニックで二階が住い。ぴかぴかだと健斗は見あげる。できたばかりの新しい建物だった。それまで別の町にいたらしい。どうしたかと思ってきちゃった、と健斗はいった。果たして、病気ではなかった。ときどきあるんだと肩をすくめて聖矢は返す。気持が不安定になるらしい。でもきみがきてくれた、とうれしそうだ。

招じられたダイニングキッチンとひとつづきのリビングルームは飾りが少なくベージュを基調にした落ちついた雰囲気がただよっている。調度類も少なくて何もないという感じは古びて雑然と物が散らかっている健斗の家とまったく違う。

聖矢は茶の用意を始める。歯科医の母親は下で診療中だそうだ。祖父も歯科医で一緒にやっていたが、大学病院にいた伯父が帰ってきて継ぐことになりそれを潮に彼女は望んで独立した。帰りがけちらっと健斗は表札に目をやって確かめた。「おまえんとこ二人だけ？」


春の日がぽかぽかと暖かい土曜日の学校帰り、健斗は誘われるままに寄った。

「親一人子一人ってどんな感じだろ？」

「一人の寂しさが好き、その喜びを誰かに知ってもらいたい、分けてあげたい、だけど誰かがいたのでは決して訪れてはくれないものでしょ、僕はどうしたらいい？」

うーんと健斗はうめいた。そこへとんとんとんと足音があがってきて若い女性があらわれ、健斗は見とれた。親友の滝川健斗君、と聖矢。この前きてくれたっていったでしょ。

「いらっしゃい聖矢の母の芳乃です。親友なの？」芳乃は健斗に問う。

そうさ、無二のねと聖矢が答えたが、この人困ってるわと芳乃は笑った。

「喧嘩して何も感じなかったの」聖矢が恨めしげに聞く。

曖昧にうなずく健斗と聖矢を芳乃が見比べている。

健斗は視線をむけ、そらし、ほんとにお母さんとつぶやいた。

「母親でなかったら何かしら」

「……だって、若すぎる」

「高校生にいわれちゃった」からかうような調子だった。

聖矢は微笑を浮かべている。知らない人は誰も親子とは見ないそうだ。

「芳乃さんは未婚の母。結婚する気はないらしい」

「あるわ、相手があらわれないだけ」

聖矢は無視してつづける、「この人には親という意識があまりない」

「あなたにも子という意識たりないでしょ」

「しょうがないんじゃない、僕はお祖母ちゃんに育てられたんだ」

仕事を口実に祖母にあずけ子育てを放棄した。

「ふだんの面倒を見てもらっただけよ、あくまで私が方針を決めて奈津さんが実行したの」

祖母はひたすら美しい明るい人生を与えようと心掛ける。甘やかさないでといっても奈津にはその意識はない。結果として家と外の世界とあまりにも違いすぎた。子供同士のつきあい方を知らない子に育ち、今の聖矢がいる。

甘やかすというより干渉だったたな、僕としては。食事のときはよくかみなさいといわれ、寝るときは腹巻をさせられ、それはほんの一例だと笑う。とにかく奈津にとって孫の聖矢は何物にも代えがたい大切な存在なのだ。健斗は理解した、こいつは手間暇かけて育てられた、俺の家とは違うんだ。

お祖母ちゃんに育てられたから僕はこの人と対等でいられると聖矢ははっきりいう。私が寛大に許しているの、と芳乃も負けずに返す。友達めいた親子、祖母と間違えられるよりはるかにいい。

お昼まだなんだけど、と聖矢が催促した。そうね、面倒だからピザとろうか。もう診療ないんでしょ、つくりなよ。夕食はちゃんとつくるからといって芳乃は電話をかける。今夜は出かけるのと違う。あ、そうだった。これだという呆れ顔を浮かべながら、聖矢が代りにキッチンに立ち生野菜のサラダをつくる。包丁の扱いもこなれている。上手だな、と健斗は褒める。奈津さんに仕込まれたのよね、と芳乃。

「この人が家事全般下手だから、補わざるを得ない僕は何でもできるんだ」

「そんなに私をけなしたいの」

「事実をいってるだけ」

事実ねえ、と芳乃はつぶやくようにいう。

「きみはどう、できる」

「何にも」

「家でやらない」

「やる必要ないから」六人兄弟の年のはなれた末っ子だった。

「後で苦労するよ」

今は男でも料理ができないと結婚してもらえない、と聖矢はつづける。そのときはやる、包丁だって握れないわけではないと健斗は前言を翻す。

ピザが配達された。頰張り、生野菜を口いっぱいに詰め込み、親子は食欲旺盛だ。健斗は圧倒される。

「この人は青虫みたいに生野菜が好き、むしゃむしゃ食べるの」

その後聖矢の部屋でおしゃべりしテレビゲームをしてすごした。

四時になると聖矢は着替えて出ていこうとする。

「どこいくの」

「塾」

「勉強もちゃんとするんだ」

「あたりまえでしょう」

意外だった。しかし意外と思うほうがおかしいのだ。

ちょっと残ってといわれ健斗は芳乃と見送った。去り際、聖矢が囁いた。気をつけて、芳乃さんけっこう妖怪だよ。

芳乃が紅茶をいれなおす。

「あなたにぞっこんね、あの子は他人と違う勘があるの、何に引かれたのかしら」

さあ……。健斗に分るはずなかった。

「勘ははずれてはいなかった、あなた受けいれてくれたもの、そんな子は今までいなかったわ」

それからちょっとあらたまり、「嫌わないでいてやって、お願いします」それがいいたかったらしい。

健斗も家に帰り机にむかった。

聖矢の家には気楽にいけた。家政婦を頼むらしいが、毎日ではないし昼前にくるのでめったに会わない。気分しだいで話やゲームをし、勝手にそれぞれ勉強をするようになった。聖矢が出かけて健斗だけが残る、そんなことも当り前になっていった。

帰りが少々遅くなっても家で不審がられることもない。親は気にしない。学校か図書館かどこかで勉強をしていると思うのだろう。そう説明している。

昼休みつるんでいると同じクラスの深井悦子がやってきた。

「あんたたちいつも一緒なのね。入学した日に派手な喧嘩をしたのに」

それでよけいに注目されてしまった。何で、と。

「お似合いでしょ」聖矢が返した。

「そういう関係なの？」

「そういう関係って？」

「だから、そういう関係」

ぷっと聖矢は吹いた。「僕らはピュアな男の子」

「ますます疑うわ」

「漫画の読みすぎじゃないの」

「あんたがストレートに答えないから」

「残念でした、もしかして期待してたんじゃない」

「どして？」

「ロマンチックなんでしょ」

「そうね、漫画の主人公たちはもっと美男だけど、あんたたちもそう悪くはないわ」

僕気づいてるもんね、といって悦子の耳元に口を近づけ何かをささやく。悦子はぽっと頰を染めた。

「やめてよ、そんなことないわ」

「いいじゃないか、素敵だよ」と聖矢は声を大きくする。

悦子はふくれ面をし聖矢の胸をぴしゃりと叩いていってしまった。

「何いったの」

俺のことかと健斗は思う。ちらっと視線がむけられたから。

「彼女可愛いね」聖矢はたのしそうにいう。

「そうかな」

「可愛くない？」

「別に。ただのクラスメート」

「だからそういう関係なんて見られちゃうんだ」

健斗は渋面をつくった。「おまえってさあ、神経細やかなのか大まかなのか分んなくなる」

「きみの心は体と違って成長が遅い」

「勝手に決めるな」

「でもそうでしょう、末っ子」

「おまえはどうなのさ」

「周りは大人たちばかりでいつも十分な説明のかわりに仕草とか目つきとかで語るじゃない、僕は神経細かに推し量る、そうしていたらいつの間にか実年齢よりはるかに大人」

だから健斗と違って機微に敏い、のだそうだ。子供らしくない、小生意気といわれてきた。それでね、と説明はつづく。

「僕は何も気づかない振りを装うことにした」

「俺は騙されてるわけ」

どうだろという聖矢の顔だった。

「いずれにしても俺はおまえにはらはらさせられる」

下校になり健斗は聖矢と彼の家へむかう。それが当然になってしまった。ゲームよりおしゃべりを少しして、しかし大方は勉強だった。それも聖矢は自室で、健斗は食卓でする。

聖矢の塾へいく時間がくる。きみもいかないと誘われたが、健斗は医者を志すわけでない。

芳乃が仕事を終えてあがってきた。健斗を見出してお茶飲もうと声をかけ、疲れたからあなたいれて、とソファーに坐りこんでしまう。健斗はすでにキッチンのどこに何があるか分っている。湯を沸かしティーポットに茶葉をいれ、カップを二つ盆にのせる。熱くなった湯を注ぎ、芳乃の前に移動する。ありがとうという声に微笑がふくまれる。

聖矢は？　塾いきました。あの子ちゃんとやっている？　まじめにやってますよ、医者になるの大変ですね。まだ分らないわというのを聞きながら、健斗は紅茶をつぐ。芳乃は砂糖をいれそれからミルクを垂らす。コーヒーと違って紅茶にはふつうの牛乳が合う。

俺そろそろ帰るかな。芳乃は好きにしなさいという態度。面倒だけど私は夕飯の用意しなくては。ちゃんとしないと聖矢に叱られる。最近うるさいの。健斗は笑う。

「あなたと聖矢の喧嘩見たかったわ」

「いきなり殴りかかってきた」

「あの子が」

「こっちも思わず殴り返した」

「彼はクラスで一番でかくて強いっていってた。その彼がクラスで一番優しい、聖矢はあなたを特別視している」

「あいつの思いこみだ」

「あの子はまっしぐら、あなたのすべてを認めている」

あなたはつかまったと聖矢と同じことをいって芳乃は笑う。

「ああ、聖矢といると堅くるしいけど、あなたといるのは苦にならないわ」

「俺らの関係は何だろう」

「高校生とその友達のお母さん、でしょ」

「そうだけど……」

「なぜ?」

「違うなって」

芳乃は笑みをもらす。

「これからは俺も芳乃さんと呼ぼう」

「生意気ね」

「やっぱ息子の友達ですか」

芳乃はうなずくが、声はない。その表情に、健斗は自分が飛躍して大人になったようで、なぜか恥ずかしい。頬を染めて帰り支度を始めた。

「まだいいでしょ、もう少し話し相手になって」

「話すこと、あるかな」

あるわと芳乃は声をかぶせた。

「聖矢が初めてあなたを連れてきたとき私は驚いたの、それも入学してすぐだったし」

健斗は曖昧に首をかしげた。いってる中身がよく分らない。それを察したように芳乃は、ずっと友達いなかったからとつけくわえる。

それから遠くを見つめる目になった。

初めて乳を与えたとき私は泣いたと芳乃はいった。乳を吸われる感覚のなか、涙はわけもなく流れ、とまらない、でもそれは喜びの涙ということははっきりしていた。たとえこの子に何が待っていようと生んでよかったという気持を無意識のうちに抱いていたのだと後になって知ったわ。

「あの子は未熟児で生まれてきたの」

私自身大人になりきってなかったのかしら……。聖矢は小さいまま病気がちだった。小学生になったとき、整列するのは一番前、幼稚園にはいかなかったから子供同士の交わり方も知らなかった。急に毎日小学校にかようようになって適応しきれなくてか原因の知れない熱を出した。僕は死ぬんだと泣きだした。死ぬわけないでしょ、といくら宥めても僕は死ぬといいつづける。あなたは死ぬはずないの、と芳乃は叫んだ。あなたが宿ったとき双子といわれたわ、でもすぐにしぼんでいったか流れたか一つの鼓動は消えてしまった。残った命が聖矢、あなたよ、生きなくてはいけないの、僕の分も生きてとあなたの弟はいったのよお腹のなかで、私はそれを聞いた、あなたも聞いた、忘れてはだめ。幻想のように芳乃のなかにあったのだ。

後になってあれは嘘だったと何度告げても信じてくれず、嘘ということこそ嘘、ということになった。今は祖母たちもふくめて一家中で真実と認めている。

実際そうだったかもしれないと芳乃はいった。根拠がないわけではなかった。

「弟の分も生きねばならないというのが、あの子のコンプレックスなの」

健斗はどうとったらいいか分らない、聖矢も変っているが芳乃も変っている。

「小学三年生のころ学校へいけなくなったの」

いじめにあっていた。みんなの目には生意気で横柄なのだ。腕力はなくても口は達者で、それをみんなは気にいらない。聖矢は無視された。陰湿ないじめだった。朝がくると腹痛が起きる毎日だった。暴力を振るわれるわけではないから体に傷がつくということもなく、芳乃たちには理由をつかめない。たぶん聖矢自身なぜ嫌われるのか分らない。

情緒障害と疑われた。発達障害とも。とにかく何かがあると。

芳乃も奈津も苦しみ悩む。夕食の後奈津が白湯を飲むのに芳乃は気づいた。やめて茶断ちなんて。よけい状況をみじめにするだけではないか。しかし奈津はやめなかった。そんなの何の効果もないわ、理性をもちなさいよ、と芳乃は苛立つ。理性で割り切れるものなんて所詮は理性の枠内よ。奈津も譲らなかった。

「幸い少しずつ回復したの」

死ぬ思いにとらわれていた自分が助かったのは弟のおかげだと聖矢は信じている。

あのころ弟が唯一の話し相手だった。

芳乃の話は曖昧で、健斗はつかみきれなかった。

「あいつ孤独だったんだ」

「高校生になって僕は変る、そう宣言したわ、よっぽどの決意よ。そうしたら本当にあなたという友達ができた、私ほっとしたの」

健斗を獲得するために喧嘩を売った。

「あの子に愛されて胸がつかえない、食べすぎたときみたいに」

「え？」

「程合いが分らない」

帰り、自転車をこぎながら、俺はその弟の代りなのかと思う。芳乃の頬笑む顔があった。信号が赤なのにとまらず車にぶつかりそうになりたちまち警笛を鳴らされた。

工場から出てくる母と出くわした。お帰り、図書館かいと聞いてくる。健斗はうなずいた。目に余ることがなければ黙っている年のいった親、好都合な距離感を維持したい。だから嘘もつく。どこまで見抜かれているのか分らない、目を盗むのは大変だが隠すべきことは隠せている。一人遊びを覚えたのも親は気づかなかった。関心がないのか今も気づいていない。

夕食だと兄嫁から声をかけられた。母はほとんど食事作りをしない。それは仕方ないのだった。家業はレース編みとワンポイントの刺繍などで、父や長兄と一緒に母は仕事をしている。金銭の管理もふくめ実権を握っているのも母、少なくとも末っ子の健斗が大学を出て就職するまではその立場を維持するつもりなのだ。

父と兄は食卓にいなかった。まだ工場なのだろう。テーブルの中央に平たい大きな鍋が置かれている。それでパエーリアと分る。兄嫁が皿によそってくれる。コーンスープに野菜サラダ。健斗はたっぷり食べる。型にはまったような特徴のない兄嫁の料理、まずくはない。それで十分だった。はみ出るところのない義姉に魅力はないし関心もない。こんなつまんない人によく兄貴は満足してるなと秘かに思う。でこぼこな母のほうがよほどおもしろい。

あの人もでこぼこだと、さっきまで一緒だった芳乃を思った。母と芳乃と似てはいない。母は年寄りむこうは若い、恋人もいるらしい。母はでんとしていて芳乃は好奇心旺盛。俺にまで興味示すもんね……。いろいろ考えて別の似ている点にいきついた。どちらも男なんてものともしない。兄嫁は兄にくっついて満足して、一人にされたらたちまちうろたえるだろう。世の中ではそれが可愛い女、兄は気にいってさえいる。莫迦みたいだ。

父がやってきて食事を始める。母はいれかわりに立つ。工場を見て、伝票整理や帳簿つけもあるのだろう。兄もやってくる、待っていた兄嫁も食べはじめる。健斗は部屋へ退いてしまう。芳乃は夕食に何をつくったのだろう。よそから仕入れたものなら聖矢は文句をいう。たがいにそっぽをむいて食べる姿も笑顔で談笑しながら食べる姿も想像できる。乾いていて、でも仲はよく、それは芳乃ゆえのものなのだ。


学校から二人で帰ると奈津がいた。

「僕に会いたくてきたの」

祖母はうなずく。

「嘘つき」

「分らないねえ、いくら他に用事があってもおまえに会いたい気持は十分にあるんだよ、ついでなんかじゃない」

「それで他の用事は？」

「芳乃の見合い話」

「まだそんなこといってるの」

「いい話なの、それが」

「とにかく今結婚する気ないと思う、あなたに父親はいらないっていうよ」

「おまえが邪魔するの？」

「するはずないでしょ」

奈津が突然視線を健斗にむけた。聖矢が紹介する。仲よくしてやってください。友達のいない子だと祖母も芳乃と同じことをいう。

茶を飲んでいると芳乃があがってきた。午後の診療にはもう少し時間がある。

物忘れが激しくなったと奈津が嘆いた。ボケないでよと芳乃。

「分らない」と首を振り聖矢にむかう、「九十歳になってまだ生きていたら私をおまえの保護下においとくれ」

老いを認めたくない、一種の災難ととらえ、聖矢に託す。夫や息子や娘にでなくお気に入りの孫に。いいけど、と聖矢はつぶやいた。約束だよ、と奈津は念を押す。

さあて、と奈津は腰をあげる。聖矢を手招きして、はずしておいたネックレスをつけてと頼む。明らかに甘えている。

奈津は帰っていき、芳乃は送るために下におりていった。

「おまえのところはみんなユニークだな」

そうかもねと聖矢は動じない。

「芳乃さんが結婚しないのおまえのため？」

「ありえない、恋人いるし」

「幸せになってほしくないの」

「結婚しないと幸せでないの」

健斗は降参した。

すると内緒話のように声をひそめて聖矢はいった。「あの人は僕の父親について決して語らない、他の人もいわない、それで僕は推測するんだけど、そいつはひどいやつだった、芳乃さんは手ひどい裏切りを受けた」

想像するに二人は悲しいというより空しく寂しい男女の話し合いをしたのさ。そして別れた。火傷しそうな男女の熱より無味乾燥な夫婦の平穏をその男はえらんだ、と聖矢は勝手に物語を作る。ありうるか、と健斗。聖矢は肩をすくめた。

夜勉強していると、何かがおかしかった。熱っぽいのかなと思って下におり、体温を測った。気づいて母がどうしたいとたずねる。三十六度五分、熱はなかった。あるわけない。つぶやいて部屋にもどった。窓により蒼い空に目をやる。いくつか星がまたたいている。

不調の原因に突然気づいた。聖矢の言葉。気がむけば一緒に風呂にもはいるとどういうつもりか打ち明けたのだ。健斗には考えられなかった。

「恥ずかしくない?」

「ない」

「ということは、聖矢はまだ子供?」

彼は首を振り、「ちゃんと十六歳」

聖矢といると自分が崩壊しそうだ。何であんなやつと仲よくなったんだろう。あいつのほうから接近してきたんだと頭を一振りし、英語の教科書を広げた。身がはいらない。母親と風呂にはいる……、できっこない。性教育のつもりだろうか。いいやそれほど芳乃さんは愚かでない。

席についていると男子がよってきた。聖矢の姿はまだない。せいせいするだろう藤波がいないと。どして。つきまとわれるのも大変だろ、おまえが好きだってあいつ臆面もない。いや、今は俺が好きなんさ。そこに噂の主があらわれた。やあと声をかけてきて昨日は芳乃さんと喧嘩しちゃったと報告する。理由は？　ご飯つくってなかった。そんなことか。生きる基本だよ、大事でしょ。そばにいた男子はおまえらいつもわけ分んね話するといって眉を寄せはなれていく。

「俺が帰るとき、疲れたっていってたぞ、芳乃さん」

「毎日同じ言い訳は聞きたくない」

「医者であり母親でありときには父親にさえなる、そのうえで主婦、なんだぜ」

「精一杯譲歩はしてる」

それでもときには頭にくるそうだ。

「同情するな、芳乃さんに」

「甘くしてたらつけあがるでしょ」

医者をめざす高校生であり暴君であり、甘えん坊の息子と聖矢にも複数の顔がある。

「聖矢の家は劇場だ、まきこまれないように注意しなくちゃあ」

「とうにまきこまれているさ」

悦子がやってきて、何の話と問いかける。誰にも聞かれたくない話、と聖矢は答え、ついと教室を出ていった。

「昨日親子喧嘩をしたんだって、ま、ゲームのようなものだけど」

「何だつまらない、もっとましな話題かと思った」

「俺たち、変？」

「彼は屈折してると一目で分る」

「ふーん、で俺は」

「ふつうね」

それは自分で感じることだ、すべて平均的。頭はよくはないが悪くもない。意地悪でも優しいわけでもない。相手に合わせられるけど、無理して合わせはしない、そこまでしてつきあいたいやつはいない。

「で、藤波君とはどうなの」

「あいつが近づいてきたんさ」

「喧嘩して滝川君のことどうとらえたんだろうね」

「深井さんも首突っ込むな」

「いったでしょ興味あるって」

「つまり深井さんは聖矢に興味ある」

「どうして」

「俺は付録のようなもの」

「孤高の藤波君は秘かに嫌われてるでしょ」

　聖矢は神経が細かい、そう思わせながら図太くもある、相手を苛立たせる。たのしくキャッチボールしていたのにわざとボールをとりそこね、そのままいってしまう、藤波君てそんな感じの人、が女子たちの一致した感想だ。

「滝川君他の子とも仲よくしたら」

「俺は誰とでも仲いいよ」

　生徒たちが飛びこんでくる。先生がはいってきて、地理の授業が始まった。少々眠い。悦子がこちらを見ている。目が合ってしまいどういうつもりか彼女は笑みを浮かべた。漫然と先生の声を耳にしながら健斗は考える。聖矢はあらゆる人物、出来事を自分流に濾過して作り変えてしまう、聖矢の俺は俺自身とどう違うのだろう。

　すべての授業が終り、生徒たちは下校する。健斗と聖矢もいつものようにつるんでいく。コンビニによってジュースと菓子パンを買った。クリニックでは午後の診療がおこなわれている。仕事の合間をぬってきたのだろう作業着姿の男が出てきた。のぞくと待合室にいるのは二人、予約制だから混みはしない。

　塾のない日で聖矢はのんびりと椅子に坐って足を投げだした。キーンという歯を削られるあの感覚いやだな、キッチンのテーブルで菓子パンを食べながら健斗はいう。

「おまえは芳乃さんに診てもらうの」

「そうだよ、どして」

「ちょっと想像した、恥ずかしくない？」

無防備に口中をのぞかれるのは知らない人の方がいい。

「あの人は母親だよ」

「そこまで身近なら口をのぞかれてもかまわないか」

「きみは変な想像するね」

こいつは一緒に風呂にはいるんだとあらためて思う。

聖矢がミルクをとりに立つ。におったのか鍋の蓋をあけた。

「シチューができてる、食べる？」

「夕飯でしょ」

「かまわないさ」

「また喧嘩になるよ」

軽く睨まれた。

伸びをし悦子と何を話したと聖矢が聞いてくる。

「何話したろ……、そうだ、おまえは女子にけっこう嫌われてるらしいぜ」

「深井さんが嫌ってるのさ」

「そうなの」

「彼女の秘密を見抜いてるからね」

僕はきみのようにぼんやりではないといいのこして聖矢は自室にこもってしまう。健斗はそのまま食卓で勉強を始めた。

知らぬ間に時間はすぎ、物音がしたと気づいたら芳乃があらわれた。

「あ、お仕事終りですね」

疲れたといって腰かけ芳乃は首をまわす。

「もみましょうか」と健斗は立ちあがり背後にまわる。

そんな自分に気づいたが遅かった。気持いい、芳乃は溜息を漏らすようにいう。ああ、そこそこ。芳乃の手が触れてきて、健斗はありもしない唾をごくりと飲む。

「じょうずね」

「母に頼まれます」

「聖矢はしてくれない。あなたと聖矢と何が違うの」

「芳乃さんと家の母が違うんです。母はもうお婆さん、芳乃さんは若くて心配いらない」

「じゃあどうしてあなたはもんでくれるの」

秘かなざわめきに健斗は黙る。

芳乃の手がふたたび動き、手首を握られた。かぶさるように、脇からのぞきこむ形になった。

芳乃の唇がうわむいた。

それは柔らかく何ともいえない感触だった。心地よさが寄せてきて、苦しかった。

唇がはなれるとあえいだ。

そのとき、足音がした。芳乃は笑みを浮かべる。それから何食わぬ顔に変った。同時に聖矢があらわれる。きわどいタイミングだった。

「俺帰ろう」戸惑う健斗は勉強道具をしまいはじめる。

「夕飯食べていきなさい、用意できてるの」

聖矢も食べていけといい、忘れたとつぶやいて何かをとりにか自室にもどっていく。

芳乃は冷蔵庫から刺身と生野菜のサラダをとりだし、運んでくれない、と声をあげる。芳乃の気持が分らなかった。逃げはしない、と健斗は意地をはった。

「聖矢何してるのかしら、呼んできて」

ノックをすると返事があった。落ちつくために顔をひとなでし、はいっていった。聖矢が振りかえる。問うような目。そっちこそ何と健斗も目で問う。

「何か違う」

健斗は己を指さす。うなずく聖矢にあえて笑い、うながした。

席につくと芳乃が飯をよそってくれる。

「シチューに刺身ってセンスないね」と聖矢。

「おいしければいいでしょ」

芳乃は動じていない。それが憎い。ほらこれも食べなさいとサラダをすすめられた。

「ご機嫌だ」と聖矢がからかうようにいった。

「そうよ、この人肩をもんでくれたの」

母はまだ工場にいた。零細企業はつらいと働きづめの泣き言が聞こえてくる。おかげで息子に目が届かない、あの子は大丈夫と言い訳めいた信頼がある。

部屋にはいってごろんと大の字になった。目を閉じ意識を集中した。芳乃が健斗の手をとり胸にあてる。弾力のある乳房。一緒に風呂にはいったら、どうしても目がいってしまう。そして見られてしまう。聖矢はどうしているのだろう。自分は間違いなく変化する、隠しようがなくなる。やっぱり親子では違うのだ。見ても見られても平気なんだ。知らぬ間に自分の胸を抱いていた。

結局その夜は勉強が手につかなかった。芳乃がつきまとい、はなれてくれない。健斗は意地になり猛りつづけるペニスに手を添わせようとはしなかった。夜中、夢精した。

翌朝起きだすとすぐに、脱力感を感じた。しかし朝飯はいつもどおりに食べ、いつもどおりの時間に家を出た。教室は変りない風景をさらしている。聖矢がおはようと声をかけてくる。芳乃とのキスを知ったならこいつはどんな態度に出るだろう。健斗君どしたの、と聖矢は問う。滝川君でもなくきみでもなく、健斗君。

「昨日も聞いたな、勉強のしすぎさ」

聖矢が笑うのを見て、そんなはずないかと思う。悶々としただけなのに消費したエネルギーは膨大だった。

「おまえはどうなのさ」

「僕、すべて順調」

能天気なやつ。

「おまえ、俺をどう思う」

「全部好き」

またひそひそ話といいながら悦子が寄ってきた。

「こいつ俺の全部が好きだって」

「知ってるわよ」

聖矢は笑い、「男と女の友情はすぐに壊れて恋になる、その点男同士なら友情が友情としてずっとつづくのさ」
十六、七の男子なんてほんとガキ、と悦子はせせら笑った。「知りなさい、恋はむしろ一瞬でオーケーなの」
聖矢も負けてはいない、「友情は時間をかけないと成らない、それだけ尊いってこと」

「せいぜい大事にするといいわ、その貴重な友情とやらを」

「おまえもくわわりたいの」と健斗は聞いた。

「私は女だから恋がいい」

「俺もどっちかっていうと恋だけど」

「この人嫉妬するわ」

聖矢は意味ありげな笑みを浮かべる。

「友情は現実を抱えるけど恋はそれができない、単純にロマンチックだから女子は好むのさ、芋、タコ、南京、芝居に蒟蒻」

「それでも恋は素敵、無粋な邪魔者がいないときに恋を語りましょ」捨て台詞を残して悦子ははなれていった。

悦子は女子の輪にくわわり隣の子と見あったり肩を寄せあったりしながらたのしげだ。輪のなかに男子のはいる余地はない。でも女子は男子の輪のなかに平然とはいってくる。男と女と、外見ばかりでなく中身が違い、だから健斗には分らない。

「少し見習ったら」聖矢が健斗の腹を読んだかのようにいった。

それで気がついた。聖矢のねばっこさは女を思わせる。その要素が物怖じさせない。

最初の日に声をかけてきたあれも、そう考えると納得いく。じゃあなぜ俺はこいつとつるんだのだろう……。きっと芳乃さんに会うためだったんだ。体の内奥がじんと熱く火照り、授業の始まる前から下校が待ち遠しくなった。今日の聖矢は塾の始まりが早い。医大に受かるようにせっせと勉強しろよ。

二時限目なのに体育とは、何を思って先生はこんな時間割を組むのだろう。男女分かれるので二クラス合同の授業だ。見てくれはチンピラでしかない大学出たての教師が体育会系のノリで号令をかけ横列させせる。今日は体力測定、気合いいれてやれよと声を張りあげた。三十秒間脈拍をはかり、それから石段を上下する足踏みを百回してまたはかる。そのあとボール投げや五十メートル走など。懸垂ではほとんどの生徒が五回までできず、何だそのざまはと先生は怒る。携帯やテレビゲームばっかりでなまってるんじゃないか。先生勉強もしますと誰かが遠慮がちに返す。勉強も大して変らん、俺がいいたいのは体を動かせってことだ。終りにまた脈拍をはかった。一人が二十三回と答えて全員がやりなおしだった。

つぎの授業は地学で健斗はだれる。健斗ばかりでない、女子はどうか知らないが男子の大部分がだれているだろう。四時限目は数学で教室の空気も少ししゃんとした。

下校のとき、いいかげんはなれたらとまた悦子に嫌味をいわれた。それにしても悦子はうるさい。聖矢はすいすいと先をいく。

聖矢と健斗はトーストにハムとレタスをのせて食べ、ミルクティーを飲む。また聖矢が塾へいこうと誘った。

「目指すところが違っても英語は共通でしょ」

「俺はおまえのように勉強ばかりは嫌なの」

「勉強ばかりじゃないよ、今だってきみと雑談だ」

「いまだに分んない、俺みたいな優柔不断で中途半端をおまえがなぜ気にいったのか」

「きみは僕に興味津々だ」とうれしそうに聖矢は返し、「もういくね、後はよろしく」

健斗は見送り、カップなどを洗い、テーブルに勉強道具を出す。静かな家、下からの物音は立たない。リーダーの教科書をひらき文章を訳しはじめる。分らない単語に電子辞書へ手がのびる。先生がいっていた。紙でできた辞書を引くほうが覚える効果は大きいと思うがそういうと時代遅れととられる、と。それで電子辞書を許し、異は唱えない。それから教室全体を見まわした。反応なしだな、何にも引っかからない、と苦笑する。健斗も先生のいいたいことが分らなかった。電子辞書は便利だ、英和、和英、国語辞書はもちろん何でもはいっている、持ち運びができる。

足音が立ち芳乃があらわれて椅子に腰かける。紅茶いれますか。慎重に茶葉をはかり、熱い湯を注ぐ。あなたも上手にいれるようになったわねと一口飲んで芳乃はほめる。

健斗は待つ。その気持は伝わらず芳乃の手はのびてこない。健斗の方から立ちあがりテーブルをまわりたい。芳乃は坐ったまま腕を胴にからませてくるだろうか。引かれ、背が反る。顔が腹に押しつけられる。

そうはならなかった。彼女は夕食の準備を始める。聖矢はバカにするけれど芳乃なりに栄養に気をつけて食事づくりはしているそうだ。それが親として最低限すべきこと。小さなころは大変だったという。健斗は気もそぞろに聞いていた。

俺帰ります。そう、気をつけて。味気ない返事、気を引きたかったのに。あれは何だったのだろう。

干渉されるよりはいいが家は相変らず無味な世界だった。定期試験の結果が悪く大学でなく専門学校へいこうかと揺らぐが、目的もないのに専門学校もないと自分で思う。とりあえず大学だ、文系なら何学部でもいい。家では誰に相談する気もない。健斗の迷いも知らず、聖矢と話しあう必要もない芳乃には、あなたも信頼されてるのねとのんきな解釈をされた。

翌日は聖矢が家にいる日だった。今日はいくのやめようかなとつぶやくようにいうと聖矢は、塾休みなんだよと意外そうだ。

「もし俺がひどいことしたらおまえどうする」

「ひどいことの意味分らないけど、滝川君を許す」

「なぜ」

「運命といったはずだよ」

「だからどんなことでも許すってか」

聖矢はうなずく。

「まじになんなよ」

「僕をありのままに受けとめてくれる」

それがどれだけ大切なことか聖矢も芳乃も折に触れて示唆する。ちょっと重い。

健斗の事情を知らない聖矢はもっといればと引きとめたが、たまにはちゃんと帰って夕飯食わないと怪しまれると事実でごまかし、芳乃が上がってくる前に帰ることにした。がっかりするだろうか。自転車をこぎながらせめて顔を合わせてからにすればよかったと悔んだ。

知られてはならない秘密。けれど、聖矢にこそいってしまいたかった。いえないままに逡巡のなか、日がたつにつれて芳乃の分らなさにも馴染み、健斗は落ちつきをとりもどしていった。思いだし、おまえいつか芳乃さんは妖怪だっていったな。いったかしら。どういう意味だ。言葉どおりさ。聖矢に気づいた様子はない。大人びた印象だった聖矢が少しずつ子供じみてきて、やっぱり自分と変らないと安堵する気持がわいていた。

ある日曜日の午後、健斗は聖矢の家にいた。悦子から電話があり、市民ホールのアイドルグループのコンサートにいかないかと誘われた。急に不要になった切符をもらったそうだ。驚いたことに聖矢は承知した。健斗も誘われたが、断った。何でという顔を一瞬見せた聖矢だがうなずき、出かけた。

芳乃がふふっと笑う。「あなた聖矢より私をえらんだ、きっとショックだったわよ」

こういうことをいう。しかし健斗は抑えた。

「俺ほんとはすっごく辛い」

「あの日のこと？　偶発よ、意味はない」

芳乃は悪びれない。狡いと思いつつ健斗はうなずくしかない。

「私はあなたが好きよ、仲良しでいましょうね」

聖矢の母親でなかったら見限ってやりたかった。

聖矢のいないうちに健斗は帰っていく。芳乃も出かける、友達と会うそうだ。恋人といわず友達といった。立ちこぎで足に力をこめ芳乃の車をおいかけたがすぐにはなされてしまった。しばらくいくとむこうから聖矢がやってきた。途中で抜けてきたという。

「きみの家にいってもいい」

「おまえんとこみたいなもてなしはないぞ」

小さな町工場では倅の客にかまってなどいられないというと、僕のところも母はいつも下にいるでしょと聖矢は返した。それもそうだが違う。居心地のいい部屋で紅茶を飲めるし冷蔵庫もあけられそこには何かしらある。健斗の家のキッチンは雑然としている。そこにとおせないし、もてなしの茶などいれられない。だからというわけではないだろうが考えてみると兄姉の誰も友達を連れてくることはなかった。健斗もこれまで誰も連れてこなかった。聖矢が初めてになる。

居間に両親がいて顔をむけてきた。ここも休みと気づいた。友達の藤波君。いらっしゃいとびっくりした顔で母が応じる。

「いつも一緒、こいつのところで勉強もする」

「それはそれはご迷惑ではないですか」

「いいえ、ちっとも」意外なことに聖矢も如才ない。

二人のとりつくろったやりとりに健斗はあきれた。

「この子は学校や友達のことを話しませんで……」

話をつづけようとする聖矢の腕をとった。

健斗の部屋には机と椅子とベッド、整理ダンス、テレビ、あるのはそれくらいなのに雑然としている。狭いうえに本や脱いだままの昨日の下着やらが散らばっている。

「ひどいな」

「これが実態さ」

下着を拾って健斗はベッドの脇の布袋にいれた。聖矢は本をよけて腰をおろす。

「自立じゃないけどさ、この家では干渉も援助もない」

そういっているところにこつこつとノックの音がした。兄嫁が盆をもっていた。お茶に煎餅。いらっしゃいと顔だけのぞかせて兄嫁は聖矢にいう。健斗は盆を受けとって追いはらう。

「きみがいうほどじゃないな」

「俺がびっくりさ」と煎餅をかじった。

他愛ないおしゃべりをしばらくして聖矢は帰っていく。一人で机にむかうのだろう。俺もしなくては。一緒にいても二人で一つのことをやるわけではない、それぞれが自分に没頭する。最近ゲームもしない。小、中学生のときほとんど教科書をひらかなかったのに健斗は自分でもよくやると感じる。聖矢の影響に違いない。

またたく間に一年がすぎた。クラス替えはなく、大学受験にむかってより深い信頼関係を構築するために担任教師もそのままだ。いつの頃からか悦子まで一緒という感じになっていた。ただしそれは学校にいる間と下校時のみで、聖矢は家に呼ぼうとはしない。健斗以外の誰も呼ばない。それは健斗にも好都合に違いなかった。芳乃もふくめ、三人の暗黙の了解のようなものができあがっていた。

聖矢の目を盗んで悦子はこんなことを聞く。ねえ、滝川君は藤波君のどこが好きなの。別に、気が合うだけさ。でも好きでしょ。嫌いではないな。おそらく聖矢にも同じことを聞くのだろう。そうして、女の子にはべったりもありかもしれないけど、男子のは薄気味悪い、とつけたすのだ。

ときに健斗は疑心暗鬼になって、自分よりはるかに大人びていると思ったりまるでガキだと思ったり、聖矢が不思議になる。敏感なはずの彼が芳乃への自分の思いには気づこうとしないのだから。絶対に知られてはならないと思うほどに恐くなっていく。肝心の芳乃は近づいてはくれない、むしろ少しずつはなれていく気がする。その不満や不安を胸に抱いて、あがってくる芳乃を待っていると、お茶いれてくれるとくだけた調子で頼んでくる。決して拒まれてはいない、何かのきっかけがあればあの日のようにもなるだろう。図体は大きく喧嘩も強いが、女性との触れあいとなると自分から行動を起こすほどの勇気はない、健斗はただ待つばかり。芳乃は気づかぬ振りなのだろうか。妖怪？　いや、芳乃さんはもてあそびはしない、と否定する。そうした後でどつぼにはまってしまった感覚に襲われる。

健斗は勉強に逃げようとする。聖矢がいったのだ、何かあると僕は勉強に逃げるのさ。しかしうまくいかない、そもそも勉強に逃げるというのがよく分らない。

学校帰り、悦子が二人をつかまえる。

「私も藤波君の家にいく」

「僕たち遊ぶんじゃないよ」

「じゃあ何するの」

「何度もいってるでしょ、勉強」

「高校生が勉強のためにわざわざ一緒？」

警笛が鳴らされた。三人並んでいくと道をふさいでしまう。

悦子はあくまでついてくる。今日は午後休診なのにと健斗は思う。聖矢が塾へいけば二人きりの貴重な日、ゆっくりと紅茶を飲みながら何気ない会話を交わすチャンスもありなのだ、邪魔をされたくはない。

聖矢は悦子の気持をうすうす感じているのかもしれない。それにしても悦子はなぜはっきりと宣言しないのだろう。彼女らしくない。

家についてしまった。藤波デンタルクリニックと看板があるのをしげしげと悦子は見、院長は藤波芳乃さんとつぶやく。聖矢は階段をあがる。健斗と悦子がついていく。静かなダイニングキッチンとリビング。ちっこくて騒々しい犬が出迎えるのかと思っていたわ、と悦子。一応もてなすつもりか聖矢は紅茶の用意をする。気配を察したのか芳乃が出てきた。横柄な態度の悦子がたちまちしおらしくなった。

「健斗君以外の、それも女の子がくるのは初めてね」

「この子勝手についてきたんだよ」

「藤波君は滝川君ばかりだから……」

「そうなの」

「二人の仲は秘かな噂なんです」

「きみがそういうんだろう、誰も気にしてないよ」

「あなたはこの二人を思いどおりに操りたいんじゃない」

「というより裂きたいのさ」

「何で」と悦子自身が問う。

「さあ」いかにもいいたいことはあるという表情で聖矢はしらばっくれる。

悦子は鼻に皺をよせて反発し、それを見て芳乃が笑った。

聖矢の塾へいく時間になった。きみは帰るでしょと悦子をうながす。いこう。悦子が視線をむけてくるが健斗は気づかぬ振りをした。不満げに聖矢に従う彼女を芳乃が見送る。

「彼女聖矢に何かいってるでしょうね」

「芳乃さんこそ一言あるかなと思ったけど」

「何て」

「息子の邪魔をしないで」

芳乃は紅茶を飲む。さりげない笑みを浮かべつづけながら。

勉強が手につかない時期もあったけど、今は余裕、そんなふうに皮肉ってみたい。俺はね、芳乃さんのせいで自分を見失ないはしない、そうもいいたい。生意気ね、そんなふうにいわれたい。

十七歳、もう大人、と健斗は強いて思う。

長居はできず帰り支度をする。先日の進路指導で志望校を申請するようにいわれたでしょうと健斗は聞かれた。まだ決められない。受かりそうな学校の一番いいのにするつもりだが、それがはっきりしないのだ。模試では成績が定まらない、上がったり下がったり。身をいれてやってないんじゃないかと先生には注意されてしまった。聖矢のようにつきつめられない。

「あいつはあきれるくらい迷わない、うらやましい」

「そうねえ、ぶれないわね。私もよほどのことがないかぎり意見はいわないの」

「信頼してるんだ。俺も何もいわれないけど、信頼じゃなくて無関心」

なにしろ予定外の子だから。


一人で夕食をとると机にむかった。分詞と動名詞の違い。リビング・バイブル。何これと健斗は思う。バイブルは聖書だろうけど、リビングがつくとどういう意味が加わるのだろう。辞書を引いた。現代語訳の聖書という意味だろうか。それとも生きている聖書という意味？　これが分詞の説明か？　こんなのかえって分りづらい。ついでにというか、世界史の参考書の記述を思いだした。ユダヤ教もキリスト教もイスラム教も出はひとつ。勉強中にちょっと休憩という感じにくだけた調子でとりあげ、七面倒くさい内容を軽くつたえている。エリザベス一世の母親のアン・ブーリンのエピソードもあった。暗記するだけの試験勉強とは関係ない細かいことだが、むしろ面白いのだった。

翌日も悦子はついてこようとした。きみはだめ、と聖矢は冷たく拒む。聖矢と健斗は並んで自転車を走らせた。振り向くと悦子はついてくる。聖矢は自転車をとめる。

「これはストーカーだよ」

「滝川君はよくて私はだめってなぜ」

「きみに関係ないでしょ、僕と滝川君のことは」

「あるわ」

「ある？」

「知ってるくせに」

「きみは否定するでしょ」

あかんべえをするように思いきり舌を出すと悦子はいってしまった。

帰りつき紅茶を飲みながら、「ちょっと冷たい気がする」と健斗はいった。

「僕が？」

健斗はうなずく。「俺が思うにあいつはおまえが好きなんだ」

これだ、という表情を聖矢は見せる。

「彼女おまえにまつわりつくだろう、昨日もここにきたんだ、俺の家じゃない」

「それは僕らが一緒にいるからでしょう」

「仲良くするのをやめたなら噂もおさまるのかな」健斗は問題をすりかえる。

「それでいいの」聖矢は憮然とした。

けっきょく深井悦子は適当にかわすしかないという結論になった。

聖矢と別の行動をとるとおまえらどしたのと男子からも聞かれてしまった。

昼休み外へ出て鉄棒を始めたら悦子がやってきた。しつこいやつ。

「藤波君は」

「知らん」

「喧嘩した？」

「するわけないだろ」

「じゃあ何で一人」

おまえの正体見極めるためと喉まで出かけた。

「藤波君のお母さんて美人ね、彼に似てる」

「あいつが似たんだろ」

「でも嫌い」

「どして」

「勘よ」

「理由もなく嫌うのよくないよ」

「あるわ理由は、つかめないだけ。直感てしばしば正しいものよ、滝川君はどうして藤波君ちへいくの」

慎重になった。「あいつと仲いいからだろ」

「牡丹灯籠って怪談あるでしょう、あれみたい、藤波君が姫様、滝川君が浪人」

健斗は牡丹灯籠といわれても知らなかった。

「ほんとに好きなのね」

「さあ、そういうこと考えない」

悦子は健斗をじっと見いる。

「おまえこそどうしてあいつを気にするの」単純に好きというのとは違う気もする。

「どうしてだろ」

「いっとくぞ、おまえが何かしたら俺が許さない」

「するわけないでしょ」悦子は背をむけた。

健斗は逆上がりで鉄棒の上になる。高さが違って景色が変る。くるりと一回りする。同じ眺めが変っている。後ろめたい感情が膨れたりしぼんだりする。聖矢と芳乃がこんぐらかっている。何も手につかないのが恋と聞いていた、そう思っていた。芳乃への自分の思いは恋ではないのだろうか。

私はあなたを甘やかしていると芳乃はいう。たぶんそうなのだろう。でも謎の言葉。俺の気持を察してのことなら、残酷だ。

あなたちゃんと勉強してる。してる、聖矢にも聞きます？　芳乃は首を振る。どうして俺？　心配だからよ。心配？　責任のようなもの、あなたが受験に失敗したら私たちのせいかもしれないでしょ。聖矢が失敗したら。浪人するでしょう。それだけ？　本人は大変だろうけど。芳乃さんのせいではない？　彼女はうなずく。俺を見くびってると内心でまた思う。あなたはあの子を信用してる？　もちろん。やっぱりあなたのほうが大人だし狡い。狡いのは芳乃さん、といいたかった。

密封してしまった恋、始まらないままに進行していく恋。芳乃は健斗をコントロールする。健斗の恨みは膨れるばかり。

今度は聖矢がやってきた。悦子と何話してたと支柱によりかかって聞く。おまえのこと。また一回りした。きみは上手だね。やってみな。聖矢が鉄棒にとびつくが、だらりと垂れたまま動かない。体ゆすって反動つけて。無理だ。そういいながら懸垂をしようとするがそれもだめだった。ぶざまに垂れたまま。

聖矢は鉄棒をあきらめ近くのベンチに腰掛ける。健斗もならんで坐った。

「何で一緒じゃないのって聞かれた」

聖矢は口尻にかすかに笑みを浮かべるだけだった。

「おまえが傷つくくらいなら、俺が傷つきたい」芳乃を思い浮かべながらついいってしまって、俺の言葉じゃないと慌てた。

まじまじと見つめてくるのだった。

「滝川君、おかしいよ。深井さんに何かいわれた？」

昼休みの終わりを告げるオルゴールが鳴りだした。もう一頑張りと立ちあがった聖矢が伸びをする。健斗は苦笑した。こいつは真っ白か真っ黒かどっちなんだ。

「おまえさあ、まだ芳乃さんと一緒に風呂はいる」

聖矢はうなずいた。健斗は腕を回して肩をくんだ。


冬がすぎ桜が咲いて健斗たちは三年生になった。学年度の始め先生は訓示する。いよいよ最後の一年だ、しかしあっという間だぞ、十月頃には推薦が始まる、半年だ、遊んでる暇はない。発破をかけられても健斗に実感はわかない。この二年間揺らぎながらも真面目に勉強はしてきたつもりだが高校生ならそんなのあたりまえだ。秀でていたわけではない。クラブ活動もしなかった。芳乃とはますますさりげなさに曇っていく。何が何でも芳乃さんという前のめりな気持も消えてかえって心もとない。

梅雨にはいりかけた六月のある日の午後、雨になった。健斗は何となく気分が悪くそのまま家に帰るべきかとも思ったが、芳乃の顔を見たくていつもどおりに聖矢の家にいった。紅茶を飲んでいると顔が赤いと聖矢がいい額に触れてきた。

「熱あるみたいだよ。横になったら」

そうだなと口ごもりながらソファーに横になろうとすると、僕のベッドにしたらと聖矢はすすめる。

「おまえ塾だろう」

「そうだよ」だからいいんじゃないというように答える。「ひと眠りして帰ればいい」

湿りぎみのシャツにズボンをぬいで健斗はベッドにはいった。「聖矢のにおいする」

見下ろしながらふふっと彼は笑った。

「時間になったらいくからね。芳乃さんにいっとこうか」

「いい、しばらくしたら帰る」

うとうとした。深い眠りに落ちるつもりはなかった。聖矢から声をかけられたので答えた。そんな気がした。起きて帰んなくちゃ。寝たり醒めたりを繰りかえしていた。

また声をかけられた。冷たい手が頬や額に触れてくる。声がはっきりした。目をひらくと芳乃がのぞいていた。

「大丈夫?」

健斗はうなずき、起きあがろうとする。芳乃がとめた。風邪だろうという。風邪なんてここ何年もかかってないのに。

時計を見ると三時間ほどしかたっていない。それでもずいぶん気分はよくなっていた。しかし芳乃によると気を張るからそう思えるらしい。もう少しこのままでいるほうがいい。ココアをいれてきてくれた。温かいシチューをつくるからそれを食べていきなさいという。

またうとうとした。今度は聖矢に起こされた。食事らしい。おまえはすんだの。僕もこれから。健斗もダイニングで一緒に食べることにした。顔色もよくなっていると芳乃は安堵する。シチューはうまい。ジャガイモがほくほくしカリフラワーは溶けるように砕けてしまう。ベーコンや貝柱やイカもやわらかい。きみはおいしそうに食べるね、こんなときでも。健斗はお代りをした。カリッと焼いたパンにたっぷりバターをぬって一枚食べた。それだけ食べられれば安心ねと芳乃がいった。帰ろうとすると、泊まっていけと聖矢がすすめる。

「風邪うつしちゃうだろ」

「うつりはしない、一度くらい泊まってよ」

ガキだなと健斗はついいってしまった。それで決まりだった。健斗は家に断りの電話をいれた。きみもガキというように聖矢が見ていた。

空いた部屋に布団を敷くわけでもなく、少し小さめだけれど窮屈というほどでもないパジャマを借り健斗は聖矢のベッドにふたたび横になった。聖矢は勉強を始める。何してるかなと健斗はリビングルームを思う。しばらくして聖矢は勉強をやめてしまった。

「俺やっぱ、別の部屋にいったほうがいいんじゃない」

「いいの、僕はうれしいんだ」

パジャマにきかえてはいってきた。ふふふと笑い、少し狭いね、とささやいた。

「俺を逝ってしまった弟になぞらえてるのか」

物語になってしまった一家の弟。

しばらくの沈黙の後、聖矢はいいだした、「生まれて、生について考える間もなく死ななければならなかった命ってどんなだと思う？」

「さあ、どんなだろ」

「一所懸命に生きるのが生きている者のギムだ」

聖矢の覚悟なのだろう。

不意に胸がつまって健斗はうろたえた。「おまえに信頼されるのが苦しい……」

沈黙があった。

仰向いていた聖矢は体を横向きにした。「そんなの関係ないところに僕たちはいるんだよ」

「それがつらいんさ」

「つらくてもきみはきみでいて」

しばらくすると聖矢の寝息が聞こえて健斗は耳を澄ます。そっと抱きしめた。

翌朝健斗はすっきりと目覚めた。聖矢もよく眠れたらしい。風邪は？　おまえと寝たら治っちゃった。健斗は手早く洗面をすます。芳乃は寝ているらしい。今日の授業の教科書をとりに家にもどった。


少しずつ悦子がのさばってきてときには聖矢とときには健斗と二人という状況が生じるようになった。私のお蔭であなたたちまともになっていくね。これが女子力という自負が胡散臭い。

健斗も割りきり聖矢の家にいくのはこれまでの半分くらいにした。塾から帰る聖矢を待ち、一方で芳乃とすごす。聖矢がもどると三人で食事し、それから健斗は帰る。俺は裏切らない、健斗は自分にいいきかす。

十一月にはいり朝晩がめっきり冷えてきた。推薦入学が始まる。もう卒業まで半年ない。聖矢や芳乃との関係はどう変るのだろう。らくになるだろうか。寂しくなるだろうか。ふとそんな思いにとらわれ、今は今と思いなおす。悦子は推薦で地元の短大へいくと決まったようにいう。私にはあの程度がちょうどいいの。つまらない努力はしたくない。勉強がつまらない努力かと健斗は聞いた。私がやってもたかが知れてるもの。まあいいけど、まつわりついて藤波の邪魔するなよ。妬いてるの？　健斗は苦笑する。妬くはずないね。俺が一番と思ってるんでしょ。まだそんなこと考えてるのか。滝川君にも藤波君が一番？　そうだな。分んない。俺にだって分んないさ。私、滝川君のヌードが見たい。おまえ何いってるか承知してんのか。もちろん、私のヌード見たい？　考えたことさえない。見たいけど、見ない、って意味？　どうかな。滝川君は藤波君のヌード見たことある。あるわけないだろ。私と藤波君と二者択一ならどっちとる。悦子は迫る。悦子には分らない。誰にも分らない。女性への愛でも人への愛でもない、健斗の聖矢への愛を。

数日後だった。深井さんにきみのヌードを見たかって聞かれた。こいつにも聞いた、あいつどうかしてる。深井さん可哀想。どうして？　きみがむかいあってやらないから。それはおまえのことだろう。違う、きみだよ。どっちでもいいや、おまえも俺もその気はないんだから。僕は大学生になったら極上の恋愛をしたい。極上の恋愛か。一年生になったら……、と歌をうたいだした。健斗は苦笑いを浮かべる。聖矢も穏やかに笑ったがたぶん健斗の笑いとは関係なかった。

「きみは決して嫌なことをいわないね」

それはおまえだろと思いながら、「いって欲しい？」

黙って首を振る聖矢。

年を越しいよいよ入学試験が始まった。健斗が先に決まり、聖矢も芳乃もよろこんでくれた。しかし聖矢の試験はこれからだ。第一志望は国立だが私立も受けて合格した。本人は涼しい顔だったが、三年間耐え、頑張ってきた。俺とは違うと健斗は受けとめている。国立も合格してほしい。

今日はいかないと伝えると聖矢はどうしてと聞く。

「きみは入学が決まったし暇でしょ、きて好きなことしてればいいじゃないか」

「その間おまえは勉強？」

「もう新しい勉強はないけど、大事なところの復習」

「じゃまじゃない？」

聖矢は苦笑する。「じゃまだなんて」むしろ健斗がいて落ちつくというのだった。

いかざるを得なかったし、本当はいきたいのだった。なぜか芳乃も心模様が違ったように見えるのだ。その目はかぎりなく優しい。

芳乃があがってきた。聖矢は勉強ねと芳乃は聞く。それなのに健斗はのんびりと文庫本を読んでいる。いいわよ、あなたは決まったのだから。そういってのぞきこむように見るのだ。もうこういうことも終るのね、と芳乃は感慨深げにいった。三年間の習慣。気にいっていたという。何よりも聖矢によかった。

聖矢の第一志望の試験が終ってあとは結果を待つのみになった。何となく落ちつかない、やることもない。二人は電車で一時間ほどの動物公園へいった。場違いな気がするな。健斗はいった。僕らにはどこも場違いでしょと聖矢は返す。男二人じゃな、と健斗は笑う。邪魔でも悦子を連れてくるべきだったろうか。寒くて体も引締まるだろうにライオンはだらりと横たわって動かない。そう思うとすべての動物が物憂そうで動きが鈍い。修羅場がないからだろうか。餌を与えられ命が保証され、自由を奪われた。それって俺たちの思い込みかな。聖矢は首をかしげる。俺らはどうなんだろ。聖矢は同じ動作をくりかえす。

帰り、駅へむかっていると雨が降ってきた。きみは猫？　と聖矢。思いがけない問だった。だって濡れないよう濡れないようにと歩いてる、犬と違って猫は濡れるの嫌いでしょ。

合格発表の数日前、健斗は訪ねた。ところが聖矢はいなかった。とつぜん奈津に呼ばれたらしい。お供でどこかにいき、帰りは遅くなる。孫と二人きりの時間をすごしたい。孫というより恋人じゃないのかなと健斗がいうと、そうねと返して芳乃は笑う。大学生になる聖矢がますます遠のいてしまうと思うとつらいらしい。

「あなたも聖矢もこの町を出ていくのね……」

寂しくなるとしみじみいう。

「芳乃さん」不意に思いがこみあげて声が震えた。

「……」

「あれは何だったの……」

あいつのむこうに芳乃さんを見てるんじゃない。

「あなた、自分が何をいってるのか分ってる？」

「芳乃さんを好きになるのは聖矢への裏切り？」

立ちあがりテーブルを回ってくる芳乃。両手が肩におかれ胸におりてくる。穏やかに上下する。こらえきれずに上体をよじり、顔を腹に押しつけた。芳乃は背を抱いてくれる。

「いらっしゃい」ささやきがもれた。

強烈で鮮明な体験だった。芳乃のリードに、迷うことはなかった。猛り立つものを導いてくれた。一気に爆発した。


健斗はあの日から訪ねていない。身の震えるような興奮がずっと体にまつわりついて、芳乃に会いたくてたまらなかった。しかし聖矢の顔を見るのもつらく、身が引き裂かれそうだった。

発表の日、聖矢は一人で東京へいった。一緒にいってよと乞われても、子供じゃないだろうと断ったのだ。おまえ自信あるだろう。もちろんさ。なら一人でいけ。じゃあ早く帰るから家で待っていて。健斗は承知せざるを得なかった。

あいつが落ちるはずないと健斗は強くいった、芳乃はそうよねと応じる。だが話は弾まず、つづかない。落ちつきなく携帯を見たり、時間を確かめたり……。

芳乃さん……。見つめる芳乃に健斗は抱きついた。芳乃が押し倒す。リヴィングのソファー。健斗は彼女の重みを受けとめる。その手が健斗の服をはいでいく。舌を絡めると芳乃の唾液が流れ込む。健斗のボクサーパンツを脱がそうとする。健斗は腰を浮かす。芳乃がおりてきてのみこんだ。

電話があり聖矢は合格していた。後ろめたさも残るなか芳乃から代り、健斗はおめでとうとよろこびを伝える。お祝いするから早く帰ってこいといって電話を切った。何となくぎこちない雰囲気だったのをあえて消し、芳乃と健斗はショッピングセンターへ買物に出た。お祝いといっても芳乃にはごちそうが思いつかず、ステーキということになった。

帰ると電話が鳴っていた。

聖矢が事故に巻き込まれ病院へ搬送された。

知らせを聞いた瞬間健斗には、イメージがぱっと浮かんだ。聖矢は彼を見つめていた。一緒にいくべきだったのだ。それなのに……。芳乃と一つになっていた。

特急電車を待ち、乗り込み、東京へつくまで一時間、タクシーより地下鉄のほうが早いと計算して乗継ぎ、知らされた病院につくと緊急手術の最中だった。

脱法ハーブを吸った男の暴走車に弾かれたそうだ。手術が成功するかどうか分らない。待つしかなかった。芳乃は小さく震えていた。健斗も震えているのだった。不安ななか一時間がたっても何の動きもなかった。いつまで手術はつづくのだろう。

芳乃が立ちあがりどこかへいった。しばらくして缶コーヒーを手にもどってきた。実家に連絡をとり状況を知らせたという。奈津もくるらしい。あなたはどうすると聞かれた。ここにいます、一言答えた。芳乃はうなずき、おうちに電話しなさいと返して黙り込んだ。

さらに一時間がすぎた。何も聞かされはしない。こんなに時間のかかるのは不幸中の幸いなのか。健斗は無になっている。無のなかで聖矢が浮かぶ。笑ったり、あきれたような眼差しだったり、僕の勝ちというように小鼻をぴくぴくさせたり。いつもすましているあいつが俺にだけ見せていた。ときにはうざったかった。つきあいきれないと思いもした。しかし聖矢のおかげで豊かだった。確かに聖矢は特別な友達だった。それなのに肝心なときに俺は裏切っていた。悲しくて苦しくて、誰もいなかったなら大声で泣きだしたかった。

奈津があらわれた、どう？ と確かめる。芳乃は首を振る。あなたもきてくれたの。健斗はうなずく。状況分らない？ 待つしかありません。しかし彼女はとおりかかった看護師をつかまえる。お待ちくださいと、看護師にも答えられない。

なぜ聖矢なんだ。こんなの間違ってる。罰なら自分に下されるべきなのだ。しかし、これは健斗への最大級の罰に違いなかった。

奈津はときおりハンカチを顔にあてる。蒼白い芳乃に涙はない。それぞれがくじけそうな自分と戦っている。あの子は死にはしない、回復するわ、と奈津はつぶやく。

深夜すぎ手術は終った。医師は最善をつくしてくれた。骨折もあったが、内臓がダメージを受けていた。脳への影響が恐いと医師は指摘した。これから一日がやまだそうだ。集中治療室で眠っている。その様子をそっと眺め、おぼつかない安堵を得た。

翌日容体は落ちついていた。しかしまだ目覚めない。奈津がおいおいと泣く。三日目、意識がもどった。話はできなかったが、気のせいだろうか目には語るものがあった。峠は越えたと医師はいってくれた。何だか知らないが後回しの処置がつづくというのだった。仕事のある芳乃と奈津は帰っていく。健斗が残る。あなたがいてくれるのが聖矢の力になると芳乃はいった。

そばにいられない、何もしてやれない、それでも近くにいる。俺が守るという気持だった。他にもいる。僕の分も生きないでこっちにきてはいけないよ、僕の死を生かしてくれなくては。あいつそんなふうにいわれている、健斗は思う。

芳乃には細かに連絡をとった。彼女は忙しそうだ。クリニックがあるし、聖矢に関することも。入学手続きは俺がやると健斗は申しでる。

代診をまた頼んで芳乃がやってきた。寝姿をしばらく見つめている。いくつもの管がとりつけられていた。痛々しいが、確実に回復にむかっている。若く強い生命力。明日あたり集中治療室を出られるだろうか。そうすればそばにいてやれる。話ができなくてもベッドの脇で眺めていられる。

夜、芳乃と健斗はホテルに引きあげた。話があるの、と芳乃が重い口調でいい、二人はむかいあう。奈津の茶断ちに託した思いが今になって分ったと芳乃はいう。彼女はまた始めたらしい。そのただならぬ表情に健斗は生唾を飲んだ。

「聖矢に、そうしてあなたにも、私は謝らなくてはならない」

「……」

「あなたと私とのこと……」

健斗はうなずき、そのままうなだれる。

「私は聖矢の母親なの」

あの瞬間は俺には歓喜だった、しかし芳乃さんには戦慄だった。そういいたいのだと健斗は思った。

「聖矢の母親である私が仲を裂くようであってはいけない、分って、今度のことは罰としか思えない」

「俺も聖矢もそんなに弱くない」

「それでも、けじめ……」

「あいつを裏切るようでつらかった、罰なら俺が受ける。だけどああなってから考えた、あいつは許す」

芳乃は首を振る。「あの子には強すぎる衝撃かもしれない、お願い、女の子とあたりまえの恋をなさい」

あたりまえの恋！

「俺と芳乃さんとではあたりまえの恋といえないんですか」

「この三年間あの子が安定していたのはあなたのおかげなの、一生の友達でいてほしい」

聖矢は誰かを手放しで信頼したかった。あらわれたのが健斗だった。聖矢を受けいれたのはあなただけ、私はそこに甘えた、と芳乃はいった。

「あなたたちが巣立っていく時期がきて、抑えられなくなってしまったの……。でもつくづく考えた、あの子はあなたを失いたくなかった、だからあえてこのつらい目にもあったのよ」

　聖矢は自爆したようなもの。

「俺をとりもどすために？」

　聖矢と俺の友情はそんなにやわではない、芳乃さんと俺、聖矢と俺、二つは別のことだ。

　芳乃はじっと健斗を見いる。

　二人にあるのは……。友情というより俺とあいつの絆だ、どれだけ深いか芳乃さんには分からない、それで壊れると恐れる？

「現実を見ましょう」穏やかにそういい、きてと健斗の手をとった。

　鏡の前に導かれた。ならんで立ち、よく見るのと強いられた。二つの顔が、鏡に浮かんでいる。あなたは十八歳、皺一つない、私は四十歳、目尻や口元に小皺がよっている。健斗は初めて芳乃の皺を見た。これが現実よ。この関係をいつまでもつづけるわけにはいかない。

　芳乃の顔がゆがむ。鏡のなかの並んだ顔、芳乃はやつれていた。

　翌日芳乃は何も引きずってはいないかのようにすっきりとした表情をしていた。困惑する健斗に明るくおはようと声をかける。しいていえば自然すぎるのが不自然だった。朝食をとり病院へいって容体を確かめると健斗に後を託して帰っていく。あなたがいてくれることがあの子には一番よとまるで健斗の心を縛るかのようにくりかえすのだった。

その二日後、聖矢は一般の病室に移された。まだ痛みは強いらしい。健斗がはいっていくと、やあと弱々しいまなざしが語った。

「よかった」と健斗は溜息をつく。

「いてくれるの分ってた」

「そうか……」

「死ぬかと思った？」

「正直うろたえた」

「泣いた？」

「そういうことを聞くんだ」

口元にいたずらっ子のような笑みを浮かべた。

「一つだけ焦っていた記憶がある」

「焦っていた記憶？」

「僕は死んだと思っていた、それにもかかわらずきみに伝えなくてはいけないって」

「何だよ」

「ありがとう、感謝してる」

返しようがなかった。聖矢の頬がかすかに赤い、まだ熱があるのだろうか。

やがて健斗は立ちあがる。もういくのと聖矢はいてほしい口振りだった。長居をして疲れさせてはいけないと看護師から注意をされている。それを伝えると、僕は疲れてないといった。我慢しろまたくるから。頭をなでてやった。

さらに二日がすぎた。ずいぶん回復した。看護師は若さゆえだと強調し、脳波などに異常はないしこの分なら後遺症もないかもしれないと先生はいっている、奇跡よよかったわねと甘く見つめる。もう面会制限はないらしい。健斗はそばによる。聖矢が手をとり引きよせる。胸元に顔を近づけるのだった。

「石鹸の香り」とつぶやいて深く吸いこんだ。

「出がけにシャワー浴びてきた」

「いいな、この香り、病院のにおいにうんざりしてるんだ」

嗅ぎたいだけ嗅げと健斗は笑う。聖矢は調子にのってすがりつく。悦子がお大事にって、とつけくわえた。あいつきたがったけど大丈夫だっていってやった。

「以前さ、俺がひどいことしたらどうするって、きみは聞いたろう」

健斗はうなずいた。

「きみのすべてを許すと僕は答えた。それは今も変らないよ」

何をいいだしたかと一瞬迷ったが、気づいている、と健斗はすぐに受けとめた。そんな言い方だった。

「僕は死ななかった、ほっとしてる」

「俺だっていろいろ考えた、死ばかりが分かつわけではない、人生の方向が違えば友情も壊れかねない、憎みあうことだってありうる。俺そんなことまで考えた」

「ない」怒ったように聖矢はいう。「死んだほうがましだ」

「人はめったに死なないさ。おまえは死にかけた、けど今生きている」

聖矢の顔にはにかんだような微笑が浮かんだ。

「死んだ僕がきみを思ったら、なぜか力がわいてきたんだ」

俺は好かれていると、誇らかに思えた。ふっと涙がわいてきて健斗は顔をそむけた。

「どうしたの」

首を振り、「もっと思って早く治せ」

「初めてきみを見たとき、僕は必死だった、それほどきみに思いをよせた、こういうときみはなぜと問うでしょう、僕にもなぜか分らない、死んだ弟の啓示としかいえない、それなら僕は弟の願いを確実なものにするギムがある、そう決意したんだ」

「おまえ自分の直感を本物にするためだったのか」

「弟は僕、僕は弟、僕たちはずっと淋しかったんだ、きみへの思いは揺るがないよ」

「それより恋愛しろ、いってたろ大学生になったら恋をするって」

「美人いるかな、僕の学校に」

「忙しいな、恋に勉強に」

「女の子よりきみといるほうがたのしかったらどうしよう」

「たのしいんじゃなく安心なんだろう」

たのしさ、安心、聖矢は首をかしげた。それからいった。違うものだね。

「たまにはつるむさ」

「きみは何も分っちゃいない」

確かに健斗にはいまだに聖矢が分らない。だけどこいつとの高校時代は黄金の時ということだけは疑いない。

「それからもうひとつ、苦しみながら考えた」

「……」

「僕の父親の正体というか本当の姿を、知っておくべきだって」

芳乃は聞いても決して父親については語らない。

「何かあるんだ」

そうかもしれないなと健斗はつぶやいた。

「生き死にの分かれ目でいろんなことが起きていた」

僕は今までの僕ではないと、すべてが新しく始まったというように聖矢は宣言した。

「どう生きるかを考えていれば、いつ死ぬかどう死ぬかはおのずと決まるものなんだろうね」

また難しいことをいいだした。何があっても聖矢は聖矢だと健斗は思う。聖矢の心を傷つけたくはなかった。だがすでに傷つけている。万が一知らないとしたら、いつか、知る。純真すぎる聖矢の思い、自分はいつまで応えられるのだろう。芳乃に突き放された今になって、そんな不安が兆していた。

眠れ、そばにいてやるからとうながすと、聖矢は快さげに小さくうなずき、目をとじた。

二

聖矢は退院し、芳乃と健斗と三人で祝った。大学入学の準備はできて、新しい暮らしが待っている。その祝いでもあった。聖矢が席を外したとき芳乃がいった、あの子はあなたをはなさないわよ。あなたには常識や節度がそなわっている、そんなもの問題にしないあの子に勝てるはずがない。半ば冗談半ば本音に二人は笑いあった。

大学生になりクラス単位のオリエンテーションや授業内容の説明などが一週間つづいた。授業が始まり、語学はクラスで受ける必修科目で仲間意識が高まっていく。さっそくコンパがひらかれた。隣り合った佐伯睦美は可愛いというより美人でクールな印象だった。物おじもなく話しかけてくる。ときおりちらと、とりすました様子がのぞく。東京生まれの東京育ち、悦子と違い都会風だと健斗の目には映った。

聖矢と久しぶりに会い、望みどおり恋は始まりそうかと軽くたずねる。だめらしい、渋い顔をした。やっぱり俺がいいかと軽口をたたくとはにかみもなく聖矢はうなずく。秘密だが、つい健斗も会いたくなる。

五月の連休に帰れなかったので六月始めの週末に二人で帰った。地元の短大にはいった悦子と会った。彼女は連れ立って帰ったと知って腐れ縁と表現し、いつまでもラブラブでいなさいと皮肉も忘れはしない。聞き飽きたといってやった。その前に自分たちに飽きなさいと悦子は即座にいい返す。知らない人は要らぬ疑いを抱くわ。会うときは二人だけさ。東京では共通の知人もいないか、それにしても気をつけなさい。やっぱり疑ってる、きみは、と聖矢。悦子は鼻に皺をよせる。俺たち何も変らないと健斗は感じる。そんな健斗の内心を読んだかのように悦子は、私はあんたたちに見切りをつけたと宣言した。そうして恋人をゲットしたと得意顔になる。十歳年上の彼、ふつうの人だけどあんたたちよりよっぽどまし。ガキではないそうだ。

悦子と別れ、それぞれの家への分かれ道にきて、夕飯にはきてと聖矢はいった。僕がカレーを作ると。久しぶりの親兄弟に歓迎されるわけでもないと健斗は分っている、おおと手をあげて歩をすすめた。事務所に顔を出し帰ったよと声をかけると、思ったとおりで、母は何しにきたのという表情だった。数の外でしかない末っ子は気楽といえば気楽だ。兄嫁はお帰りといってくれた。夕飯何にしようかと聞いてもくれた。聖矢のところで食うからいらないと答えると、相変らずねという表情でうなずくだけだった。

聖矢はカレーをつくりはじめていた。手をとめてコーヒーをいれる。下にいるらしい芳乃に連絡をとった。診療じゃないのと健斗は聞く。土曜の午後だよと聖矢は答える。芳乃があがってきた。きたのね、久しぶりだわとこだわりのない笑みが浮かび、健斗の心を感傷が流れてすぎる。

「あなたたちは変らず一緒なのね」

「うん、僕がはなさない」

「こいつ恋人つくれないから」

「きみだって」

「だから会わないようにしたんじゃなかった」と芳乃。

「芳乃さんは僕らの友情が壊れるのを望んでるの」

「ふつうの友達になればいいわ」

「僕、ふつうはすべて大嫌い」

「それは違う、ふつうが一番よ」


桜が散り青葉の季節から半年がすぎて紅葉が北から南へ移っていく。金曜日の夜だった。パジャマにきかえたときスマホが鳴った。聖矢からだった。耳を疑った。明日会おうくらいのことと思ったのに女の子と初デートだというのだった。そうか……。学校が近くにあり伝統的につきあいのある大学同士の飲み会で知りあったそうだ。目がくりっとしている、髪型が素敵、と聖矢らしくないほめ言葉がつづく。そもそも飲み会に出たことだって聖矢らしくない。

「どうしたの？」とつぜん聖矢が聞いてきた。

「え」

「聞いてる？」

「もちろん」健斗は気をとりなおす。「うまくいくといいな」

「うん、きみに話していてもどきどきする」

大人ぶった物言いはどこへいってしまったのだろう。もっと話したそうだったが寝るといって切ってしまった。

思いがけない動揺だった。もんもんとして知らぬ間に高校時代をたどっていた。いろいろあったがけっきょく聖矢しか視野になかった。芳乃さえ聖矢との背後に退いてしまう。いまいましい。きみのためなら死んでもいいとあいつはいったのだ。絵空事でしかなかった。今だって絵空事なのに。

翌日の夜聖矢から報告があった。彼女が望むのでアメリカの古い恋愛映画を見た。よかったと彼女は目を輝かせて感想を述べたそうだ。

「でおまえは？」

「彼女僕の手をつないできた、握り返せなかった」

映画どころじゃなかったのだろう。

「うぶなやつと見られたのかもしれないな」

「そんなふうにいうと彼女が遊び馴れてるみたいじゃない」

「おまえとくらべりゃどの女子も遊び馴れてるよ、心配さおまえにふさわしい子か」

聖矢は順調にデートを重ねた。ところが三月で終りがきた。健斗の部屋にやってきて、とつぜん別れを切り出されたと嘆く。理由を聞いても告げてはくれないらしい。

「情けかもしれないだろ、いったらおまえが傷つくと」

「まるで僕が駄目男ようにいうね」

「いいや、客観的なだけ」

「何かうれしげだ、きみは」

「しょげるな、また挑戦しろ」

ラーメンを食いにいこうと部屋を出た。知らぬ間に肩をくんでいた。自棄だといって聖矢は激辛のラーメンを注文し汗を大量にかきながら食べた。気分が悪くなって吐いてしまった。

「おまえらしくないな」他の男子と変らない。

「自信かな」と聖矢は強がった。「高校生の僕は猫が毛を逆立てた状態だったでしょ」

数日後に芳乃から電話があった。元気かと。この人はあっけらかんと電話してくる、女ってそんななのかと味気なかった。

「何か用ですか」

たまにはきなさいというのだった。「聖矢もまったく連絡してこないの、あの子も元気でしょうね」

「元気です、この間女の子に振られて自棄ラーメン食って吐きました」

「何よそれ」

「もっと上等の女子をゲットするって息巻いてます」

「いい兆候ね、やっとどこにでもいる若者になれそう」

「聖矢が聖矢でなくなっちゃう」

「面白くないの？　聖矢ばなれしなさい」

「俺？」

「そう、俺よ」

「本音ですか」

「あなたを縛りすぎる、聖矢や私から解放されたらもっと広く羽ばたける……」

「ずっと友達でいてやってねって、芳乃さんいったでしょ」

「今もそう願うわ」

「矛盾してる」

「だから苦しいの、いつまでも聖矢のそばにいて力になってほしい、でもあなたの人生を縛りたくない」

「芳乃さんや奈津さんに頼まれたからではありません、聖矢は大事なんです」

「それは分っているわ」

「あいつがうらやましくなる、芳乃さんと俺がいるってことすごいと思いません？」

「聖矢の言ではないけど、奇跡と思っているわ、あの子があなたに会えたのは」

健斗に出会えて高校時代を共にすごせた、その貴重な年月が聖矢をふつうの若者に矯正した、芳乃はそんなふうに見るのだろうか。

「分らないでしょうけど、私はずっと心配だったの」

分ってましたよといいたかった。しかしそうはいえなかった。どれだけの意味をこめていっているのかが分らない。

「あなたはどうなの」

「俺……」

「好きな子できた」

健斗は返事に困った。下手はいえない。睦美と親しんでいる、セックスもある。しかし彼女がいうに恋にすすむか微妙なところらしい。友情がはぐくめそう。セックスありで？　しかし健斗はそういうタイプで男として貴重らしい。聖矢や悦子の言葉が浮かんで、恋ではないのと健斗は思ってしまう。よろこぶべきか悲しむべきかさえ分らない。深い仲になりながら恋には至らないってことあるのかと聞いたら、芳乃は何と答えるだろう。

「仲良くなっても恋人と認めてはもらえない。スペア、かな」

「あなたは尖ってないから浅はかな女の子は良さに気づかないのよ、軽く見てうまく利用したくなるんでしょ。私や聖矢もそうかもしれない、軽く見ているつもりはないのに甘えてしまう」

「またそれか、本音？」

「今が絶好の機会と思う、聖矢ばなれしなさい、あなた自身のために。今ならあの子、堪えられる」

私が見るに聖矢もずいぶん変って人並みになったと芳乃はいった。「心配だったの、医者になると決めて頑張ってきたでしょう、あの子が患者さんとつきあえるか疑問で研究者の道がいいと考えていた、でも他人との接し方も心得て患者さんともうまくやれるのではないか、そう思うようになったわ」

それは正しいのだろうか。聖矢は一人の女子と親しくした。しかしつきあってしばらくすると別れがきた。聖矢こそじっくりと見てもらうべきなのに。しかし誰にもその余裕はない、軽薄ともいえるほど素早く流れている世の中で遅れをとらないように必死なのだ、ちょっと見で判断できないならそれはもう捨てる。人間関係でさえそうなっている。

それにしても芳乃の真意がつかめなかった。

鋭いはずの聖矢が芳乃と健斗の間でどんなやりとりがあったか知らず、芳乃の心境の変化に気づこうとせず、また女子とつきあいだし、今度こそうまくいく毎日でも会いたいと声をはずませる。健斗も信用したい、だからこそブレーキも必要と思った。

「学生の本分を忘れるな、俺みたいに経済なんてのはやらなくてもごまかせそうだけど、おまえはそうはいかないだろう」

「忠告だね」

「恋にうつつを抜かしてるみたいだからな」

「ふん、きみは他人の心を探る術が足りないね」と聖矢は面白くないようだ。

「何さ」

「僕は勇気づけてほしいからいうんだ」

「おまえさあ当分女子を忘れろ、高校生のときのように勉強に没頭しろ、とりあえず欲求は満たしたろう」

「満たしてない、成功してない」

健斗はコーヒーをいれる。おい砂糖ないぞ。棚にある。コーヒー用のやつ。切らしてる。これも聖矢らしくなかった。濃いめのコーヒーを二人で飲んだ。クッキーもなかった。恋のため生活も寸断されてしまったと、健斗はからかう。聖矢は口惜しげににらんでくる。

「考えようだ、俺なんか恋のこの字もまだない」

睦美のていのいいあしらいのおかげで今も仲は良好だ。でも何が目的なのだろう。

「だから僕は焦るんだ、僕が何とかならなくちゃきみは安心して自分にかまけられない」

「ふん、おまえはよく分ってるよ」


二年生の夏に二人はヨーロッパを旅した。イギリスにわたりそれからスペイン、フランス、イタリアへ。ものぐさでいいかげんな健斗ばかりか聖矢までが計画を立てようとせず、冒険心とは程遠いが出たとこ勝負の気ままな旅だった。バックパッカーで駅で野宿もした。聖矢がわがままをいっても大目に見てと奈津から頼まれたが、そんなことはなかった。ホステルを探していて場所をたずねた男に泊めてやるといわれたのを健斗が断ると、きみは臆病だと聖矢は嫌味をいったが聞きいれた。日本にいるときは聖矢がイニシアティブをとるのに、話しあったわけでもないが健斗が決めて聖矢は従った。

帰国し休暇が終ると相変らずの生活にもどった。時は流れる、止めてはならないし止められない。けっきょく女子との仲はうまくいかず聖矢は勉強に腰をすえているようだ。気紛れな彼に女子はついていけない。その現実をいやでも知らされ、学生という本分にもどって女子より学問なのだ。

健斗の睦美との仲も変らない。聖矢に話していたら、迎合しすぎるといわれて言い訳できなかった。だが全部を話せない。にこにこと優しく振舞いながら自己主張が思いのほか強い睦美に、健斗としてはセックスがからんでいてご機嫌取りめいた譲歩がつづく。睦美はふだん何を考えているのか分らない、でも自分が遊びたいとき健斗の都合は関係ない。なしくずしに健斗は妥協してしまう。聖矢とならもっとけじめのようなものが介在しているのを感じるのだった。

渋谷に出ようと誘われ大事な授業があると断ったら、目の光り具合が変り、私は大事じゃないのといわれてしまった。彼女は健斗の腕を抱くようにして体を密着させて歩くのだった。ウインドーショッピングしながら気になるものがあると店のなかにもはいっていく。疲れたといってカフェでジェラートを注文する。健斗の頼んだものを欲しがり、自分のものをスプーンですくい健斗の口元へもっていく。そんな他愛ないやりとりにいつの間にか健斗の心のしこりは消えていく。たわむれめいた軽さ、この関係は心地いい。芳乃との恋はそう軽くはなかった。聖矢がいたからだと健斗は思う。

しかしある日、お別れしましょと睦美はいった。本命とうまくいったのだ。健斗は勘で分った。あなたをほんとに好きだったのよとまるで自分が理不尽に振られたかのように睦美は泣いた。情緒も適当に利用して生きる人は簡単に自分を騙せる。こういうとき聖矢ならどう受け止めるのだろう。思いきり傷つくような一言をぴしゃりというだろうか。健斗に浮かんではこなかった。うなずいただけ。最後だからホテルいく、と聞かれ断った。

やっぱり男同士がいいと思いながら久しぶりに聖矢をたずねた。勉強に追われていると彼はいった。

「おまえ彼女は」

「始まる前に終った」三人目になるはずだったのに。

プラネタリウムで星座を見ての帰り食事をすることになったが、聖矢はラーメンと餃子を食べたかった、相手はイタリアンが希望だった。じゃあきみはそっちの店僕はここと聖矢ははいる店を別々にした。相手の女子は怒り、一人で帰ってしまった。

健斗はあきれた、「今更だけど何で譲れないの、ラーメンがスパゲッティになるくらいいいだろう」

「僕たちやるじゃないか」

「俺相手と女子相手と区別しろ」

「僕のよさが分らないんだ」

「そうだな、自己中だけど」

「分ってるさ、きみにしか通用しない」

「俺も別れを告げられた、うまくいってたのに」

聖矢の表情がうれしげに変った。「きみのよさが分らない」

聖矢の慰めはまったく慰めにならない。

「僕の口惜しさ分ったでしょ」

「それがうれしいか」

「うん」

ふっと健斗は笑う。「俺たち高校時代と変らないな」

「何できみは女に生まれなかったの」

「おまえが女に生まれればよかったんだ、俺ではごつすぎる」


二人とも女子に本当には縁のないまま、時はまたたく間にすぎていった。

聖矢の成績はいい、しかし健斗は勉強そのものがむいてないのかさぼるわけでもないのにあがらない。きみは欲がないからさと聖矢はいう。就職活動が始まっていた。健斗は内定をとれない。

「いい会社にはいって出世しようなんて気まったくないでしょ」

「ふつうに就職してふつうに暮らしていければいい」

「そうしてふつうに結婚してふつうの家庭をもつの？」

「そうなるな」

「芳乃さんがいうにはね……」と聖矢はいいだす。「きみの不幸は僕と出会ったことなんだって。結果、きみは思いのほか満足してしまった」

「それで欲がわかないのか」

聖矢はうなずく。

「そうかなあ」

聖矢の説明に困惑は深まるばかりだった。芳乃さんは俺の知らない俺を見抜いているのだろうか。おまえはどう思う。

「僕は、何度もいうけど感謝してる、壊れそうだったのを支え立ち直らせてくれた」

「その言い方、おまえのために俺は生まれてきたみたいだ」

「そうかもしれないよ」

「問題はその後、今はどう思ってる？」

「信頼してるし好きだよ相変らず」

「俺たちってさあ……」言葉が出ない。

「何さ」と聖矢が問う。

健斗はふっと思ったのだ、互いに依存しすぎている。要するに聖矢は健斗のくびき。健斗は聖矢というくびきにつかまってよしとしている。それを人は勘違いする。特に女子は。そうして聖矢は強いと改めて感じた。強いからこの関係にも負けずに医者への道を堅実にすすんでいる。いっぽう健斗はやる気を失っている、聖矢のせいだ。満足する何もないのに満足してしまって。だから面接すれば試験官は、使い物にならないと健斗の正体を見抜いてしまうのだろう。芳乃もそこを見抜いたのだろうか。

聖矢の言が木霊する。俺は聖矢にとって運命、あいつは俺にとって運命？　健斗は袋小路に立ちつくす。

あるベンチャー企業の採用試験を受けた。感触は良く、今度こそ決めると意気込んだ。結果は不採用だった。故郷の市役所の試験を受けた。それもだめだった。就職氷河期かもねと健斗は家族に言い訳する。留年するかと、兄からのアドバイスらしいことを父がいう。金かかるよ。何でこうなっちゃったんだろうねえ、と母が突然溜息をついた。正直な感想なのだろう。素直でおおらかで人に好かれる子なのに。それは学生のような責任の伴わないところでの好人物にすぎない、競争社会を生き抜いていく力にはならない。うまく利用されるか無視されるくらいだろう。おまえの良さは伝わらないね、と落胆があらわだ。健斗の思いは、何とかなるだろうから何とかしなくちゃあに変っていく。

携帯が鳴りだした。芳乃からだった。こっちにきていると聖矢から連絡を受けたそうだ。夕食にいらっしゃいというのだった。六時にいくと答えると午後は休診だからもっと早く、何なら今すぐでもいいとせかし、食材を買いに出て一緒につくろうと誘う。聖矢もいるのかと聞いた。彼は東京よ、授業に追われているわ。

家にいるのも苦痛だしすぐに出た。ショッピングセンターで何にしようかと話しながらカートを押して芳乃についていく。ステーキがいいかしゃぶしゃぶがいいか、いずれにしても手間のかからないもの。料理に時間はかけないいつもの芳乃の流儀だ。けっきょく手巻き寿司と決めた。クッキーにショートケーキも買い求める。相変らずガキ扱いですねと健斗は笑う。あなたのこと心配してるの、でもそれは帰ってから。芳乃もいろいろ聞いているのだろう。

買物中に悦子に出会った。あら、と初めに気づいたのは芳乃だった。十歳年上の彼もいた。私たち結婚するのと悦子は告げる。結婚かー。なぜか悦子が熟して見えた。自分は先が見えず四苦八苦してるのに。相変らずボーイズラブ？　と軽口をたたかれた。何とでもいえ。会社は？　決まらない、就活中。この時期にまだ。おまえは気楽だな。ええ人生そうあるべきよ。

二人で始めた支度がすみ、中途半端な時間だといいながら食べ始めたのは五時だった。聖矢を肴におしゃべりしながら食べた。深井さんボーイズラブっていってたわね、あなたはともかく聖矢はそんなタイプだわ。芳乃によると、一見しなやかで男っぽくないからいまどきの女子に気にいられる、しかし中味の暴君は相変らずだからけっきょくは嫌われる。

「それがあの子のパターンよ」と芳乃はいう。「学ばないの」

「俺には違うけどな」

「あの子に男友達はいる？」

いじめられた後遺症と芳乃は想像するのだろうか。

「あなた以外の男友達なんて話題にも上らない、いないのよ」

そうしたのは芳乃たちだろうに。ちやほやと甘やかし、聖矢の暴君ぶりを許してきた。藤波家の中心には聖矢がいる。いじめにあい、それを守るためにできた形。いや、彼が生まれたときからそうらしい。健斗は六人兄弟の末っ子の居心地よさを改めて思う。

いつの間にか食べ終っていた、それに気づいて片づけ、茶をいれた。

「私後悔してるの、あなたにいったことで」

「聖矢ばなれしろってことですか」

「そう、私たちに縛られるな」

「何で後悔するんです」

「それが正しいからよ」

正しければいつか実現する。

聖矢が生死の境をさまよったときを思いかえす。健斗の人生であんなに必死で切実だったことはない。俺が死んでもいいとさえ思いながら何もできずに、死ぬな死んではだめだと念じ、手術の成功をただ待つばかりだった。いっぽうで意外に冷静だった気もする。神にも祈った。この気持を受けとめろ、もし死ぬようなことがあったら俺は許さないと祈りのなかで脅しもした。強気に挑んでいた。

「俺、意外にタフですよ」

「分っているわ、でも枷は枷」

また転換のときがやってきた。それまでの延長に近い大学進学という共通項もあり無意識にとおりすぎられた高校卒業時の前回とは違う。何をしたいのかすべきなのか分らない。

「芳乃さんの考え、聖矢も承知していますか？」

「話したことはないわ」

「あいつ、僕を裏切らないでって怒りますよ」

「あなたの自信ね」

健斗はうなずいた。

聖矢と相談した。五年生になるだけの聖矢は余裕で、この際みんなが驚くような行為に出たらとのんきにいう。

「たとえば？」

「一年でも二年でもかけて世界を旅してまわる」

「おまえに相談するのが間違いだった」

「実は僕、きみとそうするのが夢なんだ」

「突拍子もない」

「ヨーロッパいったでしょ」

「夏休みの短い期間な」

「きみは堅実すぎる」

「堅実な者がこんな状況招くかよ」

「外国いけば。思いもよらない経験があるかもしれない、道がひらけるかもしれない」

「俺がそばにいなくて平気なのか」

聖矢はうなずいた。いつだって会いたくなれば会える。メールのやりとりも簡単だ、顔を見ながら話もできる。

とにかく就職先を探さなくては。聞くのをやめて健斗は思う。

頑張ったが最終的にうまくいかなかった。だめなものはだめ別の道を考えろとはっきり親にいわれてしまった。甘いと自分を責めながら、けっきょく留学をとった。

情報を集め、ロンドンのイーリングにあるテクニカルカレッジに願書を出した。二年かけて世界のマーケティング研究、受けいれてもらえた。親にかける迷惑を考え健斗は猛烈に働きだした。

出発まで半年、できるかぎり金を貯める。

春になって大学を卒業し、健斗はさらに働いた。遊ぶ暇はない。聖矢に誘われても応じない。

八月になり出発の数日前の土曜日､家にもどって準備をしていた健斗は芳乃に食事に呼ばれた。聖矢もいて奈津もくる。壮行会だという。四人でテーブルを囲んだ。どのくらいいってるのと奈津に聞かれ、いちおう二年だが分らないと答えた。

「いきっぱなしということはないのでしょう？」

そういうこともふくめて分らない。あなたたちお別れね、と二人を見る。スマホがあれば話はできるし画像も送れると聖矢はくりかえす。それでもじかに会うのとは違う。きっと喪失感が大きいだろうと脅すようなことを奈津はいう。

「お祖母ちゃんはいつまでも子供扱いだ」

「いつまでも子供だもの」

十分別れを惜しんだが翌日も健斗は訪ねた。家では誰もが平素と変りないのにここでは大騒ぎだ。静かなのはあなたのため、大騒ぎもあなたのため、泊まった奈津は笑ってそういう。聖矢は屈託がありそうでなぜか浮かない。横眼に見て芳乃は淋しいのよと健斗に耳打ちする。しかし耳打ちはポーズで、声を落としはしない。口惜しげに聖矢は母親をにらむ。

「友達ばなれしなくちゃね」

「そんなのとっくにすんでる」と聖矢がいいかえす。

「そうなの」と奈津が口をはさむ。「あなたちゃんといっときなさい、ありがとうって、滝川君がいなかったら自分がどうなっていたか考えて」

「僕の気持は十分に伝わってる」

「私らも感謝しきれない」と奈津は目をうるませる。

「あなた心細いでしょ」と芳乃がからかい気味に聖矢に問う。

何で俺でなく聖矢なんだと健斗は困惑する。

「そんなに信用ないのかな、お祖母ちゃんも芳乃さんもいまだに僕を本当には認めてないんだ」

「いつだって認めているわ」

「いいや、欠陥人間と見てる、正式な病名は何だった」

忘れたわよと芳乃がいった。幸いなことに病気ではなかった、それが結論だった。

「ううん、病気だった、治してくれたのはこの人」と聖矢は健斗を指す。

三人の目が健斗に集中した。

「治療費払ってないよ」と聖矢はさらにいう。

「払わないわ」と芳乃が返した。

医者にはできない治療だった、金に換算できはしない。感謝という形で支払うしかない。

「搾り取るつもりだったのに」

「お金をもちださないの」と奈津がにらむ。

餞別もらったさと健斗がとりなす。

奈津が帰ることになり、免許をとったばかりの聖矢が車で送っていく。奈津は健斗を抱きしめた。

「元気でね、あなたは孫みたいなもの、応援してる、辛いことがあったら帰ってきなさい」

「僕と間違えてる」聖矢がおどけた。

「奈津さんもいつまでも達者でいてください」

「ええ、あなたがロンドンにいる間に訪ねるかもしれないわよ」

見送ってから芳乃と健斗は部屋にもどった。

「聖矢のいうとおりあなたたちの出会いはまさに運命ね」芳乃はそういうのだった。「私は聞いたわ、あなた健斗君を好きだなと感じる瞬間ない？」

いつでも感じていると聖矢は答えたそうだ。

「聖矢の愛してるはもっと精神的なもの、でも芳乃さんの意味は肉的なものですね、もしかして俺らがそうなると？」

「私は半分子供のようなあなたを誘惑した、今振り返るとあれは阻止したかったのかもしれない」

「そんなの芳乃さんの勝手な言い訳です」

語気の強さを汲み取ったのかもしれない芳乃は訂正する、「そうね、あなたを好きになって自分の疑いに乗じたの」

「あいつと俺……、無駄な心配だな」

「今までなかったからこれからもないとはいえないわ、恋はタイミングの問題よ、人の心は混沌、百パーセントの男も女もいない、必ず男にも女の部分があり女にも男の部分がある、ふだん気づいていないそのわずかの異質な部分が強まったときにどんな作用をするか分らない、あなたたちなら恋に落ちておかしくない」

健斗は渋い表情をつくる。またしても芳乃の真意がわからない。別れを務めて軽いものにしようとこんなバカげたことにすり替えるのか。

「芳乃さん、すすめてるんですか」

「あなたたちが決めること、たとえそうなっても私は反対しない」

健斗はにやりとする。「俺たちを不安におとしいれたいんでしょ」

「冗談にしたいのね、私は真剣なのに」

「芳乃さんが正直でないからでしょう」

「私が正直でない」

「いまだに芳乃さんの考えが分らない」

「聖矢女の子とのセックスすんだのかしら、知ってる?」

「ないです」

「あなたは」

「あります」

「私以外によ」

「あります」

芳乃の表情がほっとしたものに変る。

「あなたたちはたがいに依存しすぎなのよ」

「今でも？」

「今でも」

芳乃によると、依存は消えてしまったようでも深く潜航したにすぎない、分らないまでもこの人には何かがあると意識させる、それゆえ健斗も聖矢も女子との関係をうまく持続できない。女の目には二人の友情はそんなふうに見えてしまう。そういう点では女の勘は鋭い。

「あの子には誰かがいてくれないとだめ、理想は結婚相手だけれど、別の人、あなたなの」

「なぜ？」

「あの子が望むから」と健斗を凝視する。「あなた以上の決心をしたのよ、今度のことでは」

健斗のロンドン行。

「やっぱり心配、子供のころの話はしてあるでしょう、育て方とかではない、本当はあの子の生まれついての問題なの」

これいじょう心をかき乱されるのはごめんだった。聖矢を待たずに家に帰ってしまった。誰かがいてくれないとだめという言葉が頭からはなれない、芳乃はどれだけの思いをこめて口にしたのだろう。そのくせはなれろともいうのだ。生まれついての問題という言葉も受けとめように迷う。気難しくはあっても高校時代も大学生でも問題にされなかった。人とまじわれないわけではない。それでも理解してくれ認めてくれる誰かが必要で、それが健斗だったと芳乃はいっている。健斗は自分くらい聖矢を分る者は他にいないと自負する。それだけにときには感じる、俺はこいつを甘やかしていると。甘やかすことで甘えてもいると。けれど芳乃としては安心できない、永遠に聖矢と一つでいてほしい、そのためになら特別な関係でもかまわない。その願いがなぜ、逆に、聖矢ばなれしなさいになってしまったのだろう。俺のため？　ひいては聖矢のため？

聖矢を聖矢にした張本人は芳乃、そう思えて仕方ない。

出発の日、聖矢は成田まで送ってきた。搭乗手続きが終り、握手しあった。なぜか聖矢は口数が少なかった。それじゃあまるで永遠の別れみたいだぞと健斗は明るく励ます。そうだねと答えて聖矢は黙る。

「二年くらいすぐさ」

「二年で本当に帰る？」

「ああ」と健斗は軽く答えた。「じゃあな」歩き去りながら手をあげた。

コーナーをまがるときこれが最後と振りかえった。聖矢は同じ姿勢で立っていた。

ロンドン暮らしは思いのほか快適だった。学校では日本に興味を抱くジルという女の子と親しくなった。日本に帰国する商事会社の駐在員の娘から「セーラームーン」をもらって気にいり、日本語を勉強しているという。カレッジの喫茶室で、公園で、彼女の家で読むのをつきあわされる。辞書を引いても分らない。それで健斗に聞くことになる。しかし健斗には英語になおしにくい。日本の辞書に載ってない言葉の訳語は英語の辞書にも載ってない。四苦八苦に健斗が説明するとジルが見あった英語の言葉を当てはめる。俗語と俗語の格闘だった。おかえしに教科書を読む手伝いをジルはしてくれる。彼女のおかげで健斗の英語は上達し勉強もはかどった。

もちろん聖矢とは連絡をとりつづけた。ただし手をのばしても触れられはしない。明らかに聖矢にはそれが不満だが、きみのためだから僕は我慢するというのだった。ほんとにできるかと健斗がからかうと、できるとむきになって返してくる。何だか出会ったばかりのときみたいに幼稚になって子供の赤ちゃんがえりという言葉を連想させる。欲求不満なのだろう。今までなかったことなのに学校の実地研修などのノルマが重荷だと訴えもする。しかし克服するだろう、誰よりも頑張るやつだと健斗はあまり気にしなかった。

ところが半年が過ぎ長い冬に春の気配がみられるころ、聖矢から手紙がきた。手紙というのは初めてで胸騒ぎがした。本当は日本にいてほしかった。でもどうとめたらいいか分らなかった。もともと僕がすすめたことだし、きみの気持分ったからね。要点ばかりの舌足らずの文面だった。それだけに気持が透けていた。もっと何かいいたいのだ。それがいえない。何とか自分のなかで消化しようとしている。

健斗はジルとの関係に浮かれていた。たがいに好ましく思っているのは以心伝心で、無器用な彼の告白をジルは待っているのかもしれない。機会をねらいながら恐くもある。断られたらどうしよう、受けいれられたらどうしよう。ぐずぐずしていると見限られると、懸念までくわわった。セント・ジェームズ公園を歩きながら健斗は思いきった。果たしてジルは、待っていたわといった。あなたが好きよ。

体の関係がくわわった。ジルは金銭的に負担をかけようとはしない。むしろ助けようという気持も見える。健斗には日本の女子よりはるかにつきあいやすかった。それなのにこちらの男たちは日本の女性は優しくて控えめでとステレオタイプに決めている。ジルが特別なのだろうか、日本に憧れ自分も日本の女の子のようになりたいと努めているのだろうか。漫画の女子たちはまったく違うのに。健斗は駆け引きや考察もふくめて、満喫している。そんな状態で聖矢からの手紙は気にはなったが、自分で何とかするさと、すぐに忘れてしまった。実際そのとおりで、メールでもときおりの電話でも落ちついていた、泣きごともなかった。元気かと問えば、元気、きみはと返してくる。彼女ができたと健斗はいわずにはいられない。

「名前は」

「ジル、ＪＩＬＬ」

「可愛い？」

「気立てがいい、そっちはどうだ」

「今は誰とも」

「もっぱら勉強か」

「そうだけど実習は辛い」

「おまえなら大丈夫さ」

「簡単にいわないでくれる」

「でもおまえは頑張れる」

上滑りな会話に終始した。

しだいに聖矢からの連絡も少なくなっていき、いつか途絶えた。こちらからの電話には出たり出なかったりで、メールに返事はない。芳乃は何とかやっているというばかりだった。

ロンドンでの二度目の春もすぎ夏がきた。じき学校が終るというとき、シティーにある家族経営の小さなブローカーのオフィスで働かないかという話がまいこんだ。日本の商社とも取引があるらしい、日本語が生かせる。渡りに船だった。

意外にジルは反対した。「そもそも二年と決めていたでしょう」

「計画は変るさ働いてみたいんだ、きみとも別れたくないし」

「それはうれしいけど……」

ジルがいうには健斗と日本へいくつもりだったらしい。健斗は気持を知ってほっとする。そうしてあと二年ここですごし、きみを連れて帰ると約束した。メールでなく電話も避けて、健斗は聖矢に手紙で帰国を延ばすと報告した。しばらくして返事があった。それからまたメールがときおりはいるようになった。帰りの電車のなかで、あるいは部屋で一人コーヒーを飲みながら知らぬ間にきみのことを考えているとあった。イギリスの女の子と同棲してオフィスに勤めてきみはイギリス人になってしまうの、と問うてきた。どうかな、おまえだったらどうする、と返信した。きみが決めることとさ、がその返信だった。

ジルと小さなフラットを借りて同棲した。オフィスではドキュメントをパソコンに打ち込むことが多い。契約書の作成もあった。女の子が休むと健斗がお茶の用意をさせられた。

ロンドンを満喫していた。ジルとの暮らし、個人企業のオフィスでの仕事、望めばずっとこの状態を維持できる。

ジルは日本へいきたいとしきりに口にする。愛してやまない国なのだ。いけば熱は冷めるかもしれないと水を差すと、もっと気にいるかもしれないと返ってくる。

「それでもきみはイギリス人だ」

「どういう意味」

「最近感じるんだ、いくらここで職に就ききみと暮らしていてもイギリス人にはなれない、俺のパスポートはいう、日本人だと、つまりよそ者さ」

「帰れば、自国にいないとあなたでないのなら」

健斗はジルの言葉に耳を疑ったのだった。「想像してごらん、きみが日本にいるならと、俺の気持が分る」

「でも私は違う」とジルはいう。「私は自国にこだわらない、あなたより国際人よ、その場所に馴染む、イギリス人だからなんて悩まない、悩むようならさっさと帰る。いきましょう日本へ、私は日本で暮らしたい、日本人にだってなれると思う」


ロンドン暮らしも三年近くがたってしまった。聖矢にメールしても返事はない。電源が切られたままなのかもしれない。芳乃に連絡した。聖矢とコンタクトがとれないと。芳乃は言葉につまる、妙な緊張を健斗は受けとった。しばらくの沈黙の後芳乃は話すべきか迷っていたと打ち明けた。聖矢が病んでおかしい、鬱病の一種と診断されたと。聞かされた途端に健斗はかっと体が熱くなった。

今になって事故の後遺症が出たのか。そうではないと芳乃ははっきりと否定する。別なの。芳乃は憂える、聖矢の内奥に潜んでいたものが暴れだしたと。子供のころの情緒障害あるいは発達障害といわれたこととどう関連するのだろうか。まったく別なのだろうか。症状として似ているのかどうかも健斗には分からない。

現在、聖矢は家にいる。芳乃や奈津と顔を合わせはしても、他人には会いたくない、見られたくない。そんな状況にあるらしい。

誰ともコンタクトをとりたくない？　俺とも……？　あいつが苦しんでいるときに浮かれていた自分。後悔の念に体中がぎしぎしと痛む。

「どうしたの、何かあった？」心配顔でジルが問う。

健斗は答えた。かけがえのない友が精神を病んでしまった、家から出られないらしいと。

「俺のせいなんだ。そばにいるべきだった」

オフィスをやめて帰国すると告げた。ジルには納得できなかった。

「そんなに大事」

「きみには理解できないだろう、でもあいつは特別なんだ」

「私よりも大事？」

「分ってくれ、彼は今危機に瀕している」

厳しい目で見つめあった。

やがてジルがいった。「彼よほど重症なのね」

「それも分らない、会ってみなくては、周りが騒いでいるだけかもしれない」

「気休めはいうものではないわ……。私もいく、あなたにとってそんなに大事な彼を確かめたい、私妬ける」

健斗は肩をすくめた、それから抱きしめた。


後始末をジルに任せて健斗は一人ヒースローを飛び立った。芳乃にも実家にも知らせない帰国だった。

突然現れた健斗に家族は驚いた。父が、おまえどしたんだと叫ぶようにいった。帰った。そんなのは分る、何でだ。日本が恋しくなった。誰も信用しないようだった。バッグとリュックだけの身軽さで土産もないのだから急な旅だったとすぐに分る。仕方なく、聖矢が病んでいると告げた。だから……？　しかし深くは追及しない。帰るべきだとすすめていたのだから理由は何であれ一安心なのだろう。兄嫁が茶づけを用意してくれた。流しこみ、すぐに出かけようとする。どこいくんだいと母に聞かれた。

「聖矢んとこ」

母は何もいわなかった。

芳乃は診療中で、奈津がいた。まあ、といったのだろう、口がぽっとあいた。

「聖矢は？」と挨拶ももどかしく健斗は聞いた。

彼は部屋に閉じこもっていた。

「聖矢、俺、健斗、帰ってきた」

ドアのあくまで待つつもりだった。またノックする。

「聖矢、俺だ、あけてくれないか」

しばらくしてドアがあけられた。痩せて精気のない聖矢がいた。無精髭が生えている。だがこうしてドアだってあけて健斗を迎えている。聖矢の症状は絶望的ではないと、健斗は必死にその印を探そうとする。しかし声がない。健斗は思わず手をとった。聖矢の体に動きはない、反応がなかった。聖矢はベッドにあがりものうそうに壁によりかかる。喜びも非難もない眼差し、どこに焦点があるかも分らない。空気の澱みに気づき健斗は窓をあける。明るすぎるのでカーテンを引きもどす。ゆっくりと近づき、ベッドにあがり、ならんで足を投げだした。

「三年ぶりだ、二年で帰るはずだったのに」

健斗は尻をずらし、寄りそうと、腕をまわして肩を抱く。力をこめて引き寄せた。聖矢は拒まず、それどころか寄りかかるようにしてじっとしている。その痩せた体を感じていると健斗は不意に泣けてきた。部屋は静かだった。かすかな物音も忍びこんではこない。俺は心からこいつを愛している、会えたよろこびと悲しみのなかで健斗は感じていた。それはジルへの愛とはまったく別のものだった。

「泣いてるの？」無言だった聖矢の小さな声だった。

「そうらしいな」と健斗は答えた。

「何で？」

「何でだろ」

高校時代、ボーイズラブとからかわれるのを聖矢は、無視しながらあるいは怒りながら、秘かにたのしんでいた。気にするなと健斗が自分は動じない振りで慰めるのも、快かったのだろう。終いにはからかう方もからかわれる方も飽きてしまった。聖矢は悦子が健斗に惚れているとどういうつもりか主張した。つきまとう悦子はこの家までついてきた。追い払った。莫迦げたことに右往左往した。そんな他愛ない一つ一つのことが懐かしい。

現実は二十代も後半なのだった。十年という歳月が流れたのだ。あの頃のきめの荒いその場その場の行為や心のありようとは遠い、あふれる思いに身を任せるわけではない。喜びも悲しみもある、あるけれどないようでもある。寄りかかる聖矢の体と自身の呼吸を感じながら健斗は深山に眠る湖かのようにじっとしたままだった。

人生はこれからなのに。

こいつも俺もどうなっていくのだろう。どうなろうと投げだすわけにはいかない。

「うれしくないのか、俺が帰ってきたんだぞ」黙っている聖矢に敢えてそういった。

「なぜ帰ってきたの」

「そろそろそのときだって思ったのさ」

「僕こんなになっちゃったよ」

「おまえはおまえさ」

こいつは大丈夫だ、回復する、健斗は願う。

「おまえ髭あったんだな、初めて見た気がする」

聖矢は話を合わせようとはしない。

「紅茶飲もう、おまえいれてくれ、昔みたいに」

返事はない、かすかに首を振るだけだ。

「奈津さんが待ってる、いこう」

しかし聖矢は動かない。どした、とうながした。ベッドをおりようとしない。

「そうか、じゃあ俺がいれてくる」

奈津が頬杖をついていた。

健斗があらわれて、力が抜けてしまったらしい。

「あの子どう？」

「ちゃんと応えてくれます、もっと深刻にとらえていたけど俺ほっとしました」

そう聞いて奈津の頬がゆるむ。

「だけど、責められたかった」

何があっても僕はきみを許すと、昔、聖矢はいったのだ。いわれて健斗の心は動き、そのことに照れた。子供じみた一場面にすぎなかったのに。

追い打ちをかけるように奈津はいった、「あの子があなたを責めるはずないわ」

「あいつはロンドンへいくなとはいわなかった」

「さぞかしいいたかったでしょ」

「気づかなかった、というより気づこうとしなかった」

「あなたの人生だもの」

「あいつに紅茶いれます」

私がするといって奈津は立ちあがる。痩せて張りのない姿は心労のせいだろうか。

「一人が病むと家も狂うわね」

その回復は容易ではない。

「私たち神様に試されているのかもしれない」

弱気にならないでといいたかった、気持は分るのだった。

紅茶とマロングラッセ、トレーごとベッドにおいた。ほら、とマグカップを手渡す。聖矢は受け取るが、その手は宙に浮いたままになる。健斗は自分のマグカップをかちんとあてた。一口飲み、味が違うとつぶやくが聖矢はのってこない。

「なあ、川原いかないか」

聖矢に返事はない。

「学校帰り寄ったろう、土手に寝転がって流れる雲を見たろう、どこで生まれるのかどこで消えるのか分らない、分らないということに心誘われるっておまえはいったな、俺は覚えてるぞ」健斗はとにかく話しかける。「飯食ったらいこう、夜の暗さもいいだろう、何かを隠す気配がただよってて」

返事はない。

「明日にするか？　朝夕以外なら人はいないしな」

そのとき聖矢がいった。「少し静かにしてくれない」

健斗は苦笑する。こんなことがいえると思った。体を寄せた。

「こぼれるよ」

「飲め」

俺に会えてうれしいんだ、絶対に回復する。またもや健斗は願う。

芳乃が仕事からあがったら食事になる。聖矢が一緒に食べるかどうか、気分しだいらしい。その気分というものがどう決まるのか皆目分らない。あなたうまく連れてきて、と奈津は健斗にゆだねたのだ。

「そろそろ飯になるぞ、いこうか」

聖矢の反応は遅い。しかし健斗は待つ。

肩や背を丸めて小さくなり、まるで叱られている子供のようだ。

「俺どうすんの、ここでおまえと食べるの、それともむこうで」

聖矢はうつむいていた顔をあげた。「きみが帰るのを先送りするといったとき、僕はどんな生活をしてるのか想像したよ、それまでだってずっとしてた」

「電話でいつもいってたろう」

「だからよけい想像した、たのしいんだなって」

「つらかった？」

聖矢は首を振り、「想像するのたのしかった」

「悪かった」健斗は一呼吸おく。「いこ」できるかぎりの柔らかい穏やかな表情を浮かべた。

ベッドをおりた聖矢。健斗の手が抱くようにその背にまわる。

芳乃がテーブルについていた。視線が二人を迎える。きてくれたのね。お久しぶりです。芳乃の雰囲気が違っていた。強さにつながる確たる自分というものがあったのに、それが見てとれない。疲れた中年の女性だった。奈津も芳乃も潑剌さを失った。三年という月日よりも聖矢の病がそうさせるのだろう。

聖矢と健斗がならんで席をとる。健斗の前が芳乃、聖矢の前に奈津が坐るのだ。むきえびやもやし、胡瓜を使った中華風サラダと牛肉とピーマンの炒め物を奈津がテーブルに並べ、時間がなくてこれだけと言い訳する。お鮨が届くからビールを飲んで。奈津、芳乃に健斗が注いだ。グラスをもつように聖矢をうながす。祖母と母親の目が注がれる。ためらいがちと見える手がグラスを握る。健斗は口元に笑みを浮かべて注ぐ。乾杯をした。何でもないことなのにみんながとてつもなく大事そうに振舞っている。

「日本人は乾杯好きですね」

「そうかしら、イギリス人は違う？」

健斗は受け皿に料理をとる。聖矢を目でうながし、とってやる。聖矢が食べる。鮨がとどいた。たくさん食べなさいと芳乃。日本で食べる鮨は格別な味だ、健斗は遠慮なく食べる。奈津と芳乃がその食べっぷりを見ている。聖矢までが。一人で食べているようだ。ほら、と健斗は聖矢にとってやる。

「きみはうるさいなあ」と聖矢が突然いった。

想像もつかない一言だった。健斗は声をあげて笑った。さっきは静かにしろっていわれたとばらすと、奈津も芳乃も笑う。笑いながら奈津は目元をぬぐう。

だったら自分でとれ。箸がのびた。あたりまえさというかのようだった。

俺はこいつの何にはまったんだろう、ふとそんな疑問が頭に浮かんだ。そうして思いだした、きみを獲得したと聖矢はいい、芳乃はあなたはつかまったといったのを。

久しぶりだこんなに食ったのと健斗は腹を抱える。胃散飲んどきなさいと奈津が注意する。

「大丈夫強靱な胃だから」

「十代じゃないのよ」と芳乃。

聖矢の部屋に引きあげた。またベッドにあがり、ならんで壁にもたれた。スーツを着て毎朝べイカールー・ラインとセントラル・ラインを使ってシティーにかよっていた。昼飯はロンドン塔までいきテムズ河畔でサンドイッチを食べた。タワーブリッジが割れるのも見た。拒まない聖矢にどうでもいいことを話しつづけた。

健斗は帰ることにした。

「明日早くくる、川原いくんだぞ」無表情を無視した。「寝てても起こすからな」いいすぎを恐れたが言葉はあふれた。

「これが僕の人生さ」不意に聖矢がいった。諦めに聞こえた。

「莫迦いうな」反射的に答えていた。「おまえは病んで今、心が弱くなっているんだ」

「きみに関係ない」

「ある、おまえいったろ、僕らの出会いは運命だって」

帰れなくなってしまった。ここに泊まる。そういった。返事はない。いつかみたいにおまえと一緒に寝る。

芳乃が待っていた。気を利かすつもりか奈津は風呂にはいるといって出ていく。あなたのことを話していたと芳乃はいった。

「やっぱりあなただけは聖矢には特別なのね。目の色顔の表情まで違っていた……」

扱いかねて往生していたらしい。医者に連れていくのはもちろん、食事や入浴などの日常に手こずる。どこまで介入していいかどこまで好きにさせるべきか、さじかげんで快方にも悪化にも傾くだろうと。

「気にしすぎじゃありません」むしろそれが気になると思って健斗は返した。

「あなたの気遣いも相当なものだった、お喋りにお節介」

「必死でした」

聖矢もあきれたのだ。

「いつまで日本にいられるの」

「ずっといます、オフィスやめてきました」

「あの子のため……？」

「それもあります、だけどそれだけじゃない」

ほっとしたように芳乃の目は先をうながす。

「実は、むこうでジルという女性と同棲してました、日本へいきたいと催促されてました」

「その人もきたの？」

「きます、準備できしだい」

「二人で東京に住む？」

「それは一案だったけど、分りません、あいつを何とかしたい」

「何とかしたい？」

「あいつは治ります、俺が治します」

「どうしてそういえるの」

「俺には分ります、あいつは俺を拒んではいない」

「私たちも拒まれてはいないわ」

しかし健斗には別種の絆がある、その絆には力がある。なぜなら聖矢が求めているから。健斗はそれを感じるのだ。これで終ったら出会った意味がないではないか。

「俺はいらない？」

「迷惑をかけたくないの」

ふっと健斗は吐息した。芳乃もけっきょくは同じだ、分ってない。

「じゃあ芳乃さんは何を俺に望むんですか」

「ときどき訪ねてほしい」

「それではあいつ回復しませんよ」

「あなたの気持はありがたい、でもあなたにできるのは会って話すことくらい」

性急になるな、かえって聖矢を追いつめる、ということだろうか。ジルがどうとるか、それも問題だという。理解できないだろうと芳乃は示唆する。

「まさか彼女より聖矢をとるとはいわないでしょう」

「芳乃さんは治ると信じないんですか」

「治ってほしい、でもその願いは信じる信じないとは違うもの」

「ずいぶん冷静ですね」

「皮肉をいわないの」

「皮肉だって分るんだ」

「興奮しないで」

拭きなさいとティッシュをさしだす。知らぬ間に涙が出ていた。気づかされて涙はとまらなくなってしまった。芳乃が見つめている。あなたは、見かけによらず昔から泣き虫ね。

聖矢についてあなたに黙っていたことがあると芳乃はいいだした。

「聖矢が小学生のころいじめにあったでしょ、学校へいけなくなった、甘やかされたからとか情緒障害とか発達障害とかいわれもした、それは間違いではないにしても私は、もっと別なことを考えていた。誰にもいえず、苦しかったけど秘密にしたわ……」

芳乃は何をいいだしたのだろう、健斗は眉をひそめる。

「あの子の父親が病んだの。学生時代に知りあい、たちまち恋に落ちた」

発症して鬱に似た症状がひどく実家に帰りそのままになってしまった。

「私は妊娠していた。手紙を書いても返事はない、たずねていっても会わせてもらえない。彼の親からおろすようにいわれた、精神を病む家系だと告げられたわ、ただの鬱ではない、子供のころからおかしかったと」

一人では決めかね、奈津に打ち明け相談した。堕胎すべきといいふくめられた。結婚もできないといわれたのでしょと奈津は説き、嘆いた。

「私は別れて一人で生むことにした……」

「聖矢は知ってます？」

芳乃は首を振る。「話してない、打ち明けたのは母と、今あなたにだけ」

あの子もいつか施設へいくことになるかもしれないと奈津と話しあい、覚悟を決めた。

「あの子にはあなたとの高校時代がすべてかもしれない」

「ほんとうに施設が必要と考えるのですか」怒りがわいていた。

「けれどそれはまだ先のこと」

聖矢は分っていたのだろうか。体の奥深くでとぐろを巻く無気味な怪物が目覚め暴れだすと。

「信じるんですか、あいつが精神を病むと」

「実際病んでいるの」

この人は母親としてどこまで分っているのだろうか。健斗自身も聖矢の心を本当には分っていないのかもしれない。分るのは彼の健斗に対する絶対的な信頼だった。それに応えたい、応えなくてはならない。

「俺は諦めません」芳乃も諦めるなという思いをこめて健斗はいった。

「治療のためにすべてを話すべきだと考えもした。でもどういえばいいの、あなたは自分の運命をしっかりと受けとめなさい……、いえやしない」芳乃はうつむき両手で顔を覆ってしまった。

「いつもあの子に引け目を感じていたわ」

健斗はにらむように見つめていた。怒りにも似た気持でいっぱいだった。

「僕が一番好きだったきみの癖、分るってさっき聞かれました。何だと思います」

分らないというように芳乃は首を振った。

僕の肩に腕をまわすこと、そういって聖矢はまわしていた健斗の手を指で触れたのだ。

「その指に思い出しました、男と女の友情はすぐに壊れて恋になる、しかし男と男の友情は友情としてつづく、いつだったかあいつそういったんです」

あのころすでにそれが聖矢の心だった。初めて会った入学式の日の殴りかかってきた懸命な姿が浮かんだ。たった十年前と思った。

あいつも俺もこれからだ。健斗はそう信じる。

トワ

夕暮れどき、街ははしゃいでいた。あらたに船が二隻も入港する。女のうれしげな報告に僕は港へ走る。舫い船が遠くに何隻か浮かんでいた。何人もの女が桟橋にたたずんでいる。

女たちをぬって僕は先端までいった。若い男が立っていた。

ただならぬ雰囲気を感じて近よると彼も何かを感じたのか僕に目をむける。たぶん年下の、若い男というより少年だ。やあ、と僕は声をかけた。少年の口が丸くあく、しかし鳴き騒ぐカモメにさえぎられ声はとどかない。さらに僕は寄り添った。

「夕暮れの海は気分いいね」

少年は肯定とも否定ともとれそうな、肩をすくめるあいまいな仕草を見せた。

「海が好き？」

「……」

「僕は好きだな、青い海原や船の停泊する港を見ていると遠い未知のものに思いがいく、恋い焦がれる」

「……」

返事はなくとも拒む雰囲気でもない。

「世界は広いって感じない？」

ゆっくりとしゃべりながら観察した。

「気になる」

「何が？」

「きみが醸しだしてるもの」

少年は笑い、「何だろう」

「何？」と僕も重ねた。

「聞きたくなるほど異様？」

「僕の目には」港中浮かれているのに。

少年は見るからに上等な服装だった。ぴかぴかに光った柔らかそうな革靴、ぴんと筋目のついたオフホワイトのパンツ、リバティー柄のしなやかな綿のシャツ、オレンジ色のセーター、僕の目はそこまでたどってようやくその顔にもどる。

「きみを見かけたの初めてだ、界隈の男とは違う」

「どう違うの？」

「僕らには縁のない気品がある」

「気品か」投げ捨てるように繰り返した。「どうやって死のうか、考えていたのさ」

僕は絶句した。

「いつか死ぬと思ったら生きているのが恐いんだ」

いいすてて少年は去っていった。

あっけにとられて見送る僕に女が話しかけてきた。「トワ、誰、あの子」

ずいぶん親しげに話していたというのだった。

「……名前も知らない」

女はうなずき、それよりも見て、と船を指差す。うれしげだ。忙しくなるねと僕は応じる。お酒つきあってよ。もう稼いだつもりになっている。僕はついていく。

夕日は落ち、あたりは暗い。沖合に停泊した貨物船から水夫たちの歌声が霧笛のように流れてきた。聞きつけて女たちはまた岸壁に集まってくる。僕も。ざわめきがいったりきたりするなか、彼女らの手にする煙草が暗い闇を乱し蛍めいて赤く飛ぶ。足元では眠りを破られた船虫の群れが右往左往している。蒼い海上にひときわ黒く浮かぶのは接岸を待つ船。何でもたもたしてんだろう。誰かがつぶやいた。どこの船？　と知りたがるのは客筋も分るからだ。ときには何隻もの貨物船が鉢合わせする。あいつの乗る船だろうか、いい男がいるだろうか、期待は一気に膨らむ。何度裏切られても女たちは期待する。船は世界中から金と夢を運んでくる。

沖を見やる目は輝いている。隈とか目じりの皺とか近づいて初めて生活の滓も見てとれる生臭い女たちが、港の風景にとけこんで、ある種のなまめきを醸しだしている。

熟れた二人の女を見つけ歩みよった。

「エヴァ、あんたリュウジがいると思ってるんでしょう」カレンが母さんに囁きかける。

「知らないわよ、あんな奴」母さんは冷めた声で返す。

父さんは長い不在をつづけている。便りがたまに届くくらいだ。それがよくない、母さんを諦めさせない。母さんには唯一の男。金を仲介に何人もの男たちと踊っても、ベッドの上では本気になることがあっても、それはただの客でしかない。いい男を見つけたら乗りかえるわと負け惜しみをいうが、今では誰も信じない。何であんな男がいいのか分らないとカレンはあきれ、私にだって分らないと、母さん自身も匙を投げている。そうしてつぶやく、しようがない、くればまた去っていく。それが水夫の常。

「おや、あんたも」母さんが僕に気づいて話しかける。「日本からの船もきてるって」

「僕は期待してないよ」

「私もさ」

二人とも強がってとカレン。母さんばかりでなく僕も日本と聞くと目の色を変えるそうだ。

僕のなかを流れている二つの血、母さんの血と日本人の父さんの血。二つの血がもつれあい僕を迷わす。影を投げかける。僕は揺れる。揺れは日本を希求させ、母さんやカレンはまた始まったと眉をひそめることになる。僕の病。

カレンと母さんは港の女なのに船に乗りたがらない、まして外国へいきたいとは思わない、ここが最高の土地なのだ。

二人につけいられないように僕は用心深く表情を消す。この二人ほんとに油断ならないんだ。しばらく敵意を剝き出しにいがみあい、言葉を絡ませあってこちらの気をゆるませながら、突如手をくんで矛先をむけてきたりする。僕が不満をあらわにすると、私らあんたが生まれる前からの仲なのよと軽く一蹴する。僕と母さんとどっちをとるとカレンに迫ったら、彼女は何と答えるだろう。でも僕はガキではない、そんな野暮はしない。


「おや、何か用」僕が顔を出したら母さんはいった。

「用がなくてはきちゃいけない？」

「嫌味な言い方」母さんは意地悪げに笑い、「分ってる、あんたの不機嫌の理由」

「何？」

「カレンよ」

「カレンがどうしたのさ」

「あんたがいつもふらふら出歩いてるようだから、聞いたの、そしたら、あの子は自由よっていったわ」

母さんの目にはカレンの僕への執着が薄らいだそうだ。

「ついに飽きがきたのね」

そんな日のくるはずはない、僕は鼻で笑った。

僕の住むここは、古い港町だ。僕にとってはどこでもない国のただの港町。昔はオランダの植民地だった。その影響が色濃く残っている。現地人と主にオランダ系のヨーロッパ人と入り混じっていて、母さんを始め国民のほとんどが混血だ。一九八〇年、亡霊のような世紀末の退廃はまだどこかに潜伏している。一九世紀とは違う、二〇世紀の終りだと笑って否定する人もいるが、この町なら何でもありだ。一言でいうなら、出所もはっきりしない虚偽が横行している町さ。

町は適当にいりくんだ海岸線という地の利で港が発達し、国中の物資が集まり散っていく。国内だけにとどまらず汎太平洋の中継港としても重宝されて船や人の出入りが多く、そこで生じる商売は女のもの。女たちには水夫が大切だし、水夫にとって女が必要なのだ。

僕の母さんもどぎつい化粧をし、濃い香水をあびて華やぐ街に立ち、いろんな国の水夫のハートと急所をとらえてはなさない。

母さんはいつも父さんを待っている、でも客のまえで待っているなんておくびにも出さない。マブはいるのかと聞かれても、動じない。いやしないわと軽やかに答え、一夜の客にもこれはと思えばとことんつくして心を虜にする。もちろんペニスもだけど。だから常連が何人もいる。

情なしの父さんには日本に家庭がある。僕には兄弟もいるらしい。家庭を子供を大切にしている父さんを、母さんは諦めようとはしない。父さんも父さんさ、どういうつもりか忘れたころに便りをよこすのだから。卑怯な奴とカレンは父さんを一刀両断し、返す刀で、エヴァあんたは優柔不断と母さんにも切りつける。

僕に気にくわないことがあると母さんもカレンも、しようがないあの子は半分日本人なんだものという。日本人とは始末におえない生き物というように。反発しながら納得してしまう、だって確かにしようもないものがあるんだ、僕のなかに。ほんとは母さんから受け継いだ部分かもしれないけどさ。そんな疑問は口にはしない、いえばたちまち逆襲される。そういうときのあの人たちは理性のかけらもない、ひどいもんさ。

父さんにはここ何年も会っていない。おまえは半分日本人だと会えばいわれたらしいけど覚えていない、子供のころの僕は目の前に父さんのいるうれしさがすべてだったのさ。そんなわけで父親としては頼りにはならないし、頼るつもりもない。

一方母さんは僕に命を与えた自覚がたりない、生まれたからには自分でチャンスをつかめばいいと突き放すばかり。

ペニスのまわりに毛も生えないうちから僕はカレンの愛人だった。物心のついたときはすでに愛人だったのかもしれない。僕を生んだのは母さんでも、育てたのはカレンだった。初めてのミルクもカレンが抱いて与えてくれた。カレンに愛着し、すべてを許し、甘えてきた。

まだ十歳にもならないころ、浜辺にいって泳いだり砂遊びをするかわりに僕は恋のけだるささえ漂わせ、横たわるカレンの肌に油を塗っていた。それがあたりまえだった。子供たちが遊んでいても加わりたいとは思わず、どんな気持で似た年頃の彼らをとらえていたのか、横たわるカレンのそばで肱をついて物憂く眺めていたものだ。

つまり僕には母親がそのまま性愛の対象になったんだ。カレンからすれば子供への愛撫がそのまま男性への愛撫になった。人間としてこれは最も自然なのではないか、僕の体はいつもそう感じている。

母さんは、カレンがあんたをだめにしたという。カレンのおかげであんたは若い男が遭遇するやりきれなさや苦痛を知らずにいる。カレンは自負するけど私としては不憫よ、女の子への叶えられない思いにのたうちまわれないんだもの。娘に引かれないあんたは片輪だとさえいうのだった。そもそも乳房というものは尖って上向いてるものよ、あきれる、垂れ下がっていると思ってたの？　と目をむいた日もある。確かに僕は少し崩れかけたカレンの体しか知らない。でも僕にとって、娘のものは乳房ではない、今でもその感覚が消えはしない。

香水と体臭の混じったカレンの発する熟れたにおいが好き、嗅ぐとつい興奮する。分るわ、ステーキも熟成され腐る手前のものが最高の味よ、と母さんは嫌味な同情を示す。だからこそ一度は若い娘に手を出せとそそのかす。

僕が港の通りをいくと女たちは、トワと呼びかける。父さんに、男だったらトワ、と託されて母さんが名づけた。でも僕はあんたと呼ばれる方が好きなんだ。

港の女たちは愛想いいし優しいし、いちゃついてくるけど、決して深い仲になろうとはしない。カレンがいるから。あの子は自由、誘惑したけりゃすればいい、とカレンは無関心を装っていう。自信があるんだ、私の虜と。僕はカレンのものさ。他の女のどんな誘いにも動じやしない。そうして誰も知らない、僕はいつだって退屈している、たっぷりすぎるほどに愛されて不自由もなく未来への抱負もない状況に。それは不幸なことなんじゃないかって最近感じるんだ。

埠頭にくるたびにあいついるかなと少年を思いだす。少年でなく赤毛のキムがいた。淋しげに腰をかがめ、まだ子供の野良猫をあやしている。

独りぼっちという雰囲気が気になり声をかけた。「やあ、キム、退屈そうだね」

「トワ、私どうしたらいい」見あげてキムが問う。

「何さ」

女たちの相談にのるようになったのは何歳のころからだろう。今十六歳といったら、まだ子供と思う？　だけど彼女たちはそんなの気にしない。助けを求めたり、酔ったときには介抱させたり、だから僕は忙しい、カレンばかりに目をむけていられない。喧嘩の仲裁も僕の重要な仕事なんだ。女同士のつかみあいを止めにはいらねばならない。みんながそれを当然と思っている。僕がいなければ探しだして現場に急行させる。港の界隈が平和であるなら僕は満足さ。

「あの人あらわれない」キムは悲しげにいう。

惚れた男が乗っていた船は寄港しているのに。乗組員に聞いてもはかばかしい返事はなかったそうだ。だから、何があっても俺を信じろという男の言葉にすがる。

「あの人、心で俺を感じろっていうの」

僕はうんうんとうなずいて聞きながら、陸にあがったんじゃないかと想像した。あるいはキムに飽きた。女はたくさんいる、キム以上の女に出会うチャンスだっていくらでもあるんだ。でも僕はキムの心に寄り添う。

「水夫なら一年や二年あらわれないことだってあるだろう、仕事の都合で」

キムは首を振る。「そういうのとは違う気がするの」

港の女は惚れてはいけない、惚れさせなければ、とカレンはいう。自分のことは棚にあげて母さんもいう。キムは惚れてしまった。だから会えなくて苦しい。捨てられたら諦めるが、中途半端が最も苦しい。

私らが惚れてしまったらそれは終りを意味するのよ、とカレンがいったとき、嘘だと僕は否定した。

「だってカレンは僕に惚れてるだろう」

「それとこれとは大違いよ」

つまりカレンと僕の関係は港の女と水夫ではない。

「じゃあ母さんの場合はどうなんだろう」

神様がいたずらしたとカレンはしらばっくれた。こういう微妙な問題のときはいつまでも子供と侮って屁理屈でいいくるめようとし、僕は寛大にうなずく。

キムは涙さえ見せた。彼女は若い、カレンや母さんのように悪賢くはない。たとえ港の女でも純な心は大切さ、そうじゃなかったら生きる喜びはないだろう。そいつを失って自滅した女を何人も見ている。抱きしめるとキムは僕の胸で嗚咽をもらす。

しばらく泣いて満足したようだ。「カレンはあんたをすれっからしと呼ぶのが好きだけど、ほんとは逆よね。慰めてくれてありがとう」

僕は肩をすくめ、手を振って去っていく。しばらくいってから振りむくとキムは相変らず猫を相手にしていた。

分るだろ、僕は女たちの相談に答をもっているわけではない、ただ聞くだけ、それでみんな満足するのさ。

水夫ばかりが男ではないけど、女を愛して、女に憎まれて、生きる糧を与えていく男って大変だと僕は思う。あんたなしでは生きていけないとカレンはいう。あんたなしでも私は平気、ということもある。つまりそのときの気分しだいなんだ。どっちにしてもカレンの生きる鍵は僕ってことさ。

「何で女は男なしに生きていけないんだ」

母さんの前でつぶやくと、「女なしに男が生きていけないからさ」と答が返る。「特にあんたはそうだよ」

「どうして」

「あんたほど港の女たちに甘やかされる男はいないだろ」

僕はどっぷり漬かっているそうだ。

キムが待っている男はよりによって父さんと同じ日本人なんだ。母さんがいうには女心に忖度しない、だから手紙をまめに書かないし、愛を見せようともしない、それが父さんであり、もっといえば日本人だそうだ。情なし男、に惚れてはだめと、キムも聞かされたはずなのに。姿も見せずに便りもなくどうして心を感じとれっていうんだ。

ほんとは水夫というべきなんだ。たまたま僕の父さんもキムの惚れた相手も日本人だったけど。日本人を情なしと悪くいうのは実をいえば母さんとカレンだけなんだ。水夫のなかでも金離れはいいし、乱暴はしないし、しつこくないし、身ぎれいだし、他の女たちにはむしろ好感をもたれている。

忘れるつもりよ、とキムは強がる。だけどその声の震えや目の色が、何よりも体が、忘れられないといっている。男にとってあくまで街の女にすぎなかったのだろうか。キムは本気を見せたはずなのに。極上とはいえなくてもいい女なのに。

でも、港の人間模様はどんなに切実でもありふれている。金が絡まりすぎて見境つかなくなってるんだ。

家に寄るとスリップ姿の母さんがキッチンでコーヒーを飲んでいた。こちらが恥ずかしくなる。そんな思いを母さんは察する。二種類の女がいるそうだ。イロの前でしどけない恰好のできる女とできない女。

「僕はカレンのイロ？　カレンは愛人というけど」

「同じことよ」

「聞くけど僕は母さんの何？」

「息子、イロよりも高いところにいるのよ、ダーリン」

「だからその格好でも平気なの」

「そう、私がすべてをさらけだせる相手」

何か勘違いしてる。でもいいか。僕も坐ってコーヒーを飲んだ。

キムが埠頭で泣いていたと告げた。「捨てられたみたい」

「そんなのキムの勝手な考えよ」港の女と水夫に愛は介在しない。愛してはならない。信用してはならない。

「事情も知らないで」僕は鼻白む。

「さっさと諦めればいいのさ」

「母さんの場合はどうだった？」

「泣きはしなかったね」

　諦めもしない。あんなろくでなしどうでもいいといつもの強がりに口をゆがめる。

　今でも待っているのはなぜ。会えば大喜びだろうに。

「僕が生まれたからでしょ」

「そういうことにしとこうよ」

　生まれたての子を抱えて夜の勤めは大変だった。客の顔に乳を噴きかけたこともあったと笑う。

　そんなとき助けてくれたのがカレンだった。ライバルであり親友は、僕には愛人と母親、陰口をたたきあい、いがみあう。ときには組んで僕を翻弄しようとする。勝つ気などはなからなく、僕はよろこんで降参する。すると二人はあんたに勝ってもつまらないと臍をまげる。

「キムたちは港の女と水夫じゃない。勘だけど、キムもこれだよ」僕は右手で腹を丸くなぞる。

「何で分ったの？」

「ふっくらしてた」

「あのやせっぽちが？」

　僕はうなずく。

「それなら泣きやむよ」

泣く原因はどっちだろう、捨てられたことか、孕んだことか。

「ほんと、ろくでなし、日本人は」半分日本人の僕にむかってそういう。

「父さんを愛してるんだろう」

「だから困るのさ」

せいぜい相談に乗っておやりといいすてて母さんはキッチンを出ていこうとする。

「母さんが乗ってやったら」

立ちどまり、振りむき、「私ゃそんな暇人じゃないよ」

その言い方は、僕やキムが運命をもてあそんでいるみたいだった。

僕は母さんのこと、カレンのことと考えをめぐらし、二人がいうろくでなしの父さんのことにまで思いを広げた。母さんは父さんのことを決してよくいわない、だから僕はカレンからも情報を得ようとする。でもカレンも父さんをほめない。思い出もない父さんだけど、僕は大好きだ。二人が悪くいうからかもしれない、そんなに悪くはないと反発したくなるんだ。父さんを、もっと知りたい。

色男と母さんはいう。一方的に母さんが惚れた。何でも許して、手綱をとることがない。カレンは忠告したそうだ。このままでは先は見えると。母さんは聞く耳をもたなかった。僕を孕んで、逃げられた。捨てられたのなら男の方でも愛したってことだけどそんなんじゃない、もてあそんで逃げただけとカレンは断じる。

僕はそういう男を好きじゃない。愛するにも、たとえ憎むにも真心が必要だろ。だから父さんに関するかぎり母さんやカレンのいうことが信じられない。父さんのそこを確かめたいんだ。あんたはやっぱり父さんの子ね、って母さんはいうしさ。離れ離れの親子なのに似ているそうだ。

正直にいう、僕の考えはカレンにおしえられたものさ。僕がいいかげんな気持でいるとすぐにカレンは見抜いて怒ったものだ。騙すにも誠実に騙せ。僕には何が誠実か分らないけどこういうときは逆らわない。女を抱くにも真面目に抱け、真面目は誠実と同じ意味だ、そうしていいかげんな気持ではないということだ。

いまだ分ったとはいえないけど、少しだけ分る気もするようになってきたんだ。女たちが相談をもちかけるのも、僕が答を出さずただ聞くだけというのも、そういう理由でさ。

母さんが夜の化粧をすませてキッチンにもどってきた。コーヒーをいれなおし、街に立つ前の腹ごしらえにパンにハムをはさんで食べる。

「キムを孕ませた相手は誰かいってた？」

「日本の水夫とだけ」

「もしかしてあんたじゃない」目の色にからかいが浮かぶ。「彼女と寝たの」

僕は首を振る。

「カレンが恐い？」

「僕はちゃんと自分をコントロールできるんだ」

「コントロールも何も、漲らないだけのことかもしれないね」いいすて、僕の夕食なんてかまわずに、家を出ていった。

僕もカレンの家に帰った。彼女は化粧を始めるところだった。横に腰掛けて体を寄せる。

「やめてよあんた」カレンは甘くいう。

僕は化粧で少しずつ変っていくのに興奮させられる。

「私のために紅茶をいれてくれない」引かない僕にカレンは頼む。

「化粧がすんだらいれてあげる、それに僕まだ夕食とってないんだ」

「知らないわよ」

カレンは肩をすくめて吐息をついた。頬にかすかに紅をさすカレン。

「きれいだよ」

「ありがとう」頬笑み、「さあ、キッチンへいきましょう」

スープができていた。カレンは紅茶の用意をする。僕はパンを切る。

「今晩の予定は？」

「ここできみを待つよ」

「じゃあベッドにはいってなさい」

僕はうなずく。

「たぶん早く帰るわ」

「なぜ？」

カレンは悪戯げな笑みを浮かべた。僕は眉根を寄せる。

「あんたのためよといってほしい？」

僕は口をとがらせる。

「あんたのその顔、傲慢で下品よ」

「怒るのはきみにだけさ」

「賢明ね、あんたが怒ったら人気は失せる」

「僕はきみが思う以上に大人だよ、それにきみが想像できないくらいにピュアなんだ」

「分っているわ」

僕はスープのお代りをする。「鱈のクリーム煮が食べたいな」

「時間のあるときにね」

「いつならあるのさ」

「どして」

「スープばかりだよ」

「贅沢いわないで、自分でつくれば」

後片づけお願い、とカレンはあまい声でいう。上等なキスで送りだし、僕はテレビをつけてジュリアン・スマイリーショウを見る。それからキッチンの片づけにとりかかる。

キムはどうしているだろう。いずれ路地裏の袋小路にある一室で処置を受けることになるのではないか。子をもつにはまだ早い、肚ができてない。母さんやカレンならそういう。僕が顔をしかめても、それが分別ってものよと訳知り顔に、異を唱えさせはしない。すっかり飼いならされたようで自分がつまらない男に思える。どこかで反旗を翻したい気持もあるんだ。

ワ ト

娼婦になってキムはもう三年は経っている。薄ぼんやり暮らしてきた小娘とは違う。身過ぎ世過ぎの知恵も身につけている。だけど、カレンや母さんのいうこともあたっている。だから僕には何もいえないのさ。できるのは愚痴を聞くことのみ、女たちの好きなただの憂さ晴らし。

寝るには早すぎて散歩に出た。夜というのにカモメが鳴いている。夜明けの一瞬にしか眠りのない港町のカモメは時間の感覚が狂っている。カモメばかりでない、猫もそう、犬もそう。彼らに平和な眠りはいつ訪れているのだろう。

僕はふと少年を思いだす。数日前、埠頭に立っているとあの少年がやってきた。また会ったね、と彼のほうから声をかけてきた。

「よくここにくるの？」

「することないから」

「僕と同じだ」

僕は彼の瞳を見つめる。彼も目をそらさない。

「僕はパウロ、きみは？」

「トワ」

「……トワ？」

「父親がつけてくれた大切な名」

「意味は？」

「エイエン。僕の肩には永遠という鷹がとまっているんだ」

トワの意味がエイエン。何であんたはその名をえらんだの、そう母さんは聞いた。すると父さんは答えた、トワとは希望のひびきだ。

パウロの瞳がきらりと光った。でも言葉はなかった。

「することないっていったね、ふつう何かやってると思うけど」

「それは日々の糧を稼ぐって意味？」

「そうかな」

「カレンに食わしてもらってる」

「カレンて？」

「娼婦、ゆったり構えて何でも受けいれてくれる」

「僕にもそうしてくれるかな」

「たぶんね、お金さえ払えば」

「きみは食わしてもらうといったろう」

「誰も僕にはなれないさ」

パウロは肩をすくめた。

「今も死が恐い？」

「ああ」

「それで、死にたいのも？」

「トワははっきり聞くんだね」

目と目で皮肉に満ちた親しみを交わしあう。

「これでいいのかなって、僕も思うことがあるんだ、最近」

「で？」

「すると憂鬱になる、それが高じるともしかして死にたくなるんじゃない」

パウロは笑った。「単純だな」

「きみを忘れられなかった、気になる、本当に死んじゃうんじゃないかと」

「……」

「そういう出会いってあるだろ」

「……きみは聞いたことある、眠りを失う病に取りつかれた一族の話？」

知っている、この国にはある年齢に達すると眠れなくなる病を抱えた富豪の一族がいると。

かすかにパウロは首をかしげ、それから晴れやかな笑みを浮かべた。

「そんな表情があるんだ」

「ほんとはきみに会いたくてきたんだ、友達になってくれないか」

「男の友達なんてもったことない、街の女ならみんな好きだけど」

「初めて出会ったあの日すでにきみが好きだった、だから胸の内をさらけだす、僕はその宿命の一族さ。どう思う、呪われた血と肉体を」

体が疲弊し眠りたいのに、眠れない、そうして死に至る、そういう遺伝子をもっている。今のところ治しようもないそうだ。だから彼らはティーンエイジの後半になれば結婚をする。健康な異性と。一人でも自分の病んだ遺伝子を受け継がない子ができるのを望みに。

いつか死ぬと思ったら生きていることが恐いんだと、初めて出会ったときパウロはいった。変なことをいうと僕は思った。でも分った、不安と恐れから解放されるにはそれが現実になるしかないんだ。

尋常でない死を抱えながら一族としては昔から絶えることなくつづいてきた。ヴァンパイアに似てると思わない？　常に死を突きつけられのっぴきならずせっせと働き金儲けをする。つぎの世代にすべてを託して、眠れなくなったら死んでいく。それで一族として永遠なんだって。即物的でしょ。

いうだけいうとそのことで揺れたのか、告白した自分が耐え難いのか、また会おうねといってパウロは去っていった。後ろ姿に覇気はなかった。

敷石の歩道と車道の境をネズミが走って過ぎた。野良も目にしたろうに、関心を示さない。食べ残しや魚の味を知ってしまって贅沢なんだ。僕と同じ。遊びふける暮らしに馴染んで働くことを覚えないのはいけないと、ことあるごとに母さんはいうんだ。多分にカレンを意識してのことだけど。カレンばかりじゃない、いざとなれば街の女の全員がトワ一人くらい私が面倒みてもいいというだろう。怠惰にもなるさ。

カレンが一時属していた売春宿が遠くに浮かんでいた。世界のどこでもそうなのかこの港町だけのことなのか、売春宿と教会は共通するものがあるそうだ。それは何と僕はカレンに聞いた。聞いても子供にはまだ分らない、いつか自分で見出しなさいと彼女は答を拒んだ。たぶんそのとおりなのだろうと、僕は追及しなかった。今のところ分っているのは安らぎの場ということだけで、もっと別のものがあると僕は思っている。

「トワ、フライドチキン食べない」と声がかかった。

ほらね。僕は首を振り、おなかいっぱいだと断って帰路につく。

寝仕度をしてベッドにはいりトウキョウ・ナウをひらく。日本についての本を手当たりしだい読んでいる。母さんは顔をしかめるけど知りたい、父さんの日本を。言葉を覚えたいし字も習いたい。僕が唯一うまく書ける日本の字が「永遠」つまり僕の名トワさ。

いつかいってみたい。そうして日本を理解したい。それが己を知ることにもなる。めずらしくかかってきた電話で父さんに直接そういったことがあるんだ。大した国じゃないと、父さんはいった。大した民族じゃないともいった。まるで僕を否定するかのように。何で父さんは自分の属する国や民族を誇らないのだろう。この国や近隣の国々では内実なんて関係なしに誇るのに、父さんは自分を誇ることもない。

母さんにすればそれは当然だった。「あの人に取り柄なんてないよ」

「そう？　何で」

眉を寄せて、「日本人だからよ」と母さんは答えた。

僕はますます日本人が分らない。母さんも分っていない。分るつもりもないんだ。肝心なのは父さんが好きということ、そこに理由はいらない。けれど悪態をつきながらも母さんが父さん一筋にはちゃんと理由があるべきで、ほんとはあるはずだ。母さんの単純な頭と心には邪魔なのさ。なまじ理由をはっきりさせたらかえって別れることになるだろうと、本能は知ってるんだ。

「美貌のすれっからしはどこ？　私のトワ、ダーリン」

酔ったカレンが僕を呼ぶ。溜息をもらして僕はおりていく。寝かせるまでの世話が大変だ。あんた寝てたのと両手を広げて近づきながらカレンはブリーフ一つの僕を眺める。唇を合わせ、この子はどうと、薄い布の上から手のひらを押しあてる。おとなしいままさ。年寄りみたいといわれてもいちいち答えてはいられない。

背後に回って僕はコートを受けとめる。香水の香りが鼻をくすぐった。つい耳元に顔を近づけると、カレンは髪をこすりつけてくる。トワとつぶやきが漏れる。ソファーに崩れ落ちて見あげるカレン、瞳がうるんでいる。僕は水をもってくる。喉を鳴らして一気に飲んだ。

「風呂の用意するね」

「ここにいて」

僕は聞こえぬ振りでバスルームへむかう。トワ、私のトワ。こだまのように届く。母さんは酔ったカレンの口癖を嫌い、何よ小娘気取ってと目くじら立てるが、僕は聞きながす。

半分くらい湯がたまったのでカレンをうながした。カレンはソファーの上で脱ぎはじめる。だらりとした体を立たせ支えながらバスルームへ運び、湯に沈ませた。カレンはうっとり目をとじる。僕はかがみこんで頬にキスをする。そうして肩や胸に手をさすらわせる。カレンが何を望むか分っている。心地よさそうにアルカイックスマイルが浮かぶ。

僕は一息つく、汗だらけだ。カレンは今晩あぶれたのかもしれない。甘えようと無防備ぶりとで分る。男をとった後、いくら酔ってもこうはならない。ひと眠りしたら、僕を求めてくるだろう。見おろしながら僕は確か十歳のころを思いだす。父さんが恋しく、知りたくてたまらなかった。その不在性が僕をとりこんでいた。カレンに聞いても、母さんに聞けというばかり。

「あの人何もいわないから」

「だったら私もいえないわ」

酔っ払いのくせに肝心なときは正気にもどる。

口惜しくて、「父親を知らなくたってどうってことないさ」といってやった。

「そのとおりよ」カレンは優しい微笑で包みこもうとする。

「どうせ用心を忘れたんだ、それでできちゃった」

僕はその程度の軽い存在。

「いいえそれは違う」とカレンはただした。「あんたはエヴァが心底惚れた男との子よ」

まんまとカレンは引っかかり、気づいて怒りだした。僕は下品と嫌われる意地悪な表情を精一杯つくり、見くびるからさといってやる。あんたも知恵がついたのねとカレンは認めた。

僕は大きく変るときだった。ペニスの付け根に薄く柔らかく陰毛が生えだした。最初に気づいたのはカレンだった。僕の頬を両手で包み唇を重ねてきた、やっとこの日がきたと感慨深そうにいったものだ。

ペニスにキスをする光景が僕にとって最初の記憶だった。たぶん赤ん坊のころからしていたのだろう。ペニスへのキスは何だったのだろう。他の女が悪さをしようものならカレンは徹底的にそいつをやっつけたそうだ、どんなに親しみ心許しても女たちは恐くて誰も僕に手を出そうとはしなかった。

キスの後、僕は導かれた。そうして、カレンは宣言した、力ずくで阻止したりしない、奪いたいなら奪えばいい、あの子を好きにしていいわ、それがあの子の意思ならね、と。

つまり僕を一人前と認めたのさ。認めたうえで取れるものなら取ってみなさいと他の女たちに挑んだわけ。僕は実際の性を知ったのさ。母さんでなくカレンが僕を教育してきたし、これからもそうなのだと、そんなことまでこのとき分ってしまったんだ。

子供でなく男、そういう気持で街を歩くと女たちが違って見えたかというと、同じだった。キスされるのとあそこに導かれるのと大して違わないように。男になった気分はどうと母さんに聞かれても、昨日と同じ今日としか答えられなかった。

「可哀想にあんたはカレンにスポイルされちゃった、人形よ」

「だからこれからは自分で考え行動するさ」

「無理ね」と母さんは即座に否定する。

僕には本来の僕がない、みんなカレンがつくったものばかり。

「それを許したのが母さんだろう」

母さんとカレンはほぼ同じときに身籠った。母さんは僕を生み、カレンは流産した。たぶん男の子だった。生きた僕を生みおとした母さんはそのことで満足だった、生めなかったカレンは悲しみに暮れ、せめて私に世話をさせてと懇願した。母さんは拒まなかった。

「らくでもあったろう？」

「そりゃあね」母さんはすまして返す。「カレンにとってあんたは息子であり愛人だったんだから、思いは私の二倍だったのよ。カレンはいうわ、トワはあんたの愛人にはなれない、お気のどくって」

僕は苦笑する。「混乱することもあったんだよ、どっちが僕の家なのかって」

「どっちもあんたの家よ」

実態は違った、カレンは僕を大切に扱い、母さんはほったらかし。女たちみんなが母親のようなもの、いやな思いなどしたことはないだろと母さんには、自分が何もしてこなかった言い逃れがある。

「それでもあんたが一番大切にすべきはこの私よ、なんたって生み落としたんだから」

カレンの胸で僕はくつろぐ。最上の寝床に違いない。もぞもぞと動けばカレンは察して姿勢を変える。

「あんたが腕枕してくれるようになるのはいつかしら？」

「子供扱いしたいくせに」

男と認めてしまうのが恐いんだわ、一生子離れできない母親でいたいのよと母さんはバカにしている。

「キムはどう」とカレンが聞く。

「身も心もつらそうだ」

カレンにも親身になってほしかった。

「あんたが世話してるからって、何で私も」

「可哀想と思わない、男を頼れないんだよ」

「あんたの父さんとおんなじね。どいつもこいつも似たり寄ったり」

あくまで一夜の客として接するべきでそれ以上であってはならない。

「母さんだってその諌めを守れなかったから僕を生んだんだ」

ろくでなし薄情者とののしりながら、僕の存在が大きく影響して絆はつづく。うぬぼれるなとカレンは笑うけれど。

だから聞いた、「息子を生んでいたなら今でも男と関係はつづいたと思わない？」

「やっぱり終っていたわ、それほどいい男ではなかったもの」

分ったと僕は上体を起こして声をあげた。

何よ、とカレンの表情は見おろす僕に問う。

「そんな思いが死産を誘因したんだ」

生意気なとカレンは一瞬かっとし、でもすぐに冷静さをとりもどした。あんたは日本人ねと匙を投げる。

「またそれ！」

ベッドを飛びだして鏡をのぞいた。確かにのっぺりした影がある。父さん似なんだ。中身ばかりでない、風貌もその人の思考を左右するというわけさ。驚くべき理屈だろう。

ワ
ト

鏡を見いる僕を、いらっしゃいと甘くカレンは呼ぶ。僕はジャンプする。受けとめ、乱暴なんだからとカレンは抱きしめる。僕はもぞもぞと寝心地を探り目をとじた。

身籠った女は太るという、いっときはそうだったけど最近はたずねるたびにキムはやせていく。

「ちゃんと食べなきゃいけないよ」

僕の忠告にキムは素直にうなずく。だけど食べてはいない。金がないんだ。キムはカレンや母さんのようにフリーだったわけではない。身籠って館をくびになってしまった。今いる娼家も出なくてはならない。

「トワ、私どうしたらいい」キムは問う。

これは耳を貸せばいいだけの相談ではない。たちまち僕は力のない少年に落ちぶれる。

「あんたにいっても無理よね」今にも泣きそうな顔で見つめてくる。

僕はきっぱりと返す、「何とかする」

キムと別れその足で母さんの家へむかった。父親のような興奮を抱えていた。

「キムをここにおいてくれないかな」

「なぜ?」

「くびになって、いくところがないんだ」

「バカだよあの子、借金しとけばよかったのに」

回収する必要がなければほうりだされるだけ、変に頑張って身ぎれいにしていたのが間違いだった。

「で、どうなの、おいてくれるでしょ」

「そんな義理はないね」

「義理じゃなく仲間として」

「だいたい自覚なしに子を生もうってのがいけないわ」

「できちゃったんだ」

「あんたなの、父親は」

「僕をいくつと思ってるの、十七歳だよ」

「十分な年齢よ」

「でもカレンは僕の子を生まない」

「彼女が年だから」

「酷いな母さんは」

「リアリストよ、そらさないで、父親でないなら何でそんなに親身なの？」

「いうじゃないか、あんたは誰にでも親切でいなさいって」

「誰にでもというところに意味があるのよ」

「どういう意味さ」

「浅く広く」

　ふわりと憩える相手が港の女たちには必要だ、力なんかなくていい、否、あってはいけない、うまい具合に僕が適任だったのだ。

「みんなで僕を作りあげたってわけ？」

「そういうことね」

「カレンの特別な男ってみんな認めてるよ」

「それもみんなで作りあげたうちよ」

「カレンや母さんのもつ力に逆らえないいんじゃないの」

「そうかもしれない、それでもいいわ」

「だったらキムを助けてよ」

母さんは笑った。「振りだしにもどったね」

けっきょく承知してくれなかった。

僕は鱈とカリフラワーをクリームで煮込んで、キムのところに運んだ。トワあんたがつくったの、とキムは聞く。僕はうなずいた。母さんのことはいえなかった。キムは分っているみたいだった。

「あんたってホントに優しいのね」

キムも僕のなかの日本人を信じている。この国の男とは違う優しさがあると。

「あんたを苦しめてるのも日本人だよ」

「ううん、知らないだけよ」とキムは弁護する。

「もう一度聞くけど、おろす気はないの」

「あの人に客として許したんじゃないもの」

母さんはこれをきれいごとという。だけどキムの純情さ。

身籠ってから白く透きとおってしまった肌が熱っぽいのかと思えるほど頬に赤みをおびている。

「だるいの？」

キムはうなずく。「これが子供を誕生させる辛さなのね」

「幸せ？」

「女だけが子供を生むのは不公平という人もいるけど、特権よ」

僕は少しほっとしてますます、何とかしなくちゃと思う。最後の望みにカレンに頼んでみよう。だめだったら僕が部屋を借りてキムと住む、赤ちゃんだってとりあげる。

キムはもう少しここにいてと手をとった。のんびりしてらんないといいきかせ、僕は振りほどく。路頭に迷う現実がどこかにいってしまって僕しか頭にないかのように、恨めしげにキムはこっちを見ている。もどって抱きしめてやりたい衝動にかられたけど、僕は耐えた。

カレンはいなかった。商売に出てしまった。早く決まれば今夜にでも連れてこられると僕は計算したんだ。キムのところへもどろうか迷ったが、ここで待つことにしてカレンの夜食にミネストローネをつくりだす。オリーブオイルでベーコンを炒め、人参キャベツ玉葱マッシュルームなどある野菜をぜんぶいれた。酔って帰るカレンの夜食には軽めのものがいいんだ。優しいのねと上機嫌でいうだろう。そしたらキムの件をもちだす。

テーブルをととのえてから軽くシャワーを浴び、ベッドで日本のビデオを見ることにした。若い男女の恋物語、たがいに好きでそれをどちらも感じながらいいだせない、はっきり口にすればいいのにと焦らされながら、いえないというのも悪くはない。だけどいつかはいうのだろうと思って見ていると、突然青年は死んでしまう。まるでそれが分っていたのでいいだせなかったみたいだった。カタルシスに欠ける。お国柄よとカレンや母さんはいうだろう。

うとうとしたところで声がした。「私のトワ」

僕はおりていく。お帰りととびきりの笑みを浮かべて僕は抱きしめる。

「一休み、お風呂、それともスープができてるけど?」

お腹すいたわとカレンはキッチンへ移動して椅子に腰掛ける。僕はスープを火にかけ、チーズをスライサーで削りとりパンを用意する。

「あんたはまだ子供なのね」カレンがいった。

振りかえると穏やかに微笑するカレンがいた。「どういう意味」

「後ろ姿よ」

「分んないや」

「体つきがまだ少年」

僕はブリーフ姿の自分を見おろした。

「それなのにペニスは一人前」

「いけない?」

カレンは首を振る。「あんたは息子で愛人で、私のすべてよ」

「二つのうちの主にどっち？」

「その場その場で変るわ」

「じゃあ今は」

首を傾げ、「何だろう……」

カレンは決めかねる。機嫌は悪くない。食べよう、とうながした。スープ皿の縁に手をあてカレンはスプーンですくう。

「おいしい、コックもつけたさなくちゃ」

愛撫するような揶揄するような眼差しを投げてくる。欲張りカレンは他愛ないひとときも好きなのだ。僕はできるだけ彼女に沿う。チーズを三つ折りにして口にいれる。それからパン。カレンの食べっぷりは若い。僕のエキスを吸い取っているからだと女たちはいう。

ときには女盛りをすぎてしまった悲しみに囚われるカレンを気づいているのは僕だけ。これも女たちの言だけど、若さを与えてお返しに金と自堕落な暮らしを僕は得る。陰口はあたってもいるんだ。

僕は学校にはろくにいかない、いっても面白くない。母さんやカレンが色目を使って先生を買収しているから落第はない。あと一年でおさらばだ。僕の学校は世間さ、いつも街や港をうろついて男たちの駆け引きを目にし、女たちの相談もある。はるかに勉強になる。

僕はミネストローネをたいらげパンできれいに残りを拭きとる。テーブル上の僕の手にカレンの手がのびて重なった。

「あんたやせっぽちね」

「背が伸びるほうに使われてるから」

「それにしてももう少し食べたほうがいいわ」

そもそも半分日本人の僕は華奢なんだ。

いつの間にか指が綾に組まれていた。それをほどき僕は立ちあがる。

「片付けるね」

恨めしげなカレンの目。

片付けが終ると抱きささえベッドルームに運ぶ。それから風呂の湯を出した。カレンを裸にむこうとする。彼女はいやいやをする。なだめながら僕は手を動かす。重労働なんだ。いつものことで馴れてるけどね。バスタブで四肢をのばし気持よさそうだ。この姿を知っているから僕は無理をしてでも入浴させる。覚えている数少ない父さんの言葉の一つが、疲れたときは風呂にはいるにかぎる、というものだ。カレンを入浴させるたび、真実だと思う。おかげで私は風呂好きになったとカレン自身もいい、私まで日本に染まったと笑う。僕は縁に腰掛ける。これもいつものことだ。手で水面を揺らした。湯につかり僕に見つめられてカレンは満ちたりる。

「きれいだよ」

「ありがとう、あんたにいわれるなら満足だわ」

「疲れが抜けていく？」

「お酒が抜けていくわ」

ワ
ト

「明日もすっきり起きられるね」

「あんた私を年寄り扱いしてない？」

「そんなことないさ」

口元にアルカイックスマイルが浮かぶ。

「カレン、相談があるんだ」

「相談？」

「というより頼み」

「何よ」

「キムをここに引きとれないかな、赤ちゃんを生むまで」

とろんとした目が光をおびる。「何で私に頼むの」

「きみなら承知してくれるからさ」

「狡い言い方、あんた自分の立場を分ってるの？　分っていて身籠った女の面倒を見ろというの？」

「そうさ、おかしい？」

カレンはしばらく考えるように沈黙し、それからおもむろに首を振った。

「キムはほんとに困ってる」

　いいだろう、この家だってやがては僕のものなんだから、と僕は思う。愛の睦言の後カレンはいった、私のものはすべてあんたにあげると。あのとき、愛人だから？　と僕は返した。あんたは守護聖人のようなものだものと、なぜかカレンは泣きだした。私がどれだけ愛しているかあんたには分らない、それが空しい、と唇をかんだ。僕は抱きしめて、分っているよと囁いた。

「女たちに優しいのがあんたの役目というだろう。その意味も分ってる、でもときには本気で助けたくなる」

「で、自分に力がないから私に頼るの？」

「僕じゃない、きみがキムを助けるのさ」

「エヴァに頼んだら」

「母さんより度量は大きいでしょ」

カレンは口元を歪める。それから溜息をついた。「あんたの頼みを私が拒めないって分ってるんでしょう」

僕は笑う。

「傲慢ね、あんたは男としては落第よ」とカレンはいった。「小さいころから私に愛されて、私しか知らないで大きくなったんだから、女でなく私を知ってるだけだわ」

「それで十分さ、カレンは女の代表だろう」

これ以上絡まれたくはなかったから口をつぐんだ。

「いっとくけど私は何もしないからね、すべてあんたの責任よ」

僕は大まじめにうなずいた。

ベッドにはいると手がのびてきた。久しぶりだった。

翌朝早くに起きた。おや、まあ、と気づいたカレンの口からつぶやきが漏れる。

「あんたが早起き？」

学校へいくつもりで間に合うように起きようとしても寝過ごすのが常だった。もう遅いからいくのやめようということになってしまうのだ。その僕が、今日という日はたっぷりあるのに朝から急いでいる。

「キムを迎えにいくのさ」

「それにしても早すぎるんじゃない。私の心変りが恐いの」

「きみの心は変らない」

「でも、あんたは女心を分ってない」

「分ってるから急いで知らせるのさ」

一瞬カレンの表情が憎らしそうに輝いた。

下におり、僕は鼻歌まじりにコーヒーをいれた。それからまた階段を駆け上る。

「カレン、コーヒー運ぼうか」

「いらないわよもう一眠りするんだから」

僕はパンを厚めに切りバターを塗ってチーズをのせ、かじりながら出ていった。

まず母さんの家にいった。

「何よこんな時間にたたき起こすなんて」

「九時をすぎてるよ」と時計を指差した。

「私らには真夜中よ、カレンも怒ったでしょ」

「僕のことなら何でも許すさ」

「彼女の恐さを知らないで」

「知ってる、誰よりもよく」

「で、朝から何の用？」

「キムのところにいくんだ、母さんと違ってカレンは受けいれたよ」

「そう、よかったわね」

「それだけ？　昨日のことは忘れたの？」

「解決したならそれでいいじゃない、わざわざ嫌味に報告するほどのことでもないわ」

「いかにも関係ないという調子だね、それが母さんの正体だ」

「大袈裟ねえ……、思いあがるんじゃないわよ、あんたに他人を助けられるほどの力はないんだから」

「でも助けたい気持はあるのさ」

僕はくるっと背をむけ、母さんにはなくても、といい残した。

キムは青白い表情で待っていた。「トワ」

胸にキュンときた。その声のか弱さと響きはどんなに不安だったかを語っている。幽霊のように立ちつくす彼女を僕は抱いてなだめた。旅行用の鞄が二つ、これがキムの全財産だった。準備は整っていた。僕を信じてというより、おかみに強いられたのだ。

僕たちは通りをいく。艀も、とまって羽を休めるカモメたちもゆらゆら揺れる。

「どこにむかっているの」

「カレンの家だよ」

キムの足がとまる。「いいの？」

「カレンは承知してる、尻ごみすることはない」

なだめても新たな不安は消せなかった。母さんの声がこだまする。あんたに力はないよ……。

僕はキムをうながした。他にいくところはないのだ。決意したかのようにキムはふたたび歩きだす。僕でなくカレンに視線をむけて。

　カレンはガウン姿でコーヒーを飲んでいた。お世話になりますとキムが頭をさげると、お礼はこの子にねと鷹揚に受けた。

「荷物は？」

「僕の部屋においてきた」

「二人であの部屋に？」

「僕はカレンの部屋に移る」

「それはだめ、いくら私とあんたの仲でもたまには一人になりたくなるもの」

「そんなこといっぺんだってなかったじゃないか」

「これからのことよ」

「じゃあ僕、部屋はなくてもいいや」

ワ
ト

「それもだめ、物置代りに使っている部屋があるでしょ」

「がらくたをどこに移す？」

「片付ければベッドくらいおけるわ」

僕がいいかえそうとすると、キムが尻をつついた。

「あんた体の調子はどう、順調？」カレンがたずねる。

キムは無言にうなずく。

「ちゃんと食べてた？」

おずおずとまたうなずいた。

「この子の料理はおいしくて栄養十分よ、私にはろくにつくってくれないけど」

キムは上目づかいに僕を見る。

「あんたのいい人が海からあがってきても会えないわね」

「たずねてきたら連絡してくれるように友達に頼みました」

「手紙はくるの？」

キムは首を振る。

「そもそも知ってるの赤ちゃんのこと」

また首は振られる。

「水夫は情なし、女はおろか」と台詞のようにいうカレン。

「それぞれさ」僕は口をはさむ。

「あんたいくつ」

「もう十八歳は過ぎてる」と代りに僕が答える。

「それは商売上の年齢でしょ」と切り捨て、「この先ずっと一人で育てることになるのよ」とキムにむきなおる。

カレンは既に承知のことに念をいれる。おもんぱかってというより妬みだろうと指摘すれば一笑にふすかもしれない。出産への女の思いはほとんど生理的といえるそうだけどそれは僕には分らない。どんな子が生まれてくるのかしら。そういってカレンはなぜか僕を見る。

「まだ早いよ」

「男の子かしら女の子かしら」

「私は男の子がいいです」

「どうして」

「女はいや」キムは答えてうつむく。

「僕も男がいいな」

「あんたは関係ないでしょ」すかさずカレンがいった。

何が気にいらないのだろう。

僕はキムを導いて上にあがっていった。部屋にはものが無秩序におかれている。やっぱり狭いなと僕はつぶやいた。

「私のいた部屋より広いわ」見まわしてキムはいう。

僕は整理を始める。キムが手伝おうとするのでとめた。

「知らないのねトワ、妊娠してるからって動いていけないことにはならないわ、むしろふだんどおり動いてるほうがいいのよ」

「じゃあ軽いものだけもったら」

「うん、そうする」

そういいながら僕が重くてもてあますと手を貸してくれる。むしろキムのほうが力もちかもしれない。

「あんたと違って小さなころから肉体労働してきたもの」

よけいなものはまとめて押しつけていちおう方はついた。

キッチンで紅茶で一休みだった。カレンが顔を出した。飲む、と聞いた。それがいけなかった。

「なぜ先に声をかけられなかったの」と拗ねたことをいう。カレンらしくない拘り方。

「だから今聞いたでしょ」

すると彼女はテーブルセッティングを始めた。夕刻が近かった。チキンの蒸し焼きやサラダができていた。

静かな食事だった。三人で食べるのはキムには窮屈そうだ。視線の合うのを避けて顔をあげない。馴れるしかない、そのうちカレンがどういう人かも分るだろう。後片づけはキムが一人でして、僕はカレンの身支度を手伝った。そうはいっても見ているだけ。アップにする髪をちょっと押さえたり、ティッシュをとってやったり、出ていく前の気持を和めるのが肝心といえば分ってもらえるかな、つまりゆったりとそばにいるのが大切なんだ。母さんはカレンが僕を甘やかすというけど、ほんとは逆で、僕がカレンを甘やかすのさ。

僕はキムの世話も焼く。それが役割だから。食事に気をつけて彼女が好きそうな食べられそうなものをつくりさえするんだ。お腹が大きくなるにつれ動きが鈍くなっていく。

「辛い？」僕はたずねる。

首を振り、「そう見えるだけ」とキムはいう。

トワったらまるで自分の子を待つみたい、と母さんとカレンはいいあっている。二人の目には僕が四六時中キムに付き添っているように見えるのかもしれない。そんなことはない、今までどおりカレンを送りだし迎え夜食をつきあい、風呂にいれ、ベッドに連れていく日々だ。街をふらつくことも学校へいくことも変らない。学校は相変らず休みが多いけどさ。たまに出ていくと女の子たちは、久しぶりねと寄ってくる。適当に応じるけど、みんな他愛なくてものたりない。そうして男の子たちは僕があまりに異質で言葉を交わすどころか近づきさえしない。

自分の子を待つ気分に陥って僕は有頂天だった。生まれて初めて夢中になった。か細かったキムに少しずつ質感がましていく。少女が一足飛びに女を超えて母へジャンプしようとしている。肉体的にも精神的にも逞しくなっていくようだ。

やがてキムは男の子を生んだ。女は時間をかけて子を生む。その神秘と力強さをじかに見せられて僕は圧倒された。かなわない。赤ん坊は横たわるキムの胸元にそわせられ、彼女はほっとしたようにそうしてこのうえなく幸せそうに抱きよせる。僕も抱かせてもらった。僕にそっくりな男の子だった。世話を焼くうちにキムの目や心をとおして似ていったのかもしれない。

この子も半分日本人なんだという感慨もあった。実際あんたの子なんじゃないと、その似具合や僕の有頂天ぶりに、あきれ顔の母さんは疑いを深める。この子も二つの血に揺れると母さんはいう。だけどこの国ではみんなが混血さ、特別なことではない。

僕が、出産費用も出した。それも父親と疑われる要因になった。

「よくそんなお金があったわね」カレンに皮肉られた。

「僕のものをぜんぶ売ってあてた。腕時計、ピアス、ブレスレット、スーツとか」

「私からのプレゼントだわ」

「でももらったからには僕のもの、どう扱ってもいいだろう」

「あんたも理屈がいえるのねえ」

「あたりまえさ、誰に仕込まれたと思うの」

「因果応報といいたいの」と笑い、「だけど」とカレンは目を光らせる。「プレゼントには贈り主の気持がこめられるのよ、そこのところをどうしてくれるの？」

「知ってるさ、でもきみなら僕の心のありようをちゃんと分るから、ためらいもなかった」

「あんたのどういう心のありよう？」

「信頼、きみも僕を信頼してるだろ」

「計算なしにキムを助けたかったというの」

「そのとおりさ」

「鏡を見てごらん」

厳しく引きしめられた唇、気難しそうな額の皺。見馴れない男の顔があった。以前はなかったというのだった。私もうれしいと頬笑んだ。しかし笑顔は歓びばかりではない、苦味のようなものが浮いている。不意にカレンが哀れになった。

赤子はソラと名づけられた。母さんが客の日本人水夫から仕入れてきた名だ。トワのようにこの国でも日本でも通用する名。「宙」神様のいる場所のことだって、それに日本字ではトワより書きやすいよ。縦と横に線を引くだけで書けてしまう。母さんはそう説明した。高みからまんべんなくこの世を見渡すの、幸せゆえの悲しみや悲しみにひそむ優しさを感じとりおしえてくれるわよ。つまり何がいいたいの。この子の人生は豊かだってこと。

みんな落ちつきをとりもどし足が地についた。トワのペースにまんまとはまったわ、とカレンは茶を飲みながら母さんにいった。

「やっぱり半分日本人ね、半分以上かもしれない、赤ん坊を見ていてつくづくそう思ったわ」

「あんたがそう思うだけだろう」母さんは返す。

カレンはゆっくりと首を振る。「よく見なさいエヴァ、そっくりだと思わない」

「似てはいるけど……」

「それは同じ日本という血が流れているからといいたいの？」僕は口をはさむ。

「そう。日本人はみんな同じ顔をしている」

二人は水夫たちのいろんな面を思い浮かべるようだ。

「私らの血と半々になることで特徴がくっきりするんじゃないかしら」
「どう？」と母さんが僕に振ってくる。「それとも……」
「それとも、何さ」
「あんたがほんとの父親」
そう考えると僕の献身ぶりも納得できるというのだ。みんなまだ半信半疑の中途半端。

出ていけといつカレンがいいださないかを恐れながら、子供が生まれてもまだキムは同居している。僕がいるから気に病むなとなだめても、心配らしい。いくところが見つからないし、まだ働くわけにはいかない。遠慮がちに、精一杯家事をこなしている。

キムを世話して僕は気づいてしまった、誰かのすべてを引きうけて守る爽快を。小さかった僕に対するカレンもその快楽を知った。そうして親鳥が巣立つ前の雛を抱えるように扱ってきた。でも僕は大きくなりすぎてすべてをあずけるわけにはいかなくなっている。けれど僕はカレンにいえない、気づいてしまったと。いつかは気づくときがくる、たまたまキムがきっかけになった、それだけのこと、キムの責任ではない。

僕の気持は、気づく前とは違う、もうカレンに無防備に甘えられない。カレンが勘づくのは時間の問題だろう。準備を始めなければいけない。そう思った。

今では掃除や食事づくりはみなキムの役目だった。そうして彼女が忙しいとき僕がソラの面倒をみる。母さんやカレンはいいお遊びと形容する。いわせておけ。いつ飽きるかそれが見ものなんだろうが飽きはしないさ。日がたつにつれソラはますます僕と瓜二つになっていき、やっぱり父親はトワだと母さんたちばかりでなく港の女たちも囁きだした。やがて誕生日を迎えた。僕は十八歳のゴッドファーザーを気取っている。この子も生まれたときよりこうして一年たって瞳がより黒くなったよとカレンがのぞき見る。

僕の最も日本的な特徴は目だった。そのつくりと色合いだ。ぱっちりと見ひらいても上瞼はくぼまず、でも皺むわけでもない。ただ消える。柔軟なゴムのようなのだ。そして黒目が文字通り黒い、この国の人たちには絶対にあらわれない、カレンにいわせるとピュアな黒色。成長するにつれて黒がましてきたそうだ。私らのはたとい黒といっても実際は茶色よ。だからかすんでいる、あんたのその高貴さはないと結論づける。顔全体としては目の細いところが致命的に日本人で、それがエキゾティックな容貌の中心だった。まったくの異人ではなく、しかし同類ともいえない、その微妙な違和に女たちは引かれるらしい。おまけに優しくあたりが柔らかいからね。それが僕、トワ。

誰がソラを中身のない傲慢な自信家にするのだろう。カレンのような女に育てられ、気づいたときには、つくられた自分を生きるしかなくなっているかもしれない。そうして自分が受けいれてもらえるように優しく振舞う術を学ぶんだ。誰にも出会わずに、キムの手によってそこらにいる子供たちと同じように半分ほったらかしに育てられていくほうがずっといい。世話をしながら僕はいつか、そんなことを考えていた。

僕自身はもう取り返しがつかない。諦めるんじゃないという内からの声を空しく聞くこともあるのさ。未練かな。せめてこの子を守りたいんだ。

カレンがニュースをもってきた。

「一月苦しんだ末にまた一人死んだって、四十半ばの年齢で、あの死病を抱えた富豪一族」

まさかパウロの父親じゃないだろうなと僕はとっさに考えてしまった。

世間にもその年で亡くなる者はいる、でも生まれたときから、いつその日がくるかびくびくしながら生きてきたろうあげくに迎えたのだ。個人としてのまた一族としての二つの宿命、死ななければならない宿命を負いながら、子孫を残さなければいけない宿命。ある日突然、不眠に襲われる、酒を飲もうが薬を飲もうが眠れない、眠りたいのに眠れないで疲れ果て衰弱していく。まだ体力があるうちは熱が上がるそうだ、それが徐々に落ちていく、抵抗力が失せていくらしい、そんな自分から逃れられない悲劇。人のありようの象徴のようだ。生まれ、生きて、死んでいく、その過程は苦しい、どんなにたのしいことうれしいことがあっても苦しみがついてまわる、それが人の生。死者は発狂するのが先か死の訪れるのが先かぎりぎりのときをへて、いずれにしてもあるのは闇で逃れられはしない。僕も僕から逃れたい、別の僕になりたい、ときにはそう願う。別の僕になってもまた逃れたくなるのは分っていても。パウロはどうしているだろう。最近会ってない。

「あんたほんとにソラが可愛いのね」とある日キムはいい、信頼と愛の眼差しをむけてくる。誤解だよ、キム、そういいたい衝動がわく。ソラは可愛い、彼のためなら何でもしよう、でもそれ以上の意味はない。

「それにしてもよく似てる、私でさえ本物の親子と思ってしまうわ」

「何度もいうだろうそれは日本人という共通性からさ」

キムは生ハムと野菜をマリネ風にドレッシングでくるんでいる。僕はトマトとガーリックでペーストをつくっている。鍋ではパスタがゆだっていく。キッチンを出ようとするとソラが泣きだす。おいてきぼりが堪えられないのだ。すぐもどるのに、つぶやきながら僕は抱きあげる。階段下へいって、カレンに声をかける。おりてきてー。

家族団欒の早めの夕食が始まる。カレンとキムはのんびりと食べる。僕はソラを養いながら合い間にパスタを口に運ぶ。

「この子の母親の思い出はたぶんあんたね」カレンが皮肉をいう。「だめにならないかしら」

僕はカレンを指さして返す、「僕をだめにしたのはきみだ」

ふんとカレンはそっぽをむく。

ソラを連れて散歩に出た。穏やかな日。埠頭に立つと沖では船が錨をおろしている。ソラがカモメをつかまえようとする。落ちるよ、と声をかけるが聞きはしない。しようのない奴だ。僕は首根っこをつかまえる。ソラは勢い余ってふんぞり返る。抱きあげ、髪をととのえてやる。抱いたまま海面をのぞいた。光と影に分かれているきわ、その光の具合で水中もうかがえた。小さな魚が群れて右に左に全体で泳ぎ回り、一匹も外れはしない。

心地よい微風。程よい日差し。落ちた影は一つ。トワと女の声がした。

「やあ、元気」

「元気よ、お見限りね」

「忙しいんだ」

「子育てに？」

僕は頬笑む。

「子供ってそんなにいいもの」

「ああ、もってみなければ分らない」

「やっぱりあんたが父親なんだ？」

僕はもう否定しない。

「抱かせて」

手から手へ移動させられておまけにキスまでされてソラは迷惑そう。こんなふうにして、こいつも女に馴れていく。

僕は母さんの家に寄った。

「親子で散歩ね。私カレンに忠告したのよ」と母さんはいいだした。

どうせおためごかしだろうけど、と僕は内心でつけたす。

「あんたこのままではとられるわよ」

「計算ずくで私に背きキムになびこうとするなら私だって対抗するわ、でもあの子はそうじゃない、すれっからしのくせに奇跡のようにピュアなんだもの、思いどおりにさせるしかないじゃない」カレンは母さんにこう打ちあけたそうだ。

「いい気になるんじゃない、心して聞くの、みんなあんたのためなんだから」

日頃は犬猿の仲なのにいざとなると僕を越えて団結する。

「それともカレンに飽きたかい？」

「飽きるはずないだろ」

「ほんとかな」

「飽きたというなら、カレンにでない、セックスに飽きたのさ」

誰が何といおうとかまやしない、僕は裏切ってはいないんだから。カレンもそれを知っているからでんと構えているんだ。チャンスと見て母さんは仲を裂こうと図ってる。疑心暗鬼が芽生えていると今ころ母さんはほくそ笑んでいるだろう。

油断は禁物だ、誰がどう罠を仕掛けるか分りはしない。それがこの街、女たち。カレンだって例外ではない。ときには僕にも嘘をつく。つききれないでぼろを出し、だめね私って、あんたにむかうとうまく自分を騙せない、としおらしく告白する。そう、僕に嘘をつくと苦しくなってしまうのだ。どうでもいい嘘ならつけるのよ、と言い訳するが。

日本人らしい水夫といきちがった。とっさにかわしあった頬笑み。ほら僕らの同類だよとソラに耳打ちする。

「あの扁平な顔に細い眼、似てるのかな」

半分似てるだけじゃ一見したくらいでは分らないだろうに、何が嗅ぎ分けたんだろう。直感かな。僕の日本人が渇きを覚える。いきたい、日本へ。いって僕の埋もれているものを掘りおこすんだ。くそったれの父さんは異国でできた息子のことなんか頭にない。きっとソラの父親もそうなんだろう。僕だって日本人だと見せつけてやる。ここでは何かというと僕のなかの日本人が浮いて、指摘されるが、日本ではちゃんと落ちつくはずさ。

また港にさしかかる。遠くにはたくさんの船が停泊している。女たちのかきいれどきだ。

遠慮がちに寄りかたまった小さな漁船がたがいにギィーギィーとこすれあっている。野良猫とカモメがたむろする。疲れた様子のソラは追い散らそうともしない。抱きあげ家路をたどった。

お帰り、遅かったのね、とキムが出迎えた。母さんの家にいったのさと僕は答える。

「カレンは?」

キムは黙って二階を指差す。

「街は水夫だらけだよ」

「私ももどらなくちゃ」

「焦ることはないさ」

「でも食べていかなくちゃならないもの」

「彼から返事はあったの」

キムは首を振る。「どこにいるか分らない人でしょ、それに突然の知らせをどうとるか」

「どうとろうと子供は子供さ」

異国を渡る水夫なら、どんなに真剣でも遊びに流すことだっていざとなったらするし、罪の意識をもとうとはしない。キムの思いがどれほど伝わったかだ。

「諦めてる」とキムはいった。

僕だって返事があるとはほんとうは思っていない。ずるずると二年がすぎてしまったのだ。そしてキムはまだ僕らといる、カレンはそれを許している、僕もまた当然のようにしている、でもそれぞれが優柔不断に今をつづけているにすぎない。

母さんの説だけど日本人というのは広く世界へ出ていってもけっきょくは自国に帰りたい人たちなんだそうだ。父さんからの受け売りかもしれない。世界のどこかにたどりついてそこを故国にするのが苦手。

「日本人には国を捨てるって事情が歴史上なかったらしいのね、移民なんて聞いてもしっくりこないのよ、いつでも国が恋しいの、いくら船に乗って自由気儘にしていても常に心のどこかに郷愁がつのるらしいわ、だから説得しても船を捨ててここに住もうとしないのよ」

「日本に家があって妻子がいるからじゃないの」

「ここには私がいてあんたがいるわ」母さんは口惜しげに返す。

日本はそんなに平和なんだ、僕は内心で思う。母さんやカレンたちの商売が成りたつんだからこの国だって平和だけど。でもいろんな国からくる男たちがいう、平和なんて地球上のほんの一部にしか存在しないと。父さんもそれを知っているから、自分の国が大事なんだろう。この国もほんとは危険にあふれている。そう語る人もいる。気がついていないだけのこと、気づいたときは手遅れだと憂える。ぴんとこないけどって返したら、いわれたことだけは覚えておけだとさ。

僕は考える、世界をめぐる父さんもものを知らないわけじゃない、それなのに自分の国を信じているなら、その父さんの国はいったいどんなだろうと。

「あんたは日本が分らないのね、好きか嫌いかも分らない」

「キムだって分らないだろう」うなずく彼女に、「関心すらない」と僕はいう。

「今はあるわ」

「彼を忘れたら」

「母子でやっていくつもりではいるのよ」

「いい男を見つけるさ」

キムは僕をじっと見る。ソラは椅子でこっくりを始めている。

カレンがあらわれた。「おやまあ、家族のような風景ね」

「紅茶でもいれようか」

「ううん、お腹の具合がよくないの、夕飯はいらないっていいにきたのよ」

「どんなふうに、吐き気はある?」

「ないわ、もたれて苦しいだけ」

「ずっとつづいてる?」

カレンは首を振る。「今朝からよ、一食抜けばなおる」心得ているというふうに答えた。しかし何も口にいれないというのはかえってよくない、じゃあ軽いスープをつくろうと僕はキムにいう。部屋にもどるカレンに僕はついていく。ドアをはいったところでカレンの腰に腕をまわした。彼女は上体をもたせかけてくる。

「休んだら」

「心配してくれるの？」

「船がいっぱいで水夫たちがうろついてた」

「稼ぎどきじゃない」

「だから心配なのさ」

「無茶はしないわ」

「守れない自戒だ、我をなくして、気づいたら気にいった男と酒場で酔いつぶれてる」

僕は七、八歳のころから夜更けの街を歩きまわり酒場を探しあて、今にも崩れそうなカレンを精一杯支えながら家路をたどったんだ。わけのわからないことを喚き、路上に倒れこんだのを引き起こし、また倒れて、動かないというのをなだめ、夜明けにやっとドアにたどりつく。

「可哀想なトワ、手を焼いて」いつも見つめていう。

「そう思うんだったら僕のいうこと聞いて」

うるさいわね、と僕を突き放す。しりもちをつきうんざりするがほうっておくわけにはいかないし、僕がそうしないのも分っていて、したいほうだいなんだ。

そんなふうにしながらカレンと僕の世界は築かれてきた。たとえ母さんでもその絆を断ちきれず、受けいれ、いつしか認めていた。

カレンはベッドに横たわる。僕は端に腰掛け身をよじる。私のトワ、とカレンは溜息をもらす。

どこをほっつき歩こうと最終的にはこの胸に帰りつく、それが私のトワ、なんだ。

「あんたいくつになったの」カレンは唐突に聞いた。

「えーと、二十歳かな」

「男ね」といった。「心もとなさがいつの間にか消えてしまったわ」

「自分じゃ分らない」

「そんなもんよ」

「今日は休んだら？」

カレンは首を振る。少し眠るわ、そういって目をとじる。額にキスして僕はそっと立ちあがる。

母子はカード占いをしていた。何を占ってるの、と僕は聞く。何でもないとキムはカードをしまって、スープつくるわねと冷蔵庫をのぞく。うまくごまかしたけど彼のことに違いない。もう諦めたといいながら諦めきれない。女ってそうよと、批判する自分をそこには含めない女たちがいうのを僕は何度も聞いている。

スープを一口すすってカレンは僕たちがとめるのもきかずに出ていく。街までついていった。帰りなさい、とまるで犬を追いはらうようにカレンは手を振った。これ以上つきまとったら機嫌を悪くすると判断して僕は踵をめぐらし、埠頭にそれた。パウロがいた。

「やあ、久しぶり」僕は明るくさりげなく走りよった。

振りむいた彼は、あえて表情を消しているという印象だ。僕は騙されない、パウロの真剣をとらえる。何かをいいたい、けれどそれを口にできない、そんなもどかしさを感じた。例の……、と僕はとっさに気づいた。今は誰とも交わりたくないのかもしれない、パウロは立ちさろうとする。僕は腕をとって引きとめた。

「死よりも今のこの一瞬を大事にしたら」

「一瞬？　そんなのすぐすぎてしまう」

「永遠になることだってあるさ。たとえば僕たちが初めて出会った埠頭での一瞬、きみは覚えてない？　僕は覚えてる、忘れられないよ」

パウロはうなずいた。

「あの一瞬は永遠だよ」

パウロは踵を返して歩きだす。人は簡単には死なないよ、と声をあげそうになって無責任な気休めでしかないととっさに飲みこみ、死ぬ方法が見つからないようにと願った。

パウロが遠ざかる。港の女を誰か紹介したかった。勘だけどパウロはまだ女を知らない、その優しさも。憩わせてくれるのは教会ばかりじゃない、すでに僕は教会と売春宿の共通性を理解した。解放と安らぎ。結婚では味わえないものがあるはずさ。

坐りこみ、茫然と沖に目をやった。夕焼けに海面が一筋輝いている。じき闇がおとずれる。無意識に、考えていた。何を考えているのかも定まらないままに考えていた。たぶんそれはパウロに誘発された未来の姿だった。何にも分らない僕の未来だった。僕は焦れる。はっきりとした絵が見えなくてはいけない、描かなくてはいけない。だけど浮かばないし描けない。

気づいたら震えていた。月はなく、街灯はあるものの闇につつまれていた。沖合から水夫たちの歌声がかすかにとどく。僕は立ちあがる。病みあがりみたいに力が抜けていた。街かどの奥まったところで女のふかす煙草の火が赤く揺れていた。パウロを思うと悲しみがふくれた。

魂をどこかに置き忘れたような状態でもどった。キムがソラを寝かしつけるところだった。にここと機嫌のいい彼は少し高ぶってもいる。おとなしくして眠るのよとキムがなだめるとソラは目をとじ、くすくすと笑う。僕が登場してうれしいのだ。もう、と母親はぼやく。あんたむこうへいってよと僕を遠ざけようとする。共犯者めいた眼差しが見あげている。そこにあるのは僕と同じ、日本の顔。やっとなだめて落ちつかせキムは明りを消す。

「どしたの、あんた上気してるみたい」キッチンでキムが聞いてきた。

「歩いたからだろう」

「そうかしら」

僕は肩をすくめ、己に確認するつもりで埠頭の話をした。

「分るけど、ぴんとこない」キムはいった。

誰でも同情はする、でもぴんとはこない。僕もそうだ、眠りを失うなんて。深く考えれば僕には僕の、余所目には他人事の、重大事があるはずなのに。パウロと違うのはただ、重大事が明確かそうでないかだ。

「トワ」とキムが呼んでいる。

ふっと気づくと彼女が身を乗りだしてのぞきこんでいた。

「恐いんだ」と僕はいった。いってしまった。

キムは目を見張る。「どうしちゃったの、私、あんたを頼りにしてるのよ」

僕は一人でカレンの帰りを待っている、落ちつかない、ずっと動揺がつづいている。じっとしていられなくて迎えにいくことにした。夜を歩けば少し鎮まるかもしれない。街に近づくにつれ静かなざわめきが渦を巻き、隠微な気配がふくれていく。午前三時をまわっている、カレンはどこにいるだろう。ロストホーンにいけば分る、たぶんそこにいる。

店は煙草の煙と人いきれでむせるようだった。カレンでなく母さんがいた。お迎えかいと聞いてくる。

「あんたのくるとこじゃないよ」

僕は口をまげた。女たちは自分の男がくるのを好まない。

「あぶれたの？」

母さんは指を二本立て、「今日は終り」と頰笑む。

「商売繁盛か」

「気前のいい男でこれが何人かと思ったら……」

「日本人」と僕は重ねた。

母さんはうなずいた。「私ゃ日本の水夫が好きさ」

「ろくでなしの日本人がね」

「あんたのパトロネスが登場だよ」母さんが回転ドアに視線をむけた。

靄のむこうにカレンがいた。

「飲んだくれて……、手を焼くよ」そういってプイと母さんはそっぽをむいた。

男と一緒かと思ったが一人だった、それを確かめて僕は迎えに立つ。

「あんた、何できたの」

「心配だったから」

「へっちゃらよ」

「そうみたいだね」

「外から何が分るのよ」と絡んできた。だけどうれしくもある。それを素直に表せない。

小娘でもあるまいしと母さんは腹で思っているだろう。そう、母さんがいる故の態度なんだ。

「ごめん、でも今日はもう帰ろう」僕はあやす気持で説く。

「あんたの情夫は優しいねえ」母さんがのぞきこむようにして逆撫でする。

思わず僕は溜息をつく。

「あんたと違って私は心根がいいからね」カレンも負けてはいない。

「母さん席をはずしてくれないかな」

「もともと私がいたんだよ」

「そうだけど」

「あんたの情夫が私に消えなとさ」そういって母さんは靄のなかに遠ざかる。

「さあ、帰ろう」

「一杯やってから」

カレンは見た目からすると意外に軽い。でも支えながら歩くにはやっぱり重くなっていく。

「私のトワ」

「何さ」

カレンは答えない、私のトワを繰りかえす。最近のカレンはおかしい。さりげなさを、無理に装っている。そう見える。だから悪酔いする。悪酔いして絡む。

やっとの思いで家までたどりつき部屋にあげた。寝かせようとすると風呂にはいるというのだった。僕は用意する。裸にし、湯船に横たわらせる。いつものように縁に腰掛け僕は眺めた。

カレンはうつむく。いってもいいのよ、と聞こえた。

「いきなさいキムのところへ」

「何をいいだすのさ」

わきまえてるの、とカレンはいった。一般の人は街の女たちの世界を、乱れていいかげんで金がすべてととらえるが、そうではない、はるかに慎ましく条理をわきまえている。わきまえられない者は流れて消えていく。

「あんたはキムの気持が分らないの」

「キムのどういう気持」

呆れたという表情をカレンは浮かべる。

「私に、義理を感じて黙っているのよ」

確かにキムは幸運だった。この家でソラを生んで、いつづけて。そうなるように僕は手を貸した。幸せだとキムはいっている。それで十分ではないか。

キムは誤解している、トワはいかなるものでも受けとめてくれると。そんなはずない、何にだって容量というものがある。憎しみでも愛でも容量を超えたならこぼれてしまう、そうして、トラブルの種になる。キムは愛をあふれさせてはいけないのだ。

「あんたはあの娘の気持を分って分らない振りをしてるの？」

「僕は、カレンのトワさ」

「私を隠れ蓑にしないで」

男になるのをためらっている臆病者と、カレンは批判する。

「私はね、キムのためにいってるんじゃないの、あんたのためよ。初めてだもの、あんたが誰かのために親身になるのは。前から思っていたの、もう私の保護はいらないわ」

「僕はまだ成長しきってないよ」といいかえした。

「そうだとしても独り立ちするときよ」僕に負けない高い声でカレンはいいはなつ。

不意にキムがあらわれた。不安にかられ駆けつけた。

カレンはキムを睨みすえた。「この子をあんたに譲るわ」

キムは目をみはる。

「私はこの子のすべてを許すの」

「ソラはトワの子ではありません」

「そんなのどうでもいいことよ」

二人でなだめ、ようやくカレンが寝てから、キムはいった。「あんたと暮らせたらと思ったわ、でも私はついにソラの父親から手紙をもらったの、彼、船をおりて隣の国にいる、何してると思う、空手の先生よ、落ちついて見通しがついたら迎えにくるって、一緒に暮らそうって」

「何でカレンにそういわなかったの」嘘と見抜いたが僕はしらばっくれた。

「まだいえない」

「そうか、いえないか」

「狡いのよ」

「彼のいうこと信じられるの？」

「分んない……、信じる」

僕らがそんな話をしたのも知らずにカレンは母さんに、トワを自由にすると告げた。

「キムにあげる？　バカいわないで」

キムも港の女なら仁義をわきまえるべきだ。

「エヴァ、考えた末よ」

彼女にとって僕は本当の意味で男ではなかった。生まれたときから所有して、自由にして、そして育ててきた。

「トワはこれから本物の男になっていくの」

「だからじゃない」とカレン。

母さんはうなずいた。「あの子が男になったときあんたは干からびた婆さんだもんね、たるんで油気のない肌、そのくせ脂肪がぶるぶるしてるんだ」

カレンは鼻で笑い、そんなんじゃないわと一蹴した。

「じゃあ何？」

「あんたにいっても分らない」そうして口をつぐんでしまった。

「トワ、あんたは自由よ。カレンも自由、あんたよりましな男を見つけて歓喜の叫びをあげるでしょ」いいおいて母さんは帰っていく。

カレンはソファーにしゃんと坐っている。母さんを送りだした僕はその姿を確かめる。僕を失ってカレンはどうなる？　僕もカレンを失ったら迷うだけだ。いつまでも自分の男にするわけにはいかない、そうできないと体も心も分っている？　そんなの嘘だ。

僕はもうじき二十一歳、カレンにいわせると少年から脱皮して男になるべきとき。むしろ遅すぎる。私があんたに君臨した、これからのあんたはキムと手を携えるのよ。

「何を誤解してるの、僕の愛しているのはカレン、きみだよ、分っているだろう」

「そういわれてこのうえなくうれしかった、でも今は悲しい、私は年よ、お婆さん、あんたにはあんたにふさわしい若い娘が必要だわ、もう少年でいてはいけない」

僕は拒む。

「私をあてにしないで」

キムの告白を聞かなければよかった。僕はかえって、キムは問題でないといえなくなっていた。

生まれて初めて父さんが恨めしかった。相談する誰も僕はもたないできた。ソラの相手になるのも放棄して僕は毎日街をふらついた。女たちに声をかけられ、愚痴や悩みを聞いた。何も変らない、相変らずの僕さ。カレンの帰りを待って世話をするのも変らない。カレンも身をあずけてくる。ただし、言葉が一つ増えた。

「あんたまだいるの」

出迎える僕にまずいうのだった。そのたび僕のなかでドラが鳴った。ベッドへいこうと求めても拒むのだった。母さんに手をさしのべてくる気配はない。僕は孤立を深め、将来を考える。日本が大きくなっていく。しかし思い切れない。

異国といえず、母国とも思えない。特別な国。憧れの国。鏡をのぞくとそこに映る顔に日本があるのに。

カレンは本気よ、あんたどうするのと母さんに聞かれた。生きる手立て見つけなきゃとたたみかける。女衒、いや男娼になるしかないというのだった。

「あんたは女に養われて生きてく男だよ」

「ここにいるかぎりはね、だから出ていくんだ」

僕は桟橋に坐り足をぶらつかせながら考える。海面が小さく揺れている。一隻の船が汽笛を鳴らし動きだす。どこへむかうのだろう。

トワと声をかけられた。パウロだった。うかない表情だという。きみにしては珍しいと。

「カレンから終りを告げられた。僕は男にならなくてはいけないそうだ」

「それでどうするの、トワ？」

「迷ってる、日本へいこうか」

「日本？」

「僕は半分日本人」

何をするにも意識のなかにあるというとパウロは返した、血は厄介だね、と。

「日本で何をするの」

「いって見つける」

「あてはなくてもとにかくいってみる？」

僕はうなずき、肩をすくめる。パウロも肩をすくめた。

「パウロの悩みはつづいている？」

ゆっくりと真剣な目でうなずいた。

「一族の男たちは自分のためではなく子孫のために懸命に生きる、僕もそれを求められる」

だけどその気になれない、どう生きていいか分らない。

「おまえは一族の異端と伯父にいわれた」芸術でも学問でも好きなことをしろ、それが異端のすすむ道だと。「だけど……それもまた苦しい」

「なぜ」と僕は聞いた。

「限られた命だから」

僕はくっと笑ってしまった。

「笑うの？」パウロは憮然とした表情でそう聞いた。

「弱虫だからさ。伯父さんにいわれなかった、一人で完成できなくても子や孫につないでいけと」

パウロは目を見ひらいた。

「知ってるの」

「きみたちはそうするのだろう、きみがいったんだぜ子孫に残し継承させるために懸命に働くって」

「事業ならそれも可能さ、でも学問や芸術はそうはいかないだろう」

「いくかもしれない、ううん、いく」

「信じるの、それとも僕のためにそういうの」

「信じる」

パウロは首をかしげた。「きみと話しているとなぜか心が疼きだす」

「きみも？」と僕は返した。「僕の心も疼く」

二人してしばらく見あっていた。

「きみは死を考えない？　なぜ、若いから？」

「僕は死なない、僕はトワさ」

パウロは首をかしげたが僕は黙っていた。

「芸術とか学問とかむずかしいことはいわず、何かをすればいいさ」

パウロは腕を組む。「きみは前もいった、僕にもできる……何か」

「そう、海は広いよ、海のむこうにはいろんな国がある、そこへいくのも面白いと思わない」

「きみが日本へいくように？」

僕はうなずく。

「目的もなくいくだけなら何もしないのと同じじゃないか」

「いいや、違う、いくという行動のなかから何かが見つかる」

パウロは肩をすくめた。「初めて会ったときみはいった、海を見ると遠い未知のものに恋い焦がれると」

パウロには愛にも財にも恵まれて育った者の不遜さも伸びやかさも感じられない、それどころじゃなかったんだろうな。

傍らをジョギングする一人の男がすぎていく。ともりはじめた街灯に消えては生まれるいくつもの影を従わせながら。パウロや僕にはここはどこでもない国、どこでもない港町。

「おなかすいたな、何か食べにいかない」そんなことをパウロはいいだした。

「今？」

「ステーキのおいしい店がないかな」

重いものを食べるには中途半端な時間だと僕はいった。

「ステーキならいつでもいい、他のものはいらない」

パウロの家族は、いいや一族は、みな野菜が嫌いだそうだ。

「もしかして……」いいかけて僕はとめた。

「もしかして、何？」とパウロは僕の顔から目を離さずに聞く。

「何でもない……」

「いってよ」

「怒らないで。それって……、一族の宿命に関係してないのかな」

「え？」

「肉しか食べないとしたら栄養のバランスがとれない」

パウロは笑いだした。「いいな、その軽さ」それから眉をあげ、「いい気分だったのに」といった。

「ごめん」

「深刻にとるなよ」

僕はほっとして、ますます申し訳ない気持になった。

別れ際また会いたいとパウロがいった。僕はうなずきそのとき食事をしようと返した。


毎夜日本への思いが夢のかたちをとってあふれでる。

僕は旅立つ、父さんの国日本へいく。気持を固めるためにもそう宣言した。

母さんはあきれ、とめる。ここで女を見つけてジゴロになるのよ、身につけた術を生かすの。

それが僕にふさわしいらくな道。

「迷わすようなことをいわないで、僕は決心したんだ」

「父さんを頼るつもり？」

「訪ねたい」

「やめなさい、奥さんも子供もいるわ、訪ねても拒まれるだけ、たとえ受けいれられても浮いてしまうでしょ」馴染めるはずがないという。

「母さんは知らないんだ、僕がどれだけ日本を思ってきたか」

「知ってる、だからとめるのよ」

「いいや、僕はいく。ここにいたら進歩はない。とめても無駄さ」

「進歩？　あんたから聞くとは……」

宣言をしても僕はぐずぐずしていた。日本にこだわりいきたいのは事実だけど、そのこだわりがなぜなのか父親の国というだけでは自分自身をも説得しきれないのだ。カレンもキムも距離をおいて眺めている。

そんな中途半端な日がつづくなか、約束の日、パウロと会った。

「パウロって美しい顔してる、……美しいのともちょっと違うかな」

パウロは苦虫をかみつぶすような表情をつくる。

「僕たちとは違うって分る。人間離れした、高貴さ」

そういって僕はまた、しまったと思った。パウロも一瞬、そのことを思ったに違いなかった。

祖先の一人をパウロは話しだした。彼はとりわけ優秀な人物だった。理不尽な死を迎える者としてその代償は何なのかと考えあぐね、探しあぐね、見出せずにけっきょくそんなものはないと結論づけた。いらい運命そのものなのだからと一族の誰もその問題を突き詰めようとはしない。

そうして死に絶えればいいとは考えず、逆に子孫を増やしていこうと、精一杯生きて早くに子供をつくることを心がけるその考えを前進させた。個人としては死んでも一族としては生きのびる。一人一人は長く生きられなくともこれまで一族は盤石だったではないか。それが一族としての思想になった。いつか病の理由も分析され、治療法も見つかるかもしれないではないか、とにかくそのときまで生きのびる。それが彼らの義務なのだ。血は敏感で繊細だ、偉大なもの、大事にしなくてはいけない。

いつだったかパウロは即物的といったけど、命を考えつきつめた果てだと僕には思えてきた。しかし同時に不安も抱いた。治療法が見つかったなら、一族の結束はどうなるだろう。

パウロは、いずれくる死なら自分の意思でそのときを決めてもいいではないかと伯父に反発した。

「それは無責任だと伯父は説いた。なぜ一族が生きのびようとしてきたかをおまえもおまえなりに考えろ。血の重さを自覚すべきだ、パウロだけの血ではない」

しかしいまだに腹が据わらないパウロに業を煮やし、おまえらが甘いからと親を叱るそうだ。

パウロにはそれもつらい。

「最近だけど、その伯父が死んだんだ、一族の精神的支柱だった」

「……」

「僕の父もいつ発症してもおかしくない年になっている」

父親はそれを深く自覚したのだろう、考え方を変えたのかもしれない、私が死んでもおまえは負けずに己を生きていけ、と伯父の死後パウロはいわれたという。

血は重大だ。パウロのいうことが腹にずんとくる。いつか彼がいったように僕が日本に執着したのも血なのだ。

「そうなんだ」と僕は声をあげた。無意識にであっても自覚してきた、僕も。

え、と大海に浮かぶ小船のように頼りなく揺れるばかりのパウロは目で問う。

「ごめん僕のこと」

パウロは肩をすくめた。

「母さんは港の女、父親は日本の水夫さ、僕らは家族なんてものじゃない、僕はどこに所属するのだろうとたびたび迷った、ルーツなんて何もない身さ、死ねば終り。だからこそ、僕はなぜトワなのか、ずっとその意味を実感したかった……」

とまどうパウロは首をかしげる。

「比べてきみは長い歴史をもつ家族がある、家族が結束して生き抜こうとしている、これはすごいことだと思うよ。個は死んでも一族は生きつづけるなんて、みんなそう信じているなんて……。きみも同じ心をもっている、たとえ迷っても。問題はどれだけ生きたかでなくいかに生きたかだろう」いった瞬間酷いことをいったと悔やんだがあえてつづけた。「きみは今生きている、生きるということは何かをすることさ、やりたいと思うことをやれとはそういうことじゃない？」

話すうちに僕は突然分った。パウロがいかに甘やかされ守られてきたか、同時に死が特別な意味をもつ一族のその血ゆえに保ってきた底力あるいはエネルギーを彼もまた十二分に保持しているということを。

「いいなきみは戦うべき相手が己の死とはっきりしている、僕はそれを日本へいってから探さなくてはならない」

しばらくの沈黙の後、パウロは僕に目をむけてきた。

僕は空にむかって大きく手をのばした。とたんに涙が湧いた。空がにじむ。青く清々しく澄んだ空。知ってるかい、日本の空はいつもこうなんだよ。

日本が必ずしも僕に優しいとは思わない、父さんだって、ましてやその家族だって。でもいく。日本は僕にとって特別な意味のあるのは確実だから。僕は日本中をさ迷い歩く、そのこと自体が僕の青春、僕の目的かもしれない、そして何かを、僕は見つける。

「僕も日本へいこうかな」

「きみにとって日本はどういう意味があるの」

「さあ……」

「オランダへいってみたら、きみの祖先の土地だろう」

「イタリアさ、オランダではない」

「コンタクトはあるの」

パウロは首を振る。病で途絶えたのだろうか。

僕はもっと慎重に考えるようにすすめた、年上ぶってね。あのころ死ななくてよかったと振返る日がくるかもしれないだろ。でも、こうつけくわえた、きみは知っている、死をもたらすのは時間だ、きみじゃない、死のうなんて迷っていないで、何かに挑戦すべきだ。

僕は母さんとカレンを懸命に説得しつづけた、どうしてもいかねばならないと。未来をひらくために。

「母さんの理解できない日本人を、僕は感じたい」ほとばしった言葉だった。

「日本があんたを変えてしまったらどうしよう」

「望むところさ、……そう」僕は気づいた。「変りたいんだ、だからいくんだ」

熱意はつうじ、母さんが認めてくれた。僕はほっとする、喧嘩別れはいやだった。

「これだけは約束して、いきっぱなしなんてことはないだろうね」

分らない、と正直に答える。涙を見て僕も泣きたくなり、そっぽをむいた。

ほっとして僕は、暗い気持になった。父親、日本が僕をどう迎えるか、拒まれるのではないか。パウロにあんなふうにいってしまったけれど、それをそのまま僕自身にあてはめられないのではないか。血がそんなに大事かとも思えるのだ。自分が何者だろうとあくまで僕は僕を生きればいいのだから。

何のことはない、変ろうと決意した矢先、さっそく怖気づいている。

僕はそれでもいく、決意を変えはしない。この目で見るのだ。日本にもパウロ一族のような一族がいるかもしれない、あるいはいたかもしれない、この国にだって他の国にだって。未知のもの、根深いもの、謎はどこにでもある。だから僕は日本を目指す。僕を探す。

不安に駆られながらも僕はつきすすむ。女に食わせてもらってのんびりと生きる、誰もがそう見ていた。僕は、見事に裏切る。みんな理解してなかったのさ。

カレンも折れてくれた。あんたを思うたびに私はよろこびと苦しみを味わうのね……。

「あんたといて私は幸せだった、初めてちゃんと受けとめたとき、あんたは十歳だったかしら、幸せの絶頂だった」

そうして僕の全身を確かめるように見ていった。

「若さも新鮮さもあふれている、それが今のあんた……」

僕を独占してきた彼女は、日本でたとい誰かのものになっても……、と忠告する。

「己をもつの、その己を維持しなさい」

皮肉な忠告さ。僕にもカレン自身にも。それに僕はもうカレンのいう誰かのものにはならない。日本という国に身を置いたとき僕のなかの日本人の血が何を感じるか、どうしても知りたい。それは僕の義務だし権利なのだ。

キムとソラはもうしばらくカレンの家にいられることになった。恩を売るように、あんたの頼みは断れないとカレンはいったが、ほんとは二人に情がうつったのだ。

「トワ、あんたいなくなっちゃうのね」とキムは恨めしげにいった。

私は誤解してたのとその目は問うている。誤解させたのはあんたよ、と。

「でもありがとう、私にしてくれたすべてを感謝してる」

「僕がついてなくて大丈夫?」とソラ。

思わず苦笑した。こんな生意気がいえるのだ。

ごめんよソラ、もうきみを守れない。きみのするべきことはキムを支えることさ。

未来へ足を踏みこんでいく、日本へ。僕はトワ。僕はエイエン。僕は希望。

あとがき

「晩夏」について。

小学生のころ夏休みになると海辺の伯父の家にいって過ごした。私のなかでは七月二十日に夏は突然始まり、八月三十一日突然終るのだった。土地の子と遊んだけれどあまり親しめなかった。むしろ一人で浜辺をうろついているほうが性に合っていた。たとえば青い空に白い雲が浮かんでいたりするといつまでもそれを眺めて飽きなかった。

朝早くあるいは夜暗くなってからも出ていったものだ。明け方ふっと目覚めると何か知らないひっそりとした気配に包まれているのだった。すると寂しさに襲われる。寂しくてたまらない。それは死に結びついているとさえ子供心に分っていたのかもしれない。実家にいるときには決してないことなのに伯父の家にくると不思議にそうなるのだった。さらに不思議なことに寂しさや死を感じることが決して嫌ではなく、むしろ快かった。寂しいということは仕合わせなことだと子供の私は解釈したのだった。

寂しさと快さと両方をしみじみと受けとめていた自分が、今もってよく分らない。あれは夢だったのか現だったのか。しかし一つだけその経験があって分ったことがある。それは十代の終り頃、『梁塵秘抄』を読んだときのことだ。

「仏は常にいませども現ならぬぞあはれなる、人のおとせぬ暁に、ほのかに夢に見え給ふ。」

この歌謡には複数の解釈がある、人の音せぬ……という説明を知っていたが、人の訪せぬ……という解釈に出会ったとき、雷に打たれたような衝撃が走った。人が起きだす前の静けさを単にいっているのではない、訪れるということが肝心なのだと。人が寝静まっている夜明けに、仏は訪れる。そう、あれは現だった。私を包んでいたあの気配こそ仏の寄りそっている証しだった。

さりげなく寄りそってくる仏、人は寄りそわれても気づかないものなのだろう。あの子供のころの夏の日々にその理解は結びついた。寂しいのも快いのも当然だった。わけもなく死にたかった、海辺の日々はそんな気持にいざなった。とらえきれないいろんな感情が混沌としていた。

あのころに自分の人生は方向づけられた気がする。「晩夏」はそれを探りながら書いてできた。

「誘う山」はおかしな言い方になるが書くのが簡単だった。動機も何もない。あの物語そのままをくっきりと夢に見た。夢に見るような似たストーリーを考えていたわけでさえなかった。そうして目覚めても不思議なくらいすべてが鮮明で、それを文章にしていっただけなのだ。

神が書かせてくれたようなものだ。そういって笑われたけれど、今もそう思う。

「豆腐屋の女」は一番私をさらけだしている作品といえるかもしれない。「ボヴァリー夫人は私」というフローベールの有名な言葉があるが、真似させてもらうと、女もその亭主も男も私自身といえる。どんな作品を書いてもそこに登場する人物は自分と思っているが、とりわけこの作品ではそうなのだ。舞台もあえて自分が生まれ育ち今も住んでいる足利に設定した。寂れていく一方の町と私はとらえている。だから好きなのだともいえる。

　女はそういう町に居場所を見つけた。


「あいつと俺」は書くのに苦労した。男同士の友情。私は人嫌いというわけではないつもりだが、胸襟を開いたことはない、ほどほどの交わりでお茶を濁し、正体を見せたくはない。それなのに小説を書く。矛盾している。自分をさらさなければ小説は書けないのだからとうの昔に丸裸かもしれないのに、現実の自分として誰にも飛びこんでこさせないし、飛びこんでいかない。だから幼馴染みはいないし、小、中、高、大学と学生のころに知り合って今も親しくする友人もいない。ましてや誰かと暮らすということもできはしない。いつも一人でいて、これが自分にはあっていると分っている。しかしときには寂しくなりつまらない人生と味気なくなる。これも矛盾だ。そんなコンプレックスもあって友情を書きたく、書こうと決めた。

　人が便宜的につかう白々しい愛など二人の間には絶対にあってはならない、だからといって変に意識的であってもならない、探り探りだからか省略ができない、書いても書いてもうまくいかなかった。それでもやっと書きあげた。

　二〇一八年、ロシアでサッカーのワールドカップが開催された。私はさしてサッカーに興味ないけれど新聞やテレビで報じられるから目にし、選手の名も覚えた。一次トーナメントから勝ち上がるための駆け引きが物議をかもしたときはしょうがないかこれも勝負なのだと反発も同感もなかった。日本はその後十六強で敗退した。けっきょく印象に残る場面はないままだった。しかしそれで終りではなかった。主将である長谷部選手がもう代表に選ばれることはないと宣言し、そのテレビのインタビューの後、吉田選手が感想を聞かれた。くそまじめで、面倒くさいやつだけど……、そこで吉田選手は絶句してしまった。涙があふれ、それを振りきろうとしても涙はとまらない、その姿がしばらく映されていた。私は釘付けだった。彼の心情が痛いほどに伝わってくる。長い期間選手として一緒に戦いながら反発もあったろう口論もあったろう、慰めも励ましも……。そういうすべてを物語る姿だった。

吉田選手の泣く姿を見ていると自分の作品が吹っ飛んでしまった。私にはそれくらい強烈だった。私が見ているのは「あいつと俺」で描いたつもりの友情なのだった。

しかしたとい同じものであっても小説で書くということは違う、もし同じだったなら小説を書く意味がないし、あの吉田選手の生んだ感動に勝てはしない。事実と小説は違う、小説はこつこつと言葉を積み上げてそのことによって事実よりも深い奥底にまで至らなくてはいけないと思う。それができたかどうかはまた別の問題であっても、私はそこを目指して書いた。

「トワ」は軌道に乗るまでが大変だった。始めは眠れなくなって死んでいく一族を書くつもりだったのだがうまくいかず、書きあぐね書きあぐねするうちにトワが生まれ、たちまちその存在感を大きくした。結果、話は計画とはまったく違ってしまい、カレン、エヴァ、キム、ソラと次々に登場してきて書きすすむと、パウロは主人公ではなくなった。しかし作者としては重要な人物で、眠れない一族も捨てたくはなかった。何とか工夫して話はできたが、眠れない一族を中心にしてはもっともっと壮大なものにしなければならない、あくまで中心からそれたところに置かなくてはならなかったと今は納得している。

十代後半から二十代私はフランスの作家が好きだった。カミユやサガン……、コレットもくりかえし読んだ。なかでも「シェリ」「シェリの最後」は何度もくりかえし読んだものだ。「トワ」を書きながら途中で気づいた、似ていると。するとレアとシェリ（「シェリ」と「シェリの最後」の主人公）を多分に意識することになった。娼婦とその若い愛人。ただトワを自堕落なシェリのようにはしたくなかった。生きる理由をちゃんともつこれからの若者。そのためにキムやソラ、パウロがいる。カレンはレアのように哀れとはいえない。

トワは日本でどうなっていくのか、パウロはいくつ歳まで生きられるのだろう、ソラを男にするのはカレンだろうか、そんなこれからのことが気になっている。

〈著者紹介〉

塚越　淑行（つかこし　よしゆき）

栃木県足利市生まれ。
慶應義塾大学卒業。

著書：『緑の国の沙耶』（鳥影社、2017）

晩夏

定価（本体1500円+税）

乱丁・落丁はお取り替えします。

2019年　1月 29日初版第1刷印刷
2019年　2月　4日初版第1刷発行
著　者　塚越淑行
発行者　百瀬精一
発行所　鳥影社 (www.choeisha.com)
〒160-0023　東京都新宿区西新宿3-5-12 トーカン新宿7F
電話　03(5948)6470, FAX 03(5948)6471
〒392-0012　長野県諏訪市四賀 229-1(本社・編集室)
電話 0266(53)2903,　FAX 0266(58)6771
印刷・製本　モリモト印刷・高地製本

ISBN978-4-86265-711-4　C0093